クリスティー文庫
92

無実はさいなむ

アガサ・クリスティー

小笠原豊樹訳

ORDEAL BY INNOCENCE

by

Agatha Christie

Translated by
Toyoki Ogasawara

Published 2021 in Japan by
HAYAKAWA PUBLISHING, INC.
This book is published in Japan by
arrangement with
AGATHA CHRISTIE LIMITED
through TIMO ASSOCIATES, INC.

ビリー・コリンズに――
愛情と感謝をこめて

身のあかしを立てようとすると、ほかならぬわたしの口が、わたしに有罪を宣告するのです。
わたしは自分のいろいろな不幸がおそろしい。もちろん、あなたはわたしを無罪とはお認めにならないのです。

——ヨブ記（九章二十節と二十八節）

無実はさいなむ

登場人物

アーサー・キャルガリ……………………………地理学者
レイチェル・アージル…………………………資産家
リオ・アージル……………………………………レイチェルの夫
グェンダ・ヴォーン…………………………………リオの秘書
メアリ（ポリー）
マイケル（ミッキー）
ジャッコ（ジャック。ジャッキー）
ヘスター
ティナ（クリスティナ）
……………アージル家の養子
フィリップ（フィル）・デュラント……………メアリの夫
モーリン………………………………………………ジャッコの先妻
カーステン・リンツトロム…………………………アージル家の家政婦
マクマスター…………………………………………老医師
ドナルド（ドン）・クレイグ…………………………若い医者
アンドリュウ・マーシャル……………………………弁護士
ヒュイッシ……………………………………………警視

第一章

1

渡し場に着いたときは、もう薄暗くなっていた。

もっと早く来ることもできたはずだ。実をいうと、できるだけぐずぐずしていたのである。

まず、レッドキーで、友人たちと昼めしをたべた。浮き浮きした、とりとめのない会話。それに、共通の友人についてのゴシップのやりとり。それというのも、これからしなければならないことを前にして、心のどこかでしりごみしていたためなのだろう。友人たちに誘われたのをいいことにして、お茶の時間まで居残った。けれども、やがて、これ以上のばすことのできない、ぎりぎりの時刻になったのだ。

頼んでおいたハイヤーが待っていた。別れの挨拶をすませてから、車に乗りこんで、雑踏する海岸道路を七マイルとばし、それから海岸を離れて、森のなかの狭い道路を進むうちに、小さな川岸にある船着場に出た。

そこに吊してある大きな鐘を、運転手が勢いよく鳴らし、向こう岸の渡し船を呼んだ。

「お待ちしなくてもよろしゅうございますか」

「いいです」と、アーサー・キャルガリは言った。「車を頼んである。一時間ほどしたら来てくれるはずでね。ドライマスへ出るんだ」

運転手は、料金とチップを受け取った。うすくらがりの川面をのぞきこむようにして言った。

「渡し船がまいりました」

猫撫で声でお休みなさいませと言ってから、運転手は車をターンさせ、小高い森へ引き返して行った。アーサー・キャルガリは一人、岩壁にとり残された。いや、さまざまな思いや、これから起こることを気づかう心は、相変わらずつきまとっている。このあたりは、なんという荒涼たる風景だろう、とキャルガリは思った。人里離れたスコットランドの湖《ロック》を連想させる。ところが、ほんの七、八マイル先には、ホテルがあり、商店があり、カクテル・バーがあり、レッドキーの住人がひしめいているのだ。いまさらのように、イギリスの風景の際立ったコントラストが感じられる。

オールがしずかに水を切る音がきこえ、渡し船が小さな岩壁に近づいてきた。アーサー・キャルガリは斜面を下りて、船頭が鉤竿で支えているあいだに船に乗りこんだ。船頭は年老いた男で、まるで船と一心同体、一にして不可分といった、ふしぎな印象をキャルガリに与えた。

船が岸を離れると、ひんやりとした風が海の方角から吹きつけてきた。

「今晩は冷えこみますね」と、船頭が言った。

キャルガリは適当な返事をした。そして、きのうより冷えこむだろうという船頭の意見にも相槌を打った。

船頭のまなざしにひそむ好奇の色を、キャルガリは意識していた。意識していると思っていた。なんといっても、じぶんは外来者なのだ。観光シーズンが終わった頃に、ひょっこりやって来た外来者。しかも、この外来者は時ならぬ時に川を渡ろうとしている。渡し場の喫茶店でお茶を飲むにしては遅すぎる時刻ではないか。荷物がないところをみると、滞在するつもりではないのだろう。（ほんとうに、とキャルガリは思った、なぜこんなに遅くなったのだろう。無意識的に、この瞬間を先へのばしたかったからなのか。いずれはしなければならないことを、できるだけ延期するつもりだったのか）まるでルビコン川をわたるような（紀元前四九年、ガリア遠征から帰国したシーザーが国命にそむいて〝さいは投げられた！〟とルビコン川を渡り、ローマに進撃した故事から大英断を下して思い切った手段に出るの意）……

……川……川……キャルガリの心はもう一つの川へ立ち戻った。テムズ川。見るともなくテムズ川を見つめ（それはきのうのことである）、それからふたたび、テーブルをはさんで向かい合った男の顔に、視線を移したのだった。相手の曰くありげな表情の意味が、キャルガリにはよく分からなかった。遠慮だろうか。心にはあるが口には出しかねる何か……

〝まるで世間の人たちは〟と、キャルガリは思った。〝心の動きを顔にあらわさない術《すべ》でも心得ているようだ〟

何もかもが、いざそれに直面してみると、予想よりずっとむずかしかった。それにしても、やるだけのことはやってしまわなければならない。そして、すんだら忘れてしまうことだ！

きのうの会話を思い出して、キャルガリは顔をしかめた。あのおだやかな、どっちつかずの声。

「では、どうしてもそうなさるおつもりなのですね、キャルガリさん？」

キャルガリは熱っぽく答えたのだった。

「ほかに手段がありますか。仕方がないじゃありませんか。あなただって、こうなさるでしょう？　これをやらずにすますわけにはいきませんよ」

しかし、相手のひっこんだ灰色の目にあらわれた目つきの意味は分からなかったし、相手の返答にはいささかまごついたのだった。

「いや、こういう問題はいろんな角度から――いろいろな面を考えてみなければなりません」

「でも法律の見地からすればひとつの角度しか考えられないのじゃありませんか？」

この一件の〝揉み消し〟をほのめかしているのかと誤解して、キャルガリは烈しい口調になった。

「まあ、それはそうです。しかし、それだけではすまない部分もあるのですよ。そう、法律だけでは片付かないことがね」

「そうは思えません。とにかく家族のひとたちのことを考えてあげなければ」

すると相手は間髪を入れずに言った。「それなんですよ――そう、まったく――それなんですよ。わたしが考えていたのも、実はそのことです」

なんというナンセンスなやりとりだ！　とキャルガリは思った。なぜといって、家族のひとたちのことを考えているのなら――

だが、相変わらずおだやかな声で、相手はすかさず言ったのだった。

「とにかく、キャルガリさん、この問題はあなた次第です。どうしても実行するおつもりのことは、もちろん実行なさってください」

渡し船が岸に着いた。ついにルビコン川を渡ったのだ。

西部地方独特のやわらかい発音で、船頭が言った。

「片道四ペンスです。それとも往復にしますか」

「いや」と、キャルガリは言った。「もう、この道は帰らない」（そのことばはひどく不吉にきこえた！）

船賃を払ってから、キャルガリは訊《たず》ねた。

「サニー・ポイントという名のお邸《やしき》を知りませんか」

途端に好奇心があらわになった。老人のまなざしの好奇の色が、むさぼるように濃くなった。

「知ってますとも。あそこですよ。そこの右手の道をまっすぐ行って――木のあいだから見えるでしょう。その道をずっと行くと、丘を上りますから、それから今度はお邸が並んでいるなかの道を行きます。そのどんづまりの――いちばん端のお宅です」

「ありがとう」

「サニー・ポイントでしたっけね？　例のアージルさんの奥さんが――」

「そう、そう――」キャルガリは、船頭のことばをさえぎった。この問題については今あれこれ言いたくない。「サニー・ポイントです」

船頭のくちびるは異様な微笑にゆっくりとねじれた。その顔は、だしぬけに古代のいたずら好きの牧羊神《フォーン》のように見えた。

「あのお邸にそういう名前をつけたのは奥さんでしたよ――戦時中のことですがね。その頃はもちろん新築で――まだ名前がついていなかった。でも、お邸の建った、あのあたりの土地は――木のいっぱいある、あの出鼻ね――あそこは〈まむしの出鼻《ヴァイパーズ・ポイント》〉という名前でした、そう！　しかし〈まむしの出鼻〉じゃあ奥さんはまずいと言うんで――これじゃお邸の名前にゃならない。それでサニー・ポイントとしたわけですよ。でも、わたしらは今でも〈まむしの出鼻〉と呼んでますがね」

キャルガリは船頭に礼を言い、おやすみと言ってから、丘を上りはじめた。戸外には人影がなかったが、なぜか家々の窓から大勢のひとたちがこちらの様子をうかがっているような気がした。みんなキャルガリの訪問先を知っていて、じっと観察している。そしてくちぐちに、「まむしの出鼻へ行くんだとさ……」とささやいている。

まむしの出鼻。恐ろしいことだが、なんというふさわしい名前だろう……

なぜなら蛇の歯よりもするどく（《リア王》一幕四場より）……

キャルガリはあわただしく思考の糸を断ち切った。さあ、気を落ち着けて、最初に言う文句を考えなければ……

2

キャルガリは、手入れのゆきとどいた新しい道路を歩いて行った。道の両側には、手入れのゆきとどいた新しい住宅が建ちならび、どの家にも八分の一エーカーほどの庭がある。岩生植物、菊、バラ、サルビア、ゼラニウムなど、どの庭もそれぞれの個性を誇っているようである。

道のどんづまりには門があり、ゴチック文字で**サニー・ポイント**と標札が出ていた。キャルガリは門をあけ、中へ入って、みじかいドライブ道をすすんだ。目の前にあらわれた邸は、立派な造りだが無性格な近代建築だった。切妻があり、ポーチがある。郊外の一流住宅地や、どこかの新開地にいくらも見受けられる家である。風景とくらべれば三文の価値もない、とキャルガリは思った。風景はほんとうにすばらしかった。川はこの出鼻をあいだに挟んで、ほとんど後戻りするように方向転換している。対岸には、樹木の生い茂った丘がもりあがっていた。左手にあたる上流では、川はさらに屈曲し、はるか彼方に牧草地や果樹園が見える。

キャルガリはしばらく川の上下《かみしも》を眺めていた。ここには城でも建てるのがふさわしいのではないか。お伽噺に出てくるような途方もない城を！　菓子パンや、砂糖の衣でつくった城がいい。ところが、その代わりにここにあるのは、お上品ぶった趣味のよさであり、保守主義であり、たくさんの金なのだ。想像力のかけらもない。

それはもちろんアージル家のせいではないのだろう。この邸は、そっくり買い取ったもので、建てたのではないのだから。しかし、それにしてもアージル家の誰かが（アージル夫人だろうか？）この邸をえらんだことはまちがいない……

〝これ以上はぐずぐずできないぞ〟とキャルガリは自分に言いきかせ、ドアのかたわらの呼びりんを押した。

そのまま待った。適当な間をおいて、また呼びりんを押した。

ひとの足音らしきものはきこえなかったのに、なんの前触れもなく、いきなりドアがさっとひらいた。

キャルガリはびっくりして、思わず一歩さがった。いいかげん神経をたかぶらせていたためか、まるで悲劇の女神に行手をさえぎられたような気がしたのである。それは若い顔だった。悲劇の本質は、若さにつきもののきびしさにある、とキャルガリは思った。

たとえば悲劇に使う仮面は、いつも若者の顔ではないか……孤独で、宿命的で、近づく運命の足音に耳かたむけているような……運命は未来からやって来る……

ふと気をとりなおし、あらためて現実の目で相手を観察した。アイルランド系だ。青く澄みきった目、そのまわりに黒い隈がある。硬そうな黒髪。頭蓋と頬骨の悲しげな美しさ――

若い娘がそこに立っていた。油断のない、敵意にみちた表情で。

娘は口をひらいた。

「どんなご用件でしょうか」

キャルガリは月並に答えた。

「アージルさんはご在宅でいらっしゃいますか」

「はい。でも面会はおことわりしております。存じ上げない方との面会は。初めていらっしゃいますね？」

「そうです。アージルさんはわたしをご存じないのですが、しかし――」

娘はドアをしめようとした。

「それでは、ひとまずお手紙ででも――」

「失礼ですが、どうしてもお目にかかりたいのです。あなたは――お嬢様でいらっしゃいますか」

娘は不承不承うなずいた。

「はい、ヘスター・アージルです。でも父はほんとうにお目にかかれません――お約束のない方には。ひとまずお手紙をいただきたいのです」

「いや、わたしは遠くからはるばる――」

娘はびくともしなかった。

「みなさんそうおっしゃいます。でも、この頃はもうどなたもいらっしゃらなくなりましたけど」そして娘は責めるように言った。「あなたは新聞社の方でしょう？」

「いや、いや、全然そんな者ではありませんよ」

娘は信じかねるような顔つきで、キャルガリをまじまじと見た。

「では、どんなご用件でしょう」

娘のうしろ、ホールの奥に、もうひとりの人物の顔が見えた。のっぺりした、素朴な顔である。パンケーキのような顔とでも言おうか。それは中年の婦人だった。黄色がかった白髪のちぢれっ毛が、頭頂のあたりに束ねられている。用心ぶかいドラゴンのように、待伏せの場所でうろついていると見えた。

「ご兄弟のことなのです、ミス・アージル」

ヘスター・アージルは、はっとしたように息を呑んだ。そして、まだ信じかねる調子で言った。

「マイケルのことですか」

「いいえ、ジャックさんのことです」

娘はとつぜん大声をあげた。「やっぱりそうなのね！　やっぱりジャッコのことでいらしたのね！　なぜわたしたちを放っておいてくださらないの。もう何もかもすんでしまったことなのに。なぜそんなにしつこくなさるの」

「すんだかどうかは、そう簡単に言い切れるものではありません」

「でも、これはすんだことです！　ジャッコは死にました。それでいいじゃありませんか。何もかも過去のことです。新聞社の方ではないんでしたら、あなたはお医者様か、心理学者か、そういった種類の方ね。お願いですから、お帰りになってください。父の邪魔をしたくありませんから。いま忙しいんです」

娘はさっさとドアをしめようとした。キャルガリはあわてて、最初にすればよかったことを今になってようやく実行に移した。つまり、ポケットから手紙を出して、娘に差し出した。

「手紙を持って来たんです――マーシャルさんの」

娘はぎょっとしたらしい。その指は、恐る恐る封筒に触れた。それから、あやふやな声で言った。

「マーシャルさん——ロンドンのマーシャルさんですか？」

さっきホールの奥を徘徊していた中年の婦人が、だしぬけに娘の横にあらわれた。その目に胡乱《うろん》そうに見つめられたキャルガリは、たちまち外国の修道院を連想した。まったく、これはどう見ても修道尼の顔である！　顔をすっぽり包んだ頭巾、というのかどうか知らないが、あのまっしろな布や、黒衣や、ヴェールの似合う顔立ちである。それも高貴の尼ではなくて、重たいドアの小さなのぞき穴から、うさんくさそうにこちらのようすをうかがい、それから仏頂面でドアをあけ、のろのろと応接室あるいは修道院長の部屋へ案内してくれる、あの平《ひら》修道尼の顔である。

「マーシャルさんのお使いの方ですか」と、婦人は言った。

それはほとんど非難の声のようにきこえた。

ヘスターは、じぶんの手のなかの封筒をじっと見おろしていた。それから、なんにも言わずにくるりとうしろを向き、階段を駆け上って行った。

平《ひら》修道尼ふうドラゴンの責めるような、いぶかしげな視線を浴びながら、キャルガリはそのまま戸口に立っていた。

適当な話題をさがしてはみたが、何一つ考えつかない。そこでキャルガリは、賢明な沈黙をつづけた。

まもなくヘスターの声が、超然たるつめたい声がひびいてきた。

「父がどうぞお入りくださいと申しております」

いやいやながらというように、番犬は脇へひきさがった。その胡乱そうな表情はすこしも変化していない。キャルガリはその横を通りすぎ、帽子を椅子の上に置いてから、階段をあがって、待っているヘスターの方へ近づいて行った。

家の内部は妙に衛生的な感じがした。ぜいたくな療養所といってもおかしくないほどである。

先に立ったヘスターは、廊下を通り、階段を三段下りた。それからドアをあけて、身ぶりで、中へ入るようにうながした。そしてキャルガリにつづいて部屋に入り、ドアをしめた。

その部屋は書斎だった。あたまをあげたキャルガリは、何かしらほっとした。この部屋の雰囲気は、家のほかの部分とは全然ちがう。すくなくとも人が暮らしているという感じ、仕事をしたり、くつろいだりする部屋という感じがする。壁には書物がずらりと並び、椅子は大きくてぶざまだが、坐りごこちはよさそうだ。デスクに紙片がちらばり、テーブルに書物が置きっぱなしになっているのも、見た目にむしろ快い。奥のドアから部屋を出て行く若い女の姿が、ちらと目に映った。相当な美人である。すると、この部屋の主が椅子から立ちあがり、開封した手紙を手にしたまま、こちらへ近寄って来た。

　リオ・アージルについてのキャルガリの第一印象は、非常に薄くて透明な、ほとんど存在を感じさせぬ男ということである。まるで亡霊のようだ！　喋り出すと、ひびきはないが耳にいい声だった。

「ドクター・キャルガリですか？　どうぞお掛けください」

　キャルガリは腰をおろした。すすめられたシガレットを一本取った。部屋の主は向かい側に腰をおろした。ここは時間がそれほど問題にされぬ世界なのか、どの動作もひどくゆったりしている。血の気のない指で手紙をそっと弾《はじ》きながら、リオ・アージルが喋り出したとき、その顔にはかすかな微笑が浮かんでいた。

「マーシャル氏の文面ですと、あなたは何か非常に重大な情報をわたしどもへお持ちくださったそうですが、その詳細にかんしてはひと言も書いてありません」微笑はさらにひろがった。「弁護士というものは、言質《げんち》をとられることを極端に恐れますからね」

　キャルガリはかすかなショックを感じた。目の前にいるこの男は、幸福な人間なのだ。幸福のノーマルなあり方としての、楽天的な幸福でもなければ、熱狂的な幸福でもない

――どこかしら漠然としてはいるが楽しげなおのれの隠れ家のなかで幸せなのだ。このひとは、外部の世界とかかわりのない人間であり、そのこと自体に満足している。これになぜショックを感じなければならないのか分からないが――たしかにショックを受けたのである。

キャルガリは言った。

「とつぜんお邪魔して申しわけございません」それは機械的な前口上にすぎなかった。「お手紙を差し上げるよりは、直接お目にかかったほうがいいと思いましたので」キャルガリは間をおいた――するとにわかに感情がこみあげてきた。「申し上げにくいことです――実に申し上げにくい……」

「どうぞご遠慮なくおっしゃってください」

リオ・アージルは依然として丁重で、とりすましていた。

体を前に乗り出したのは、相手にすこしでも話しやすい感じを与えようという心づかいだろうか。

「マーシャルの紹介状を持っておいでになったところをみると、あなたのご訪問は何かわたしの不幸な息子ジャッコ――つまりジャックです――ジャッコはわたしどもの呼び名でした――何かあの子と関係があるわけでしょうか」

慎重に準備したことばも文章も、たちまちどこかへ失せてしまった。これから語らねばならぬという現実に圧倒されて、キャルガリはただぼんやりと坐っていた。喋り出すと、また口ごもった。

「なんというか、恐ろしく申し上げにくい……」

しばし沈黙が流れた。するとリオが用心ぶかく言った。

「こんなことがご参考になりますかどうですか――ジャッコがノーマルな性格のもちぬしではないということを、わたしどもはよく承知しております。ですから、あなたの情報がどんな種類のものであろうと、わたしどもが驚くことはまずありますまい。あの悲劇が恐ろしいものであったことは事実ですが、ジャッコは自分の行動については責任無能力者であったというのが、わたしの終始変わらぬ確信でした」

「もちろん、そうよ」それはヘスターだった。その声を耳にして、キャルガリはぎょっとした。しばらくのあいだその存在を忘れていたのである。娘はキャルガリの左うしろにある椅子の腕に腰掛けていた。キャルガリが顔を向けると、娘は勢いこんで体を前に乗り出し、説得するように喋り出した。

「ジャッコは前からひどいひとでした。こどもの頃からあんな調子だったわ――かんしゃくを起こしたときは。手あたり次第に、そこらの物をつかんで――かかってきて……

……」

「ヘスター――ヘスター――そんなことを」アージルの声はおろおろしていた。

娘はハッとしたように片手でくちびるを覆った。そして顔を赤らめ、とつぜん少女らしいはにかみをみせて、口ごもった。

「ごめんなさい。そういうつもりじゃなかったのよ――わたし忘れてしまって――わたし――こんなこと言っちゃいけなかったのね――ジャッコはもう――あのことはもうすんでしまったことだし……それに……」

「片のついたことです」と、アージルが言った。「何もかも過去のことだ。わたしは――いや、わたしたちはみな――あの子は病人だったと考えることにしています。いわば、できそこない。そう、それがいちばんいい表現だ」アージルはキャルガリの顔を見つめた。「あなたもそうお思いでしょうね？」

「いいえ」と、キャルガリは言った。

ふと沈黙が流れた。キャルガリのするどい否定のことばは二人をびっくりさせたらしい。そのことばは、ほとんど爆発せんばかりの勢いで飛び出してきたのだった。その効果をやわらげようと、キャルガリは間がわるそうに言った。

「いや――申しわけありません。つまり、あなた方はまだ事情をご存じないのです」

「なるほど、そうでした」アージルはじっと考えこむように見えた。それから娘の方に向き直った。「ヘスター、ちょっと席をはずしてもらえないかな――」

「いやよ、行きません！　うかがいたいわ――一体なんのお話なのか知りたいわ」

「しかし何か不愉快な話だと――」

ヘスターはじれったそうに大声をあげた。

「ジャッコがほかにどんな恐ろしいことをしていようと、それがいまさらなんなの。もうすんでしまったことなのに」

キャルガリがすばやく口をはさんだ。

「いえ、こういうことなのです――つまり、ジャックさんがなさったことをご報告しようというのではありません――その逆です」

「というと――」

部屋の奥のドアがひらき、先刻ちらと姿を見せた若い女が戻ってきた。外出用のコートを着て、小さなアタッシェ・ケースを下げている。

女はアージルに言った。

「もう帰ります。ほかに何か――？」

アージルはちょっとためらってから（これは常にためらう男だ、とキャルガリは思った)、女の腕に手をかけ、こちらへ引き寄せた。

「おすわり、グェンダ」と、アージルは言った。「こちらは――ええ――ドクター・キャルガリです。このひとはミス・ヴォーン。現在――現在――」まるで記憶を確かめるように間を置いてから、「数年前からわたしの秘書をしてもらっています」そして言い添えた。「キャルガリさんは、何かを知らせに――いや――何か訊ねに見えられたのです――ジャッコのことで――」

「あることをお話ししようと思ってうかがいました」と、キャルガリはさえぎった。「それなのに、あなた方は、ご自分たちでは気がついていらっしゃらないが、さっきからわたしを話しにくくさせるばかりです」

一同は驚いたようにキャルガリの顔を見た。けれども、グェンダ・ヴォーンの目には、理解の影らしきものがひらめくのが認められた。それは、まるでこの瞬間グェンダとキャルガリが同盟をむすんだように思われた。〝そうよ――アージル家のひとたちのむずかしさは、わたしもよく知っています〟と、その目は語っていた。

いい、たしかに魅力的な女性だ、とキャルガリは思った。あまり若くはない――三十七、八というところ。たっぷりした感じの体つき。目も髪も黒い。全体として活気と健康にあふれている。きわめて能率的で、しかも知的な印象を与える。

すこしつめたい口調でアージルが言った。「話しにくくさせようとは思っておりませんよ、キャルガリさん。そんなつもりはすこしもありませんでした。あなたが要点をお話しくだされば――」

「ええ、分かっております。失礼はおゆるしください。しかし、わたしが話しにくいというのは、さっきからあなたが――それからお嬢さんも――事件はすんだことだ、片がついたことだ、過去のことだと、しきりに強調なさったからです。事件はまだ片がついてはおりません。誰かのことばにもありましたが、〝何事も解決されない。それが――〟」

「〝それが正しく解決されるまでは〟」と、ミス・ヴォーンが助け舟を出した。「キップリングです」

そして、はげますようにうなずいてみせた。キャルガリは心のなかでミス・ヴォーンに感謝した。

「しかし、とにかく要点を申しましょう」と、キャルガリはつづけて言った。「わたしの申し上げることをお聞きになれば、このような優柔不断の原因も分かっていただけるはずです。いや、優柔不断どころか、わたしの悩みと申しましょうか。まず、順序として、わたし自身のことを二、三お話ししなければなりません。わたしは地理学者でして、最近まで南極探険に参加しておりました。イギリスへ帰って来たのは、ほんの数週間前です」

「ヘイズ・ベントリ探険隊ですの?」と、グェンダがたずねた。

感謝をおもてにあらわして、キャルガリはグェンダの方に向き直った。

「そうです。ヘイズ・ベントリ探険隊でした。こんなことを申し上げるのは、自己紹介のほかにわたしが約二年間というもの一切の——一切の社会的事件と没交渉であったということを、分かっていただくためです」

グェンダがまた助け舟を出した。

「社会的事件とおっしゃるのは——たとえば殺人事件の公判のようなことですのね」

「そうです、ミス・ヴォーン、まさにそういうことです」

キャルガリはアージルの方を向いた。

「ご不快に思われるかもしれませんが、日付と時間を確認させていただきます。一昨年の十一月九日午後六時頃、ご子息のジャック・アージルさん(あなた方の呼び名はジャッコ、でしたか)が、この邸に見えられ、ご母堂のミセス・アージルと面会されました」

「そう、家内です」

「ジャックさんは、困っているから金を借りたいと申し出られた。それは、そのとき以前にもしばしば――」

「何度もあったことです」と、リオは溜め息をついた。

「ミセス・アージルは拒絶なさった。ジャックさんは悪態をつき、脅迫し始めました。そして結局、飛びだして行ったわけですが、その際、また戻ってくるから、『そのときはおとなしく現ナマを出してもらう』と叫んだ。そして、『おれを刑務所へ行かせたいわけじゃなかろう?』と言い、ミセス・アージルは、『それがあんたには一番いいことだという気がしてきた』と答えられました」

リオ・アージルは不快そうに体を動かした。

「そのことについては、家内とわたしは何度も話し合いました。わたしどもはあの子には――ほとほと手を焼いていたのです。泥沼から救い出し、なんとか新規まきなおしをさせようと、幾度となく努力はしました。その結果、わたしたちもついに匙を投げました。刑務所にでも入れられれば――すこし鍛えられれば、あの子も――」アージルの声が途絶えた。「とにかく、お話をうかがいましょう」

キャルガリはつづけた。

「その夜、ミセス・アージルは殺害されました。火掻き棒でなぐられ、倒れておられた。火掻き棒にはご子息の指紋がついていて、事務机の抽出《ひきだ》しからは、ミセス・アージルがしまっておかれた多額の金が紛失していました。警察はご子息をドライマスで逮捕しました。ジャックさんは紛失した金を身につけていた。それは大部分五ポンド紙幣で、その一枚に住所氏名が書いてあったため、銀行がその日の午前中にミセス・アージルに支払った金であることが、ただちに証明できたのです。ジャックさんは告発され、裁判が始まりました」キャルガリは間を置いた。「評決は、謀殺、つまり計画的な殺人ということになりました」

とうとう言ってしまった。運命のことば。殺人……それは反響しないことばだ。揉み消されることば。壁紙や書物や敷物に吸いこまれてしまうことば……ことばは揉み消されても――行為は消えない……

「主任弁護士だったマーシャル氏から聞いたことですがご子息は逮捕の際に、生意気とはいわぬまでも、たいそう陽気に無罪を主張されました。七時から七時半のあいだと警察が推定した兇行時刻には、完全なアリバイがあると言い張ったのです。ジャック・アージルさんは、彼自身の申し立てによれば、その時刻にはドライマスへ走る自動車のなかにいた。レッドミンからドライマスへ通じる国道の、ここから一マイルほど離れた地点で、七時少し前に、ある車に便乗させてもらったというのです。車種は分からなかったが（暗かったので）、黒、あるいはダーク・ブルーのサルーン（セダン型の一種）で、運転していたのは中年の男だった。そこで八方手をつくして、その車の人を探しましたが、ジャックさんの陳述を裏づける事実はあらわれなかった。これはジャックさんの即席の、しかもあまり上手ではない作り話であると、弁護士たちさえそう思うようになったのです……

法廷では、弁護側の頼みの綱は、ジャック・アージルは以前から精神的に不安定であったという心理学者たちの証言でした。判事はこの証言をコメントするにあたっていささか批判的だったし、被告に完全に不利な説示をした。ジャック・アージルさんは無期懲役の判決を受けました。そして下獄後六カ月目に肺炎で亡くなりました」

キャルガリは口をつぐんだ。三人の目はキャルガリを凝視していた。グェンダ・ヴォーンの目には、好奇心と緊張があり、ヘスターの目には依然として疑いの色があった。リオ・アージルの目はまったく無表情である。

キャルガリは言った。「今まで申し上げたことは、事実に反していないと確認してくださいますね？」

「まったく事実そのままです」とリオは言った。「しかし、わたしどもみんなが忘れようと努力している辛い事実を、なぜあらためて復習しなければならないのか、そのわけはどうも分かりかねますな」

「失礼しました。これはやむを得なかったのです。とにかく、あなた方は裁判での評決にご異議ないのですね？」

「そう、事実は今おっしゃったとおりです――つまり、事実の表面を眺める限りでは、露骨な言い方ですが、これは殺人事件です。しかし事実の裏側にまわってみれば、情状酌量の余地は充分にあると申したい。あの子は精神的に不安定な人間でした。むろん、残念ながら、法的見地からすればこれは認められないのです。マクノトーン準則（イギリス法の規則。人は精神異常を理由に法的な自己防衛をすることができる）は、限られた不充分なものですからね。誓って申しますが、キャルガリさん、あの不幸な子の乱暴な行為をゆるし、弁護する者がいたとすれば、それは誰よりもまずレイチェル――亡妻です――彼女自身だったでしょう。あれの思想は実に進歩的で人間的でしたし、心理的な問題についても深い知識がありました。生きていたとすれば、決してあの子を罰しはしなかったと思う」

「お母様はジャッコのこわさをよく知ってらしたわ」と、ヘスターが言った。「ジャッコはずっと前から――とにかく救いようのないひとでした」

「それでは」と、キャルガリはゆっくり言った。「みなさんはなんの疑いも抱いておられないのですね？　ジャックさんの有罪について？」

ヘスターが目を見張った。

「どうして疑いをもたなければいけないのでしょう。もちろん、あのひとは有罪でした」

「いや、有罪というのは正確ではない」とリオが口をはさんだ。「そのことばは、わたしは好かんのです」

「いずれにしろ、それは正しいことばではありません」キャルガリは深く息を吸いこんだ。「ジャック・アージルは——無罪でした！」

第二章

この声明に、一同はあっと言うはずだった。ところが、みごとな失敗である。キャルガリの予想では、誰もが驚きあきれ、わけの分からぬままに喜びの声をあげ、くちぐちに事情を問いただすだろうと思ったのに……そんなことは何一つ起こらなかった。ただ警戒と疑惑の空気が立ちこめているばかりである。グェンダ・ヴォーンは眉をひそめていた。ヘスターは目を皿のようにして、キャルガリを見つめていた。これが自然の反応だろうか――こういう知らせは素直に受け入れられぬものだから。

リオ・アージルが、ためらいがちに言った。

「それは、キャルガリさん、わたしの考えに同感だとおっしゃるのですね？　あの子は自分の行動に責任のもてぬ人間だったとお考えなのですね？」

「いや、ジャックさんの仕業ではないと申し上げているのです！　お分かりにならないのですか。ジャック、ジャックさんの仕業ではなかった。そのはずがない。実にふしぎで、しかも不幸な一連の情況のために、ジャックさんはご自分の無罪を説明できなかった。しかしわたしは彼の無罪を証明できます」

「あなたが？」

「例の車の主はわたしでした」

あっさりした口調だったので、瞬間、一同はぽかんとした。その放心状態のただなかへ、邪魔が入った。ドアがひらき、あの素朴な顔の婦人が、ずかずか入って来たのである。そしていきなり、要点に触れた。

「通りがかりにお話が耳に入りました。この方は、ジャッコがミセス・アージルを殺さなかったとおっしゃるのですね。なぜそんなことをおっしゃるのでしょう。どうしてご存じなのでしょう」

さっき挑戦的で厳しかったその顔は、とつぜん皺だらけになったように見えた。

「わたしも、うかがわなければなりません」と、婦人は哀れな声を出した。「わたしだけが閉め出されて知らされずにいるわけにはまいりません」

「むろん、そうだ、カースティ（カーステンの愛称）。あんたも家族の一員だ」リオ・アージルは婦人を紹介した。「ミス・リンツトロムです、キャルガリさん。キャルガリさんは、たった今、実におどろくべきことをおっしゃった」

カーステイとというスコットランド名前を、キャルガリはふしぎに思った。みごとな英語だが、かすかに外国訛りが残っている。

ミス・リンツトロムは、キャルガリにむかって責めるように言った。

「あなた様は、ここへおいでになって、そういうことをおっしゃってはいけません。みなさんを困らせるだけですから。あの事件はほんとうに災難でした。それなのに、また話を蒸し返して、みなさんを困らせていらっしゃる。あの事件は神様の思召しなのです」

その口達者な自己満足のことばに、キャルガリは反発を感じた。この女もまた、災難をむしろ積極的に歓迎する残虐な人間の一人なのだ。よろしい、それならば、そういう楽しみを奪ってやろう。

キャルガリはつめたい早口で喋った。

「あの晩、七時五分前に、レッドミン－ドライマス間の道路で、わたしは若い男を車に便乗させました。そしてドライマスまで乗せて行ったのです。途中でいろいろ話をしました。その青年は、わたしの印象では、なかなか愛想のいい、人好きのする若者でした」

「ジャッコには、とても魅力がありました」と、グェンダが言った。「みなさん、愛想のいい青年だとおっしゃいましたわ。かんしゃくさえ起こさなければ、そのとおりでした。もちろん、ひねくれたところもありましたけど」と、グェンダは注意ぶかく言い足した。「それは初めのうちは気づかれないのです」

ミス・リンツトロムが、グェンダの方に向き直った。

「そういう言い方をなさってはいけません。亡くなったひとのことを」

リオ・アージルが、かすかにじれったそうな声音をこめて言った。

「どうぞ、おつづけください、キャルガリさん。なぜそのときお知らせくださらなかったのでしょう」

「そうよ」ヘスターが息を弾ませて言った。「なぜ今まで隠れてらしたのかしら。あのときは新聞にも——何度も訊ね人の広告を出したのに。そんな利己的な、意地のわるいことって——」

「ヘスター——ヘスター——」と、父親がさえぎった。「キャルガリさんは、まだお話の中途なのだよ」

キャルガリは娘に言った。

「お気持ちは分かりすぎるほどよく分かります。わたしの現在の気持ちも——今後永久にわたしは……」気をとりなおして、キャルガリは話しつづけた。

「とにかく話をつづけます。あの日の国道は、車がかなり混みあっていました。結局、名前は聞かずじまいだったのですが、その青年をドライマスの町のまんなかで車から下ろしたときは、とうに、七時半をすぎていました。これでジャックさんの容疑は完全に晴れると思います。警察の推定によれば、犯行時刻は七時と七時半のあいだだったのですから」

「そうよ」と、ヘスターが言った。「でも、あなたは――」

「お願いですから、もうすこし辛抱なさってください。便宜上、話をすこし前へ戻します。わたしはその当時、ドライマスの友人の部屋に二日ばかり滞在していたのでした。この友人は海軍の軍人で、ちょうど出航していました。部屋のほかにも、専用のガレージに置いてある車を使ってもいいと、この友人は言ってくれたのです。あの日、つまり、十一月九日には、わたしはロンドンへ帰る予定でした。汽車は夜行でしたので、午後のうちに、ある老看護婦に逢いに行こうと思いつきました。この人はわたしの家がひいきにしていた看護婦さんで、ドライマスの西方約四十キロにあるポルガスの小さなコテッジに住んでいます。わたしはこの思いつきを実行にうつしました。この看護婦さんは、もう相当な年で、話が脱線する欠点はありますが、わたしの顔を見ると非常によろこび、南極行きの話を新聞で読んだといって、大さわぎしてくれました。疲れさすのが心配でしたので、わたしはまもなく別れを告げ、ここでまた考えついたのですが、来たときとおなじ道をまっすぐドライマスへ帰る代わりに、今度は北上してレッドミンへ行き、聖堂参事会員のピーズマーシュ老人に逢おうと決心しました。この人の書斎には稀覯本がたくさんありまして、そのなかの古い航海術の本の一節を写しておきたかったのです。この老人は、ラジオ、テレビ、映画、ジェット機などと一緒くたにして、電話もまた悪魔の発明だというのが口癖ですから、もちろん電話をひいていない。用があるときは、直接自宅まで行かなければなりません。わたしは運がついていませんでした。老人の家は戸閉まりがされていて、明らかに旅行中らしい。やむなく大寺院《カテドラル》で時間をつぶし、それから、国道を通ってドライマスへ帰りました。そういうわけであの日のわたしの道順は大きく三角形を描いたのです。部屋に戻って旅行鞄を取り、車をガレージに戻しても、まだ汽車の時刻まではたっぷり間がありました。

さっき申し上げたとおり、ドライマスへ来る途中で、わたしは見知らぬ青年を車に乗せ、ドライマスの町でその青年と別れ、それから今申した手順をすませました。駅へ着いて、まだ時間があったので、駅の外へ出まして、タバコを買おうと大通りへ出ました。道路を横切りかけたとたん、フル・スピードで角をまがってきたトラックが、わたしをはねとばしたのです。

その場に居合わせた人の話によると、起き上ったわたしは、見たところ何の怪我もなく、きわめてノーマルに振舞ったそうです。大丈夫です、汽車におくれますから、と言って、わたしは急ぎ足で駅へ入って行ったというのです。ところが汽車がパディントン（ロンドン市西部の終着駅）に着いたとき、わたしは意識を失っていました。すぐ救急車で病院へ運ばれ、診察された結果、脳震盪だと分かったのです。このように、しばらく経ってから症状があらわれることは、珍しくないことらしいのですが。

数日後、意識をとりもどしたわたしは、事故のことも、ロンドンへ来たことも、何一つ記憶していませんでした。記憶に残っている最後の事件というのは、ポルガスの老看護婦を訪ねて行ったことだけで、そのあとは完全な空白です。こういうことはよくあることだから心配はいらない、と医者は言いました。わたしの記憶から失われた時間が、それほど重要なものだったとも思われません。あの晩わたしがレッドミン－ドライマス間の国道を車で通ったとは、わたし自身も、ほかの誰も、いっこうに気がつかなかったのです。

イギリスを去る予定の日までは、もうわずかの時間しかありませんでした。わたしは病院で安静を命じられ、新聞も読みませんでした。退院すると、わたしはその足で飛行場へ行き、オーストラリアで探険隊と落ち合うことになりました。わたしの参加については異論もあったのですが、なんとか行けるところまで漕ぎつけたのです。そのことやら、出発準備やらで、殺人事件の記事を読むひまはありませんでしたし、いずれにしろジャックさんの逮捕のあと、騒ぎは鎮まったのでした。裁判の模様が詳しく報道されていた頃、わたしは南極への途上にあったのです」

キャルガリは口を休めた。一同はじっと耳をかたむけたままである。

「事件を知ったのは、今からひと月ばかり前、イギリスへ帰って来た直後のことでした。わたしは詰めものをしていて、新聞紙をほしいと思いました。下宿のおかみさんに頼みますと、ボイラー室から古新聞をどっさり持って来ました。それをテーブルに拡げると、どうも見おぼえのある青年の写真が出ています。どこで逢った誰だったか、思い出そうとしました。なかなか思い出せないが、奇妙なことに、その青年とお喋りをした記憶がたしかにある——それはウナギの話でした。ウナギの数奇な一生のことをわたしが話すと、その青年がとても面白そうに聴いていた記憶がある。しかし、いつ？　どこでだったろう？　わたしはその写真の記事を読みました。青年の名はジャック・アージルといって、殺人容疑で告発されている。そして本人は、黒いサルーンに便乗させてもらったと警察に陳述している。

そのとき、まったく出しぬけに、失われた記憶が戻って来ました。この青年を車に便乗させ、ドライマスの町まで送ってやったのは、わたしでした。そのあと部屋へ帰り――タバコを買おうと道路を横切った。そしてトラックにはねとばされたところまで思い出しました。そして病院で意識を回復したところへつながるのです。駅へ戻り、ロンドン行きの汽車に乗ったことは、まだ思い出せなかった。わたしはその新聞記事を何度も読みかえしました。裁判はもう一年も前のことで、この事件はとうに忘れ去られようとしている。〝お母さんを殺した若い人でしょう〟と、下宿のおかみさんの記憶も漠然たるものでした。〝その後どうなりましたかね――死刑になったんじゃないかしら〟わたしはその当時の新聞ファイルを読みあさり、それから事件の弁護をひきうけたマーシャル・アンド・マーシャル弁護士事務所を訪ねました。しかし時すでに遅かった。不幸な青年を釈放させることはできませんでした。刑務所内で肺炎のために死亡しておられた。しかし本人に正義の裁きが二度とふたたび与えられないとしても、名誉回復だけは可能なはずです。わたしはマーシャル氏といっしょに警察へ行きました。現在、事件は公訴局長があらためて審理中です。これがまもなく内務大臣に付託されることはほとんど確実であると、マーシャル氏は言っています。

こちらには、もちろん、マーシャル氏から詳しい報告があるでしょう。それが今日までおくれたのは、誰よりも先に自分の口で真相を語りたいと、わたしが希望したためなのです。この試練に耐えることこそ義務なのだと思いました。どうかわたしの気持ちをお察しください。今後いつまでも、わたしは罪の意識を抱きつづけるにちがいないのです。あのとき、もうすこし注意ぶかく道路を横切ったならば――」キャルガリは絶句した。「あなた方がわたしを決してよくは思われないことも、分かっています。法律の面からすれば、わたしにはなんの責任もないのですが――それでも、あなた方はきっとわたしを非難なさるでしょう」

心のこもった、あたたかい声で、グェンダ・ヴォーンがすぐさま口をはさんだ。

「もちろん非難などしませんわ。それはただ――どうにもならないことですもの。痛ましい――信じがたいことですけれど――事実なのですから仕方がありません」

ヘスターが言った。

「むこうは信じました？」

キャルガリはびっくりしてヘスターの顔を見た。

「警察の人たちは――あなたの話を信じました？　何もかもあなたの作り話かもしれないわ」

キャルガリは内心とはうらはらに、笑顔を見せた。

「わたしは非のうちどころない証人なのです」と、キャルガリはおだやかに言った。

「わたしにはこの一件について何の利害関係もありません。むろん警察ではわたしの話をいちいち確認しました。病院のカルテとか、ドライマスの町でのいろいろな聞きこみとか、そう、それに何よりもまず、マーシャル氏は非常に慎重な弁護士です。成功の見こみがないのに、空頼みをさせるような人じゃない」

リオ・アージルが椅子のなかで体を動かし、初めて口をきいた。

「成功とおっしゃるのは、それは正確にはどういう意味でしょうか」

「お詫びします」と、キャルガリはすばやく言った。「そういうことばを使うべきではありませんでした。ご子息は無実の罪で告発され、裁かれ、判決を受け——刑務所で亡くなりました。正義の裁きが遅すぎたのです。しかし、ほんとうの正しい裁判は、たぶん、いやたしかにこれから始まるのです。内務大臣がきっと女王に奏上して、ジャックさんは特赦ということになるでしょう」

ヘスターが笑った。

「特赦ですって——なんの罪も犯さなかったのに？」

「ええ、ええ。法律用語というのは妙なものです。しかし、そういう場合、議会で質問がなされるのが習慣になっていまして、その答弁によって、ジャック・アージルは無罪であったということが明らかにされ、それがそのまま新聞にも載るのです」

キャルガリはふと口をつぐんだ。誰も喋らなかった。かなりのショックだったのだろう。しかし、わるいショックではないはずだ。

キャルガリは立ち上った。

「これで、どうやら」と、キャルガリはあやふやに言った。「申し上げることはすっかり申し上げたようです……わたしの気持をくどくど繰り返し、あなた方のお許しを乞うても——なんの役にも立ちますまい。ジャックさんの一生を奪った悲劇は、わたしの一生にも暗い影を投げました。しかし、すくなくとも」——それはまるで嘆願だった——「ジャックさんがあの恐ろしいことをしなかったと分かっただけでも——何かの役には立つのではありませんか——ジャックさんの名が——あなた方の名が——汚されずにすんだということだけでも……?」

誰も返事をしなかった。

リオ・アージルはぐったりと椅子に沈みこんでいた。グェンダの目はリオの顔を見つめていた。ヘスターはその悲劇的な目を大きく見ひらいて、まっすぐ前を凝視していた。ミス・リンツトロムは何かぶつぶつ言いながら、あたまを振っていた。

キャルガリはみじめにドアのかたわらに立ったまま、一同を眺めていた。

この場をとりもったのは、グェンダ・ヴォーンである。キャルガリに近寄ると、腕に手をかけ、低い声で言った。

「もうお帰りくださいな、キャルガリさん。ショックが強すぎたのです。すこし考える余裕を与えてあげなければ」

キャルガリはうなずいて、部屋を出た。踊り場で、ミス・リンツトロムが追いついた。

「お送りします」

ドアがしまるとき、何気なく振りかえると、リオ・アージルの椅子のそばにグェンダ・ヴォーンがひざまずこうとしているのが目にとまった。その光景はキャルガリをいささか驚かせた。

踊り場で、キャルガリに面とむかったミス・リンツトロムは、近衛兵のように直立不動の姿勢できびしく喋り出した。

「あなた様はジャッコを生き返らすことはおできにならないのです。それなのに、どうしてみなさんにジャッコのことを思い出させるのですか。今日まで、みなさんはあきらめていたのです。これからは苦しまなければなりません。どんなときでも、放っておくことが一番いいのです」

腹立たしげな口調である。

「しかしジャックさんの名誉を回復しなければ」と、アーサー・キャルガリは言った。

「ご立派なお気持ちですね！　ほんとうに結構なお考えです。でも、その意味はお分かりになっていらっしゃらない。男の方にはお分かりにならないのです」ミス・リンツトロムは足を踏み鳴らした。「わたしはここの家のひとたちを愛しているのです。ミセス・アージルのお手伝いに、わたしが初めてここへ来たのは、一九四〇年のことでした――奥様がここで託児所をお始めになって――焼け出された子供たちを引き取っておられたのです。ほんとうにみじめな子供たちでした。それが何不自由なく暮らしていました。もう十八年も昔のことです。奥様はお亡くなりになりましたが、わたしはまだここにおります――みなさんのお世話をして――家をきれいに、気持ちよくして、おいしい食事をつくって差し上げなければなりません。わたしはここのひとたちを愛しています――ええ、愛しておりますとも……ジャッコも――あのひとはよこしまなひとでした！　ええ、それでも、ジャッコも愛しておりました。でも――あのひとはよこしまなひとでした！」

ミス・リンツトロムは、ついと顔をそむけた。今しがた、お送りしますと、自分で言ったことは、忘れてしまったらしい。キャルガリはゆっくり階段を下りて行った。安全錠のついた、あけ方の分からない玄関のドアをがちゃがちゃいじっていると、階段の上にかろやかな足音がきこえた。とぶように下りてきたのはヘスターである。

錠がはずれ、ドアがひらいた。二人は向き合っていた。キャルガリはますますわけが分からなくなった。なぜこんな悲劇的な、責めるような目で見つめるのだろう。

ヘスターがつぶやくように言った。

「なぜ、いらしたの。ああ、なぜ、いらしたの」

キャルガリは相手を力なく見つめた。

「それはどういうことですか。弟さんの汚名をすすぐことがおいやなのですか。ジャックさんの名誉を回復したくないのですか」

「名誉なんて！」それは投げつけるようなことばだった。

キャルガリは繰り返した。「それは一体どういう……」

「名誉なんかどうでもいいんです！　ジャッコとなんの関係もないことだわ。死んだひとですもの。問題はジャッコじゃありません。わたしたちです！」

「とおっしゃると？」

「問題は、有罪になったひとじゃないんです。無罪です」

ヘスターはキャルガリの腕をとらえた。爪がくいこむような烈しい力である。

「問題はわたしたちなのよ。ご自分のなさったことがお分かりにならないの」

キャルガリは娘を凝視した。

戸外のくらやみから、男の姿がぬっとあらわれた。

「キャルガリさんでいらっしゃいますか。タクシーがまいりました。ドライマスへお送りいたしましょう」

「あ――どうも――ありがとう」

キャルガリはもう一度ヘスターの方に振り向いた。だが娘の姿は家のなかに消えていた。

ぴしゃりと玄関のドアがしまった。

第三章

1

秀でた額に落ちかかる黒髪をかきあげながら、ヘスターはゆっくり階段を上って行った。階段を上りきったところに、カーステン・リンツトロムが待ちかまえていた。

「帰りましたか」

「ええ、帰ったわ」

「びっくりなさったでしょう、ヘスター」カーステン・リンツトロムは娘の肩にそっと手をかけた。「さあ、いらっしゃい。ブランデーを差し上げましょう。あんまり出しぬけのことですものねえ」

「ブランデーはほしくないわ、カースティ」

「ほしくなくても、体のためになりますから」

娘はさからわずに、手をひかれて廊下を行き、カーステン・リンツトロムの小さな居間に入った。そして差し出されたブランデーのグラスを受け取り、ちびちび飲んだ。カーステン・リンツトロムが忿懣《ふんまん》やるかたないといった調子で言った。

「あんまり出しぬけのことですものねえ。こういうことには予告がなければ。マーシャルさんは、なぜあらかじめお手紙をくださらなかったのでしょう」

「キャルガリさんが書かせなかったんでしょう。ご自分で知らせに来たかったのよ」

「ご自分で知らせにねえ！　その知らせを聞くわたしたちの身にもなってほしかったわ」

「きっと」と、抑揚のない妙な声でヘスターは言った。「わたしたちがよろこぶと思ったんでしょう」

「よろこぶにしろ、よろこばないにしろ、出しぬけの知らせには変わりありませんよ。こんなやり方をしてもらいたくありませんでしたね」

「でも、ある意味では、あの方はえらいわ」と、ヘスターは言った。その顔に赤味がさしてきた。「だって、とても言いにくいことでしょう。いきなり知らない家へやって来て、殺人の判決を受けて刑務所で死んだひとは、実は無罪でしたなんて言うのよ。そう、やっぱりえらいと思うわ――でも初めから来なければ、それに越したことはなかったけど」と、ヘスターは言い足した。

「それは――わたしたちはみんな、そう思っていますとも」と、ミス・リンツトロムが勢いよく言った。

ヘスターはとつぜん夢からさめたように、相手の顔をまじまじと見た。

「カースティ、あなたもそう思うの？　わたしだけかと思ったわ」

「わたしだって、ばかじゃありませんからね」と、ミス・リンツトロムはするどく言った。「あなたがえらいとおっしゃる、そのキャルガリさんには思いもよらない将来の成り行きが、わたしにはよく分かりますよ」

ヘスターは立ちあがった。「お父様の部屋へ行かなきゃ」

カーステン・リンツトロムはうなずいた。「そうですね。これからどうするのが一番いいか、旦那様はもうお考えになったでしょう」

ヘスターが書斎に入って行くと、グェンダ・ヴォーンが電話のダイヤルをまわしていた。父親に手招きされたヘスターは、その椅子の腕に腰をおろした。

「メアリとミッキー（マイケルの愛称）に連絡するところだ」と、リオは言った。「すぐ知らせなければいけないからね」

「もしもし」と、グェンダ・ヴォーン。「ミセス・デュラントですか。あ、メアリさん？　グェンダ・ヴォーンです。いまお父様と代わりますから」

リオが近づいて、受話器を受け取った。

「メアリか？　こんにちは。フィリップは元気かね。……そうか、結構。ちょっと妙なことがあってね……なるべく早くお前の耳にも入れておきたいと思って電話した。ドクター・キャルガリというひとが、たった今、うちへ訪ねて来たのだ。アンドリュウ・マーシャルの紹介状でな。妙なことというのは、ジャッコのことだ。つまり――実にふしぎなことなのだが――裁判のときのジャッコの陳述――ドライマスまで誰かの車に便乗したという話、あれは、どうやら真実らしい。そのキャルガリさんが、ジャッコを車に乗せたひとだったのだ……」

リオは口をつぐみ、電話線の向こうの娘の声に耳をかたむけた。「うん、いや、メアリ、そのときなぜ届け出なかったのかというと、いろいろ詳しい事情があるのだ。事故が――交通事故にあったのだよ、そのひとが。まんざらでたらめの話ではないという確証もある。とにかく、できるだけ早い機会に、みんなに集まってもらいたいと思って、電話したのだ。たぶん、マーシャルにも来てもらって、相談に乗ってもらうだろう。法律の面からも意見を聞きたいからね。おまえとフィリップも来てもらえるね？……うん……そうか。しかしこれは、おまえ、たいへん重要なことだから……うん……まあ、とにかくあとで電話してほしい。ミッキーにも知らせておくから」リオは受話器をかけた。

グェンダ・ヴォーンが電話に近寄った。

「今度はミッキーにかけます？」

ヘスターが言った。

「それ、すこし時間がかかるでしょう。その前に、わたしにかけさせてくださらない、グェンダ。ドナルドにかけたいのよ」

「かけなさい」と、リオが言った。「今晩ドナルド君といっしょに外出するのだったね？」

「だったのよ」と、ヘスターが言った。

父親は娘をきっと見つめた。

「さっきのことで、そんなに動転しているのかね」

「分からないわ」と、ヘスターは言った。「じぶんでじぶんの気持ちがよく分からない」

グェンダが電話のそばから体を引き、ヘスターはダイヤルをまわした。

「恐れ入りますが、ドクター・クレイグをお電話口まで。はい。はい。わたくし、ヘスター・アージルです」

一、二秒してから、ヘスターは喋り出した。

「あ、ドナルド？……お仕事中ごめんなさい。わたくし今晩の講演会に行かれないんです……いいえ、病気じゃないの──そうじゃないのよ、ただ──さっき、うちに──変な知らせがあったの」

ドクター・クレイグが喋っているらしい。

ヘスターはふりむき、電話口を手で覆って父親に言った。

「秘密にしなくてもいいんでしょう？」

「そう」と、リオはゆっくり言った。「そう、秘密というわけではないが、しかし──わたしならドナルド君に、ここしばらくは内密に願うと言うだろうな。ひとの噂というものは、拡大されて、いくらでも広まるから」

「そうね」ヘスターはまた電話にむかって喋り出した。「ある意味では、いい知らせなのよ、ドナルド。でも──ちょっとびっくりするようなことなの。電話ではお話しできないわ……いえ、だめ、ここにはいらっしゃらないで……お願いですから──だめよ。今晩はだめ。あしたでも。ジャッコの──ことなんです。ええ──ええ──うちの──やはり母を殺したんじゃないことが分かったの。……でも、ドナルド、お願いですから、まだ誰にもおっしゃらないでね。あした詳しくお話しするわ……いえ、ドナルド、だめなのよ……今晩は誰にも逢いたくない——あなたにも。ごめんなさいね。誰にもおっしゃらないでくださいね」ヘスターは受話器を置き、すんだとグェンダに合図をした。

グェンダがドライマスへ市外通話を申しこんだ。リオがしずかに言った。

「ヘスター、なぜドナルド君と講演会に行かないのかね。気晴しにちょうどいいのに」

「いやなのよ、お父様。行く気がしないの」

リオは言った。

「おまえの話し方は——今の電話で、ドナルド君に与えた印象は、いい知らせという感じではなかったね。しかし、ヘスター、そんなことはないのだよ。わたしらはびっくりしたことはした。だが、あの知らせを聞いて、誰もがほっとして——非常に嬉しく思っているのだ……それが当然じゃないか」

「じゃ、世間にはそう言えばいいのね」と、ヘスターが言った。

リオがたしなめるように言った。

「おまえ、そういう——」

「でも、それはウソでしょう?」と、ヘスター。「いい知らせじゃなかったわ。みんなの気持ちをめちゃめちゃにした知らせだわ」

グェンダが言った。

「ミッキーが出ました」

ふたたびリオは受話器を受けとり、娘に話したとおりのことを、息子にも喋った。けれども今度は、ニュースの受け取られ方は、メアリ・デュラントの場合とは大ちがいだった。不審のことばもなければ、おどろきも、疑惑もない。その代わりに、ひどく物分かりがよかった。

「なんてことだ！」とミッキーの声が言った。「今頃ねえ！　謎の証人の登場か！　やれやれ、あの晩のジャッコは、よっぽどツイていなかったんだな」

リオがまた喋った。ミッキーは黙って聞いた。

「そうですね」と、ミッキーは言った。「賛成です。できるだけ早く集まって、マーシャルにも来てもらうのがいい」ミッキーは急に笑い出した。その笑い声を、リオはよくおぼえていた。少年時代、庭で遊んでいたときの笑い声そのままである。「賭けませんか」と、ミッキーは言った。「ぼくらのなかの誰が犯人なのか」

リオはがちゃりと受話器をかけ、あわただしく電話から離れた。

「なんと言っていました？」と、グェンダが訊ねた。

リオが話してきかせた。

「つまらない冗談ですわ」と、グェンダが言った。

リオはグェンダをちらと見た。「ひょっとすると」と、リオは小声で言った。「冗談のつもりではなかったのかもしれない」

2

メアリ・デュラントは部屋を横切り、花瓶から落ちた菊の花びらをつまみあげた。それを注意ぶかく紙屑籠のなかへ入れた。背の高い、明朗な感じの、二十七歳の女性である。顔に皺はないが、年より老けて見える。なかば化粧のせいだろうか、成熟した女の落ち着きがある。美人だが、グラマーという感じではない。ありふれた顔立ち、きれいな肌、生き生きとした青い目。美しい髪はすっかりうしろへ掻き上げ、うなじのところで大きな房にまとめている。ちょうど流行のヘア・スタイルだが、メアリの場合、流行だからそうしているのではなかった。いつも自分独特の髪型に忠実な女性なのである。この住居そっくりの外見。小ざっぱりして、手入れがゆきとどいている。ごみや、散らかっているものには、我慢ができない性分である。

車椅子に坐った男は、散った花びらをメアリが拾うのを見て、ちょっとゆがんだ微笑を浮かべた。

「相変わらずきれい好きだな」と、男は言った。「万物すべてその在るべき場所に在る」すこし意地のわるい響きをこめて男は笑った。だが、メアリ・デュラントは、けろりとしている。

「そう、わたしはきちんとするのが好きなのよ」と、メアリはうなずいた。「うちのなかが修羅場みたいになってたら、フィル、あなただって気持ちよくはないでしょう」

夫はかすかに自嘲をこめて答えた。

「まあ、どっちにしろ、修羅場をつくる能力はぼくにはないがね」

結婚直後、フィリップ・デュラントは、麻痺性の脊椎カリエスにかかった。それ以来、夫を熱愛するメアリにとって、フィリップは夫兼子供のような存在になったのである。フィリップ自身は、そんな妻の独占的な愛情に、時として当惑を感じることがあった。妻には想像力が欠けている。こちらが頼りきりになっていれば満足なのだ。ときどきフィリップがうんざりしていることに気がつかないのだろうか。

同情や憐れみのことばが恐ろしいように、フィリップはあわてて話をつづけた。

「それにしても、お父さんのニュースにはたまげたね！　今頃になって！　きみはよくそう落ち着いていられるな」

「なんだかまだ本気にできないのよ……ほんとに変な話ですもの。最初、お父様は冗談を言ってるのかと思ったくらい。ヘスターなら、こんな話を考え出すくらいお茶の子でしょうけどね。ヘスターって子は、あなたもご存じのとおり」

フィリップ・デュラントの顔から、にがにがしげな表情がすこし薄れた。しずかな声でフィリップは言った。

「猛烈な熱情のかたまり。みずから人生にトラブルを探し求め、見つけずんばやまぬ意気のもちぬし」

この分析を、メアリはあっさり聞き流した。第三者の性格など、どうでもいいのである。

疑わしそうな口調でメアリは言った。「一体ほんとなのかしら。その知らせに来た人の作り話じゃないのかしら」

「放心した科学者の空想、かい？　そう考えたくもなるけれども」と、フィリップが言った。「しかし、アンドリュウ・マーシャルがまじめに問題にしているのだからね。しかも、マーシャルも、マーシャル・アンド・マーシャル弁護士事務所自体も、商売の面じゃ大そう堅実なんだよ」

メアリ・デュラントは、眉をひそめて言った。「そうすると、具体的にはどう、いうことになるの、フィル」

フィリップが言った。「ジャッコの無実の罪が完全に晴れるのさ。当局に納得がいけばの話だがね――ほかにはなんの問題もないだろう」

「そうなの」と、メアリは小さな溜め息をついた。「じゃあ結局とてもいいことなのね」

フィリップ・デュラントはまた笑った。さっきとおなじように、ゆがんだ、にがにがしい笑いである。

「ポリー！」と、フィリップは言った。「きみにはもうお手上げだ」

メアリ・デュラントのことをポリーと呼ぶのは、その夫だけだった。彫像のようなメアリの姿体には、妙にふさわしくない呼び名である。ほんのすこしおどろいたように、メアリはフィリップの顔を見た。

「わたしの言ったことが、どうしてそんなにおかしいの」

「いや、実に事もなげに言ってのけたからさ！」と、フィリップは言った。「市場で田舎の細工物をお買い上げになる高貴の奥方みたいだ」

ぽかんとした顔でメアリが言った。「でも、ほんとにいいことでしょ！　親戚に人殺しがいるなんて、どう考えてもいやじゃありませんか」

「厳密にいえば親戚じゃない」

「おなじことよ。ほんとにわたし、とってもいやな思いをしたわ。みんな、変にそわそわして、話を聞きたがるんですもの。いやでたまらなかったわ」

「きみの態度は立派だった」と、フィリップは言った。「その氷のようなひとにらみで、みんなを震えあがらせたからな。誰もがシュンとして、恥かしそうな顔になったっけ。きみが感情をおもてにあらわさぬことたるや、まことにみごとだった」

「とてもいやだったわ。とても不愉快だったわ」とメアリ・デュラントは言った。「でも、とにかく、あの人は死んで、片がついたでしょ。それなのに、また――また昔のことをほじくり返されるのかしら。うんざりね」

「まったくだ」と、フィリップ・デュラントは考えこんだ。すると、わずかに肩の位置が変わった。フィリップの顔に、かすかな苦痛の表情が走った。たちまち、妻がそばに寄って来た。

「痛いの？　待って。このクッションを動かしましょう。さあ。これでどう？」

「きみは病院の看護婦になればよかった」と、フィリップが言った。

「大勢のひとを看護する気は、これっぽっちもないわ。あなただけよ」

あっさり言ったそのことばの裏には、深い感情があふれていた。

電話が鳴り出した。メアリが出た。

「もしもし……はい……どなた様……あら……」

フィリップのほうに振り向いて、メアリは早口に言った。「ミッキーよ」

「ええ……ええ、聞いたわ。お父様から電話があって……ええ、もちろん……そう……ええ……フィリップはね、弁護士に納得がいったのなら、ほかに問題はないだろうって……ミッキー、どうしてそんなに大騒ぎするの……わたしはそれほどばかのつもりじゃないけど……ほんとに、ミッキー、あなたは――もしもし？……もしもし？……」メアリは怒ったように眉をひそめた。「切ったわ」受話器をかけた。「ミッキーって、ほんとに変なひとね、フィリップ」

「なんと言ってた」

「なんだか知らないけど、ひどく興奮してるみたいなのよ。わたしはばかなんですって。わたしには今度の――事態が分かっていないんですって。えらいことになるぞ、なんて言ってたわ。でも、どうしてなの。わたしには分からない」

「ほう、恐慌状態だな」と、フィリップは、面白そうに言った。

「でも、どうして」

「そう、ミッキーの言うとおりだ。妙な事態になるだろう」

メアリは分からないような顔をした。

「あの事件のことがまた話題になるってこと？　ジャッコの嫌疑が晴れたのは嬉しいけど、また世間に噂が立ったりするのはいやね」

「世間の噂というようなことだけじゃないんだ。それ以上のことだ」

メアリは探るようにフィリップの顔を見つめた。

「警察がまた乗り出すということさ！」

「警、警察？」メアリはするどく言った。「警察とこの知らせとなんの関係があるの」

「いい子だから、すこしあたまを使って」と、フィリップ。「考えてごらん」

メアリはフィリップのかたわらに、そっと腰をおろした。

「つまりね、一つの犯罪が未解決になったわけだろう」と、フィリップが言った。

「でも、まさか乗り出して来やしないでしょう――いまさら」

「それは希望的観測というものだ」とフィリップは言った。「あまり根拠のある考え方じゃないな」

「そんなことないわ」と、メアリ。「結局、警察はばかで――ジャッコの事件でひどいまちがいをやったわけでしょう――それなのに、また手を出したがるかしら」

「出したくなくとも――出さずにはいられないのだよ！　それが警察の仕事だから」

「ちがうわ、フィリップ、絶対そんなことないと思う。しばらくは世間の噂がうるさいでしょうけど、それだけで万事解決よ」

「そして、われわれは、いつまでも幸せに暮らしましたとさ」と、フィリップがからかった。

「そうよ、そうにきまってるわ」

　フィリップは、あたまを振った。「そんな単純なことじゃない……お父さんの言うとおりだ。ぼくらは一刻も早く集まって、相談しなきゃならない。マーシャルも呼んで」

「じゃあ――サニー・ポイントへ行くの？」

「そう」

「まあ、そんなことできないわ」

「なぜ」

「だって不可能じゃありませんか。あなたは病人だし――」

「ぼくは病人じゃない」フィリップは、じれったそうに言った。「完全な健康体だ。足が使えなくなっただけだ。乗物に乗せてさえもらえば、ティンブクツ（西アフリカ）にだって行ける」

「サニー・ポイントに行くのは、あなたのためにならないわ。こんな不愉快な事件がぶり返した所へ――」

「ぼくは精神まで使えなくなったわけじゃない」

「――それに、うちをあけっぱなしにできないわ。この頃、泥棒が多いのよ」

「誰かに留守番を頼むさ」

「あなたは簡単におっしゃるけど――今どき誰が留守番にくるほど閑なもんですか」

「ほら、なんとかさんの奥さんが毎日遊びにくるじゃないか。所帯じみた言いわけはよしてくれ、ポリー。ほんとは、きみが行きたくないんだろ」

「そうよ、行きたくない」

「まあ、ちょっと行って、すぐ帰ってくるさ」と、フィリップはなだめるように言った。

「とにかく、行かなければいけない。今こそ家族一同が団結して、世間と戦わなきゃならん時だよ。その戦術をみんなで練るんだ」

3

ドライマスのホテルで、キャルガリは夕食を早くすませ、部屋に上った。サニー・ポイントですごした時間が、重くるしくのしかかっているような感じである。じぶんの使命が決して楽なものでないことは分かっていたし、よほどの覚悟で実行に踏み切ったことも事実だった。だが現実は、なるほど楽でないことは確かだが、それは予想とはまるでちがった意味なのである。キャルガリはベッドの上に寝そべり、タバコに火をつけて、つぎつぎと湧きあがる考えを追うのだった。

いちばん明瞭におぼえているのは、別れぎわのヘスターの顔だ。名誉回復と言ったキャルガリに、投げつけるように言い放ったあのことば！　なんだったか。そう、「問題は、有罪になったひとじゃないんです。無罪です」だ。それから、「ご自分のなさったことがお分かりにならないの」とも言った。ところで、キャルガリは何をしたのだろう。分からない。

それから、ほかの人物たち。みんながカースティと呼んでいた、あの女。（なぜカースティなのだろう。それはスコットランド系の名前だ。あの女はスコットランド人じゃない――デンマークか、それともノルウェー人だろうか）あの女はなぜ、あんなにいかめしく――責めるような喋り方をしたのか。

リオ・アージルにも妙なところがある――自分の殻に閉じこもった、用心ぶかい感じ。「息子は無罪ですか、それはよかった！」というようなことは、ひとことも言わなかった。それがいちばん自然な反応だろうに！

そして、あの女性――リオの秘書という女性。彼女はキャルガリに好意的だった。しかし、これまた反応は妙だった。アージルの椅子のかたわらにひざまずいていた光景が思い出される。まるで――まるで――リオに同情し、リオをなぐさめているように見えた。何をなぐさめていたのだろう。息子の嫌疑が晴れたことをか？　それに――そう、確かに――あの光景は、単なる主人と秘書という以上のものだった――たとえ永年の秘書であろうと。……これは、いったい、どういうことなのだ。あの家のひとたちは、なぜ――

ナイト・テーブルの上の電話が鳴り出した。キャルガリは受話器を取り上げた。

「もしもし」

「キャルガリ様でございますか。ご面会の方がお見えです」

「わたしに？」

キャルガリはびっくりした。ドライマスに泊っていることを知っている者は、誰もいないはずなのだが。

「なんというひとです」

しばらく間があった。やがてフロント係が言った。

「ミスター・アージルとおっしゃっておられますが」

「ああ。それでは——」こちらから下りて行くと言いかけて、アーサー・キャルガリはふと口をつぐんだ。リオ・アージルが、なんらかの理由でドライマスまで出て来て、こちらの宿をつきとめたとすれば、それは階下の混みあったラウンジでは話しにくい用件のために相違ない。

キャルガリは言い直した。

「この部屋までご足労願いますと言ってくれませんか」

ベッドから起き上り、部屋のなかをうろうろしていると、ドアにノックの音がした。跳んで行って、ドアをあけた。

「どうぞ、アージルさん、わたしは——」

ぎょっとして、キャルガリは言いやめた。それはリオ・アージルではなかった。まだ二十三、四の若者である。せっかくの浅黒いハンサムな顔が、にがにがしげな表情で台なしになっている。むこうみずな、怒った、不愉快そうな顔。

「びっくりしましたね」と、若者は言った。「おやじだと思ったんでしょう。ぼくはマイケル・アージルです」

「どうぞ」客が部屋に入ったので、キャルガリはドアをしめた。「わたしがここにいることは、どうして分かりました?」シガレット・ケースを差し出しながら、キャルガリは訊ねた。

マイケル・アージルは、シガレットを一本取り、不愉快な音を立てて笑った。

「そりゃ簡単ですよ！　主なホテルに、あてずっぽうに電話したんです。二通話めで、ずばりあたった」

「で、なんのご用でしょう」

マイケル・アージルはゆっくりと言った。

「どんな人物なのか、お目にかかりたくてね……」その目は値ぶみするようにキャルガリをなめまわし、すこし前かがみの肩から、胡麻塩の髪へ、神経質そうな細おもてへと動いていた。「なるほど、これがヘイズ・ベントリ探険隊の一員か。あまりタフには見えないな」

アーサー・キャルガリは、かすかに微笑を浮かべた。「ひとの外見は往々にしてあてにならぬものです」と、キャルガリは言った。「これでもタフですよ。極地探険に必要なのは腕力じゃない。肝心なのはほかの資格です。耐久力とか、忍耐力とか、科学知識とか」

「いくつです、四十五？」

「三十八です」

「老《ふ》けて見えるな」

「そう——そうかもしれませんね」一瞬するどい悲しみが溢れた。目の前にいるのは、いかにも青春そのものといった若者である。

キャルガリは唐突に訊ねた。

「一体なんのご用ですか」

相手はいやな顔をした。

「来てもわるくはないと思うがな。知らせを聞いた以上は。例の弟のことですよ」

キャルガリは返事をしなかった。

マイケル・アージルはつづけて言った。

「しかし、もう手遅れだな」

「そうです」と、キャルガリは低い声で言った。「もう手遅れでした」

「なんであのとき黙っていたんですか。交通事故とかいうのは、なんのことなんだろう」

キャルガリは辛抱づよく説明した。ふしぎなことに、この若者の不作法な態度が、かえって頼もしく感じられるのだった。肉親のことを心から案じる人間が、すくなくとも一人はいたわけである。

「ははあ、ジャッコにはアリバイがあったというわけか。でも、ちょうどその時刻だったということは、どうして分かります」

「時間にかんする限り、わたしは正確です」と、キャルガリはきっぱり言った。

「あんたの思いちがいかもしれない。科学者というやつは、ときどきぼうっとしていて、時間や場所をまちがえるものだから」

キャルガリはすこし愉快そうな顔をした。

「ははあ、よく小説に出てくる放心したような教授先生を想像しているのですね――へんなソックスをはいて、世間のことは一切わからんといった顔の？　マイケルさん、科学の仕事というのは非常に精密なものです。精密な数量、精密な時刻、精密な計算、それが科学なのですよ。わたしの思い違いかもしれないという可能性は、これっぱかりもありません。あなたの弟さんを車にお乗せしたのは七時すこし前で、ドライマスで別れたときは七時三十五分でした」

「腕時計が狂っていたかもしれない。でなきゃ車の時計が」

「腕時計も車の時計も正確に時報に合わせてあります」

「ジャッコがわざと回り道をさせたかもしれない。そういうことは上手な奴だったから」

「回り道はしません。どうして、そうムキになって、わたしの話を否定しようとするのですか」いささか熱をこめて、キャルガリは言った。「当局を納得させることのむずかしさは覚悟していました。一人の人間に無実の罪をきせたのは当局ですからね。しかし、ジャックさんの家族の方たちを納得させることが、これほどむずかしいとは夢にも思わなかった！」

「じゃあ、みんな、なかなか納得しなかったんだな」

「そう、反応がすこし――異常でした」

ミッキーはキャルガリをするどく見つめた。

「あんたの話を信じようとしなかった？」

「まあ――そういう感じでした……」

「感じじゃない。実際に信じたくなかったんだ。考えてみりゃ、当然のことですよ」

「しかし、なぜです。なぜ当然のことなのです。あなたのお母様が殺された。あなたの弟さんがその犯人ということにされた。それが無実の罪であったことが、今になって分かった。すこしは喜んで――感謝してくださってもいいじゃありませんか。ほかならぬ弟さんのことなのですよ」

ミッキーが言った。

「弟じゃない。殺されたのも、おふくろじゃない」

「なんですって？」

「まだ、知らなかったんですか。ぼくらはみんな養子なんだ。大家族でね。メアリは一番上の〝姉〟だが、ニューヨークからもらわれて来たんです。あとのわれわれは、みんな戦争中にもらわれて来た。〝おふくろ〟には、子供ができなかったんですよ。だから、もらいっ子で一家族作りあげちまった。メアリと、ぼくと、ティナと、ヘスターと、ジャッコ。実に快適で、ぜいたくで、母性愛に満ちみちた家庭でね！　おふくろは、ぼくらが実の子供じゃないことなんか、とっくに忘れていたようだったな。しかし一番最後にジャッコを拾って来たのが、まちがいのもとだった」

「ちっとも知りませんでした」と、キャルガリが言った。

「そういうわけだから、〝お母様〟とか〝弟さん〟とか言うのは、やめにしてもらいたいな！　ジャッコは要するに寄生虫だった！」

「しかし殺人犯人ではなかった」と、キャルガリが言った。

その声には断乎たるひびきがあった。ミッキーは、キャルガリの顔を見つめ、うなずいた。

「よし。あんたはそう言う――それがあんたの主張ですね。ジャッコは殺さなかった。

そう、結構——じゃ殺したのは誰なんだ。そのことを考えてみましたか。考えなかったにちがいないんだ。それなら、今からゆっくり考えてもらいたいな——そうすれば、あんたがぼくらになんということをしてくれたか、よく分かるだろう……」

若者はくるりと背中を見せ、あわただしく部屋から出て行った。

第四章

申しわけなさそうにキャルガリが言った。「またお邪魔いたします、マーシャルさん」

「どうぞ、どうぞ」と、弁護士が言った。

「ご存じかと思いますが、わたしはサニー・ポイントへ行って、ジャック・アージルの家族の人たちと逢って来ました」

「それは、それは」

「そのことは、もうお聞きになったのでしょうね」

「そうです、キャルガリさん、伺いました」

「で、なぜまたこちらへお邪魔したかと申しますと……つまり、わたしの予想とは、事情がだいぶ違っていましたので」

「そう」と、弁護士は言った。「かもしれませんな」その声は相変わらずそっけなく無表情だったが、どこかしら話のつづきをうながすようなところがあった。

「つまりですね、わたしは」とキャルガリはつづけた。「わたしの訪問で万事が解決すると思っていたのです。むろん、アージル家のひとたちからある程度——なんと申しますか——恨まれることは覚悟しておりました。わたしの交通事故が不可抗力と認められたにしろ、アージル家のひとたちにしてみれば、恨みを抱くのはごく自然な感情の動きというものです。そのことは、今申したとおり、覚悟していました。しかし同時に、ジャック・アージルの汚名がすすがれたという事実において、かれらはわたしに感謝するにちがいない。それでいわば相殺されることになる、とまあ、こんなふうに考えていたのです。ところが、訪問は予期に反しました。まったく予期に反しました」

「なるほど」

「ひょっとして、マーシャルさん、こういう事情をあなたは予感しておられたのではありませんか。このまえ伺ったとき、あなたのおっしゃることを拝聴していて、どうも妙な気持ちになったのをおぼえています。わたしが訪問する家のひとたちの精神状態を、予想しておられたのでしょうか」

「どんな精神状態なのか、あなたはまだ話してくださらない、キャルガリさん」

アーサー・キャルガリは、椅子ごと体を前に乗り出した。「わたしは、あの訪問が何かの終わりだと思ったのです。すでに書かれた一章に異なる結末を与える——とでも申しましょうか。しかし、わたしが感じさせられたのは、というよりなんとなく分からせられたのは、その訪問が何かの終わりではなくて何かの始まりである、ということでした。何かまったく新しいことの始まり。これが正しい表現ではないでしょうか。いかがです」

マーシャルは、ゆっくりうなずいた。「そうですね」と、マーシャルは言った。「そういうふうに言えるかもしれません。たしかに先日のわたしは――白状しますと――あなたに若干の見通しが欠けていると思いました。もちろん、それは当然といえば当然のことです。背後の事情とか、あるいは事実そのものについても、あなたは公式の資料しかご存じなかったのですから」

「ええ。ええ、それは分かります。今は、分かりすぎるほど分かります」キャルガリの声は興奮に上ずった。「アージル家のひとたちが感じたのは、安堵でもなければ、感謝の念でもなかった。それは憂慮でした。これからどうなるのだろうという不安。そうですね？」

マーシャルは用心ぶかく言った。「たぶんあなたのおっしゃるとおりだと思います。もちろん、わたしは直接行ったわけではないから、分かりませんが」

「で、そうだとすれば」と、キャルガリはつづけて言った。「わたしはもはや、自分にできる唯一の償いをしたという満足感を抱いて、仕事に戻ることができないわけです。わたしはまだこの一件から脱け出していません。いろいろなひとたちの生活に、ひとつの新しいファクターを持ちこんでしまったことについて、わたしには責任があります。ここですっぱり手を切ってしまうことはできないのです」

弁護士は咳ばらいをした。「それはまた、いっぷう変わったお考えですな、キャルガリさん」

「いや、そうは思いません。ひとはじぶんの行動について責任を持たなければならないのです。行動についてばかりか、行動の結果についても、です。ほんの二年前に、わたしは通りすがりの若者をじぶんの車に乗せました。そうすることによって、一連の事件が発生してしまった。いまさらわたしが手を引くわけにはいきません」

弁護士は否定するようにあたまを振った。

「それはそれで結構です」と、アーサー・キャルガリはじれったそうに言った。「変わった考え方だとお思いなら、それでもいいのです。しかし、わたしの感情は、わたしの良心は、依然としてこの事件にかかりあっています。じぶんの力の及ばぬところで発生した事件にたいして、なんらかの償いをしたいというのが、わたしの唯一の願いでした。その償いは、まだ果されていません。どうしたわけか、わたしは事をこじらせて、すでに充分苦しんだひとたちをさらに苦しめるような結果を招いてしまいました。なぜでしょう。その理由がまだよく分からないのです」

「そう」と、マーシャルはゆっくりと言った。「そう、あなたにはお分かりにならないかもしれません。過去十八ヵ月あまりのあいだ、あなたは文明から切り放されておられた。毎日の新聞をお読みにならなかったから、裁判の進行情況や、あのアージル一家の裏話などをご存じなかった。いや、こちらにおられたとしても、そんな記事はお読みにならなかったかもしれないが、それでも、ひとの噂はいやでもお耳に入ったことでしょう。事実と申すのは実に簡単なことなのです、キャルガリさん。秘密のことでもなんでもない。事件当時すっかり世間に知れてしまったことです。要約すれば、つまり、もしあの犯罪を犯したのがジャック・アージルでないとすると（あなたのお話によれば、ジャック・アージルが犯人ではあり得ないのですから）、しからば誰が犯人か。そう考えてくると、必然的に犯行当時の情況に立ち戻らざるを得ません。あの犯罪の時刻は、十一月のある夜、七時から七時半までのあいだでした。その時、亡くなられた婦人は、家族や使用人といっしょに、あの家におられた。あの邸は厳重に戸締まりがされ、外部から遮断されていました。外から入る場合は、アージル夫人そのひとにドアをあけてもらうか、あるいは自分の鍵を使うか、どちらかです。言いかえれば、外部から侵入した人間は、アージル夫人が知っている人間でなければならなかった。こういう事情は、アメリカで起こったボーデン事件と似ておりますね。ある日曜日の朝、ボーデン夫妻が斧でなぐり殺されていた。おなじ家のなかにいた人間は、なんの物音も聞かなかったし、第三者が外部から家に接近した形跡もない。お分かりでしょう、キャルガリさん。あなたの知らせを聞いたアージル家の人びとが、安心するどころか逆に動揺した理由が？」

キャルガリはゆっくり言った。「とおっしゃると、あの一家はむしろジャック・アージルの有罪をのぞんでいるということですね」

「そうですとも」とマーシャルは言った。「そうですとも、それにちがいありません。すこし皮肉な言い方をしますと、家のなかの人殺しという不愉快な事実にたいして、ジャック・アージルはいわばうってつけの解決策だったのです。ジャックは問題児であり、不良少年であり、発作的な気性のもちぬしだった。言いわけはいくらでもできるし、また事実どっさり言いわけがされたのでした。アージル一家はジャックのためにいたく嘆き悲しみ、ジャックに同情し、この事件はほんとうはジャックの罪ではないのだと、お互いに、あるいは世間にむかって、言ってみせればいいのです。その理由は、心理学者がすっかり説明してくれる！　そう、実に、実に都合のいい話です」

「ところが今は——」と言いかけて、キャルガリは口をつぐんだ。

「ところが今は」と、マーシャルが言った。「むろん事情一変です。まったくちがってしまった。ぎょっとするほど一変したと申しましょうか」

キャルガリがするどく言った。「わたしがもたらしたニュースは、あなたにとっても不愉快なニュースだったわけですね？」

「白状すれば、そうです。ええ。白状すれば、わたしはたしかに――少々おどろきました。満足すべき結果に終わった事件が――そう、〝満足すべき〟ということばをわたしは依然として使いたいのですが――今や再開されたわけですから」

「それは公式のご意見ですか」と、キャルガリはたずねた。「つまり――警察の立場からしても、事件は再開するのでしょうか」

「それはもう疑う余地ありません」とマーシャルは言った。「ジャック・アージルの有罪が圧倒的多数で決定されたとき――（陪審員たちが別室で協議した時間はたった十五分間でした）――警察にかんする限り、この事件は落着したのでした。しかし死後の特赦がほとんど確実となった現在では、事件は再開されたのも同然です」

「では、警察は捜査のやり直しをするのですね？」

「それもほとんど確実です。しかし、もちろん」と、考えこむように顎をなでながら、マーシャルが付け加えて言った。「これだけ年月が経っている上に、この事件の特殊な事情もありますから、なんらかの結果を得られるかどうかは疑問ですね。……わたし個人の意見としては、まず無駄だろうと思います。あの一家の誰かが犯人だということぐらいは分かるかもしれません。それが正確であるかということも、たぶん分かるでしょう。しかし決定的な証拠を手に入れることは容易じゃない」

「なるほど」と、キャルガリは言った。「分かりました……そうか、彼女が言わんとしたのも、そういうことだったんだ」

弁護士がきっとして言った。「それは、どなたのことですか」

「あの娘さんです」と、キャルガリは言った。「ヘスター・アージル」

「ああ。ヘスターさんか」弁護士は面白そうに訊ねた。「なんと言ったのですか、あの子が」

「無罪のことを言っていました」と、キャルガリ。「問題は有罪ではなくて無罪だというのです。その意味が、わたしにもようやく分かりました……」

マーシャルはキャルガリをするどく見つめた。「ほう、それはどういうことでしょう」

「つまり、いまあなたがおっしゃったのとおなじことです」と、アーサー・キャルガリは言った。「あの一家にふたたび嫌疑がかかるとすれば——」

マーシャルがことばをはさんだ。「ふたたびではありません。アージル家そのものに嫌疑がかかったことは一度もないのです。ジャック・アージルは最初からはっきり黒と見られていましたから」

キャルガリはこの訂正をあっさり受け流した。

「あの一家に嫌疑がかかるとすれば、その嫌疑は永いあいだ——たぶん永久に晴れないかもしれません。そして真犯人が家族の一員だとすれば、それが誰なのかということは、かれら自身にも分からないのです。アージル家の人びとは、お互いに顔を見合って、疑心暗鬼で……そう、それが一番おそろしいことではありませんか。誰かが犯人なのに、それが一つの家のなかですら分からないという……」

沈黙が流れた。マーシャルはしずかな、値ぶみするようなまなざしで、キャルガリを見つめていたが、何も言わなかった。

「おそろしいことではありませんか……」と、キャルガリが言った。

その神経質そうな細面には、内心の動きがまざまざとあらわれていた。

「そう、おそろしいことです……いつまでも分からぬままに、お互いに見つめ合い、その疑惑が一家の人間関係をむしばんでゆく。愛情がこわれ、信頼がこわれ……」

マーシャルが咳ばらいをした。

「それは──なんと申しますか──あまりにも想像がすぎるのではありませんか」

「いや」と、キャルガリが言った。「そうは思いません。失礼ですが、マーシャルさん、この点については、わたしのほうが遠目がきくのです。事のなりゆきを想像できると思います」

また沈黙が流れた。

「事のなりゆきとは、つまり」とキャルガリが言った。「罪もないひとが今後苦しまねばならないということです……無罪のひとが苦しむのはいけないことでしょう。苦しむのは真犯人だけでたくさんです。だからこそ──だからこそ、わたしはここで手を引くわけにはいかない。さっさと自分の場に戻って、〝わたしは正しいことをした、できるだけの償いをした、正しい裁きに力を貸した〟と言って、すましていることはとてもできないのです。なぜといって、わたしはまだ正しい裁きに力を貸してはいないのですから。わたしが今までにしたことは、有罪の決定にも役立っていないし、無実のひとを罪の嫌疑から救い出すことにも役立っていないのです」

「キャルガリさん、あなたはすこし興奮しておいでですね。あなたのお考えにもたしかに一理ありますが、しかしわたしにはどうも──具体的に何をなさるおつもりなのか、どうもよく分からない」

「そうなんです。わたしにも分からない」と、キャルガリは率直に言った。「しかし、努力してみなければならないことだけは分かります。こちらへ伺ったのも、じつはそのためでした、マーシャルさん。わたしが知りたいのは——知る権利があると思いますが——この事件の裏の事情なのです」

「ああ、それでしたら」と、マーシャルは救われたように喋り出した。「べつになんの秘密もありません。どんな事実でもよろこんでお教えしますよ。わたしの立場として、事実以上のことをお話しするわけにはまいりませんが。いずれにしろ、わたしはあの一家の内情にそれほど通じてはいないのです。わが事務所はアージル夫人の法律事務を、しばらく前から引き受けてまいりました。夫人と協同して、いろいろな信託業務や、その法律面の仕事をやってきたわけです。ですから、アージル夫人お一人にかんする限り、わたしはかなりよく知っているつもりですし、ご主人のことも知っています。サニー・ポイントの雰囲気とか、そこに住むさまざまな人物の気性や性格ということになりますと、わたしの知識はいわばアージル夫人を通じた二番煎じですが」

「よく分かりました」と、キャルガリは言った。「何かきっかけがほしいですね。そうだ、子供たちはアージル夫人の実の子ではないと聞きました。みな養子だとか」

「そのとおりです。アージル夫人の娘時代の名前はレイチェル・コンスタムといいまして、大富豪ルードルフ・コンスタムのひとり娘です。お母様はアメリカの方でしたが、この方の実家もたいへんな財産家でした。ルードルフ・コンスタムは多くの慈善事業に関係していまして、ひとり娘にゆくゆくはその仕事をつがせるつもりだったらしいのです。コンスタム夫妻は飛行機事故で亡くなり、レイチェルは父母の莫大な財産を相続して、それを、なんと申しますか、湯水のように慈善事業に注ぎこみ始めました。ご自分でセツルメントの仕事に乗り出すほどの力の入れようです。リオ・アージルと逢ったのも、そのセツルメント時代でした。アージル氏は当時オクスフォードの学生監で、経済学と社会事業を専攻した方です。ところで、アージル夫人の悲劇と申しますのは、生涯こどもを持てないということでした。世の多くの女性の場合とおなじく、この事実は夫人の一生に徐々に暗い影を投げかけることになります。あらゆる種類の専門医を訪ねた結果、母親になる望みが皆無ということが明らかになり、そこでなんとか気休めなりとも手段を講じなければならない。夫人はまずニューヨークのスラム街から養女を迎えました——それが現在のデュラント夫人です。次にアージル夫人は、児童関係の慈善事業に文字どおり没頭しました。一九三九年に戦争が始まりますと、夫人は保健省の後援の下に一種の戦時託児所を開設しようと思い立ち、あなたが訪ねられたあの家、サニー・ポイントを買い取ったのです」

「その頃は〈まむしの出鼻《ヴァイパーズ・ポイント》〉と呼ばれていたのですね」と、キャルガリが言った。

「そうです。そう、それが確か元の名前でした。いや、まったく、夫人がつけた名前よりは、永い目で見れば、よほどふさわしい呼び名ですな。で、一九四〇年頃は、常時十二名から十六名ほどの幼児を収容する託児所になりました。大部分は、片親であるとか、家族といっしょに疎開できなかったとか、そういう事情の子供たちです。設備はいたれりつくせりでした。非常にぜいたくな住居でしてね。そういうぜいたくな環境にいて、戦争が終わったとき、この子供たちが元の家へ帰る場合の困難を、わたしは夫人にそれとなく指摘したこともあります。夫人はわたしのことばにはいっこうに耳をかさなかった。しんから子供たちに愛着を感じていたのですね。そしてついには、とくに家庭環境のかんばしくない子供、あるいは孤児を、何人か引き取って、養子にすることを考えたのです。そういうわけで子供は五人になりました。メアリ——これはフィリップ・デュラントと結婚し——マイケルは現在ドライマスの町で勤めています。それから混血児のティナ、そしてヘスター、それから問題のジャッコです。五人の子供たちはアージル夫妻を父母として成長しました。およそ金で買える限りの最良の教育を受けました。もしも環境だけですべてが解決するものならば、どの子もよほどの大人物になっていたにちがいないのです。実際、申し分ない環境だったのですから。ところが、ジャックは——

かれらのいわゆるジャッコは――終始一貫してわるい子供でした。小学校では金を盗み、転校させられています。大学でも、一年のときに早速トラブルを起こしている。そのほかに、実刑すれすれの犯罪を犯したことが二度もある。カンシャクを起こすと、手がつけられなくなる子でした。しかし、こういうことはすでにご存じでしたね。ジャッコの二度の横領事件は、アージル夫妻の手でうまく揉み消されました。勤めがいやならばと、自分の商売をさせるための資金を出してやったことも、二度あります。商売は二度とも失敗。ジャッコの死後、未亡人には生活費をいまだに払っている次第です」

キャルガリは愕然として体を乗り出した。

「未亡人？　ジャッコが結婚していたとは、ちっとも知りませんでした」

「これは、これは」弁護士はじれったそうに指をぱちんと鳴らした。「わたしの不注意でした。あなたが新聞記事を詳しく読んでおられないことを、うっかり忘れていたのです。彼の結婚については、アージル家の人たちも関知しなかった模様です。ジャッコが逮捕された直後、妻と称する女性が、やつれた姿でサニー・ポイントにあらわれました。アージル氏は、その女性にたいして大そう親切でした。ジャッコの細君は、〈ドライマス・パレ・ド・ダンス〉でダンス・ホステスとして働いていたらしいです。このことをお話しするのを忘れたのは、ジャックの死後、数週間たって、その女性が再婚したせいもあるでしょう。現在の夫は、確かドライマスで電気工をしているはずです」

「そのひとに逢いに行かなきゃならない」と、キャルガリは言った。そして恨みがましく言い足した。「そのひとにまっさきに逢いに行くべきでした」

「そうですね、そうですね。住所をお教えしましょう。先日あなたが見えられたとき、なぜこのことをお話ししなかったのか、実際われながら不思議です」

キャルガリは何も言わなかった。

「この女性は——そう——取るに足らぬファクターなのです」と、弁護士が言いわけをした。「新聞もこの女性のことはあまり取り上げませんでしたし——この女性もまた刑務所へ面会にも行かなかったし——その後のジャッコにはまったく無関心で——」

じっと考えこんでいたキャルガリが、だしぬけに言った。

「アージル夫人が殺された晩、あの家のなかにいたのが誰と誰なのか、教えてくださいませんか」

マーシャルはするどい目つきになった。

「リオ・アージルはもちろんいました。それから末娘のヘスターです。メアリ・デュラントと、その肢体の不自由な夫が、ちょうど泊っていました。退院したばかりでしてね。それから、カーステン・リンツトロム——きっとお逢いになったでしょう——あれはスウェーデン人の看護婦兼マッサージ師で、もともとは託児所時代にアージル夫人の手伝いに来た人ですが、そのまま居残っているのです。マイケルとティナはいませんでした――マイケルはドライマスの町で自動車のセールスマンをしていますし、ティナはレッドミンの州立図書館に勤め、その町のアパート住まいです」

マーシャルはすこし間をおいて、つづけた。

「そのほかにはアージル氏の秘書、ミス・ヴォーンがいました。死体が発見される以前に、あの家から自宅へ帰りましたが」

「そのひとにも逢いました」とキャルガリは言った。「わたしの感じでは、非常に――アージル氏と親しいようでした」

「そう――そうです。たぶん近いうちに婚約の発表があるでしょう」

「ほう！」

「アージル氏も奥さんが亡くなられてからは淋しかったのでしょう」と、かすかに非難のひびきをこめて、弁護士は言った。

「それはそうでしょうね」と、キャルガリは言い、ふたたび出しぬけに訊ねた。

「動機についてはいかがです、マーシャルさん？」

「これはまた、キャルガリさん、そこまでの推理は、わたしにはできませんな！」

「いや、そうでもないでしょう。事実を確かめることは可能だと、ご自分でおっしゃったではありませんか」

「金銭上の直接の利益は誰にもありません。アージル夫人は財産管理については自由相続システムを選びました。これはご存じかと思いますが、最近よく利用される方式なのです。このシステムでは、財産の受託者は子供たち全員の利益を考えねばならぬことになっています。受託者はこの場合三人おりまして、その一人が、わたしであり、もう一人はリオ・アージル、もう一人はアージル夫人のいとこにあたるアメリカ人の弁護士です。受託された財産は相当な高額にのぼりますが、これをわたしたち三人の受託者が管理し、必要に応じて受益者たちに分配することになっております」

「アージル氏はどうです。夫人の死によって金銭的な利益はあったのですか」

「大した額ではありません。今申し上げたとおり、夫人の財産の大部分はわたしたちに受託されていました。ご主人に残したのは残余遺産ですが、それは大した金額ではありません」

「ミス・リンツトロムは？」

「ミス・リンツトロムには、数年前、アージル夫人が相当高額の年金を定めています」

マーシャルはいら立たしげに言い足した。「動機ですか？　わたしには動機のかけらも見当りませんね。すくなくとも金銭的な動機はない」

「それでは感情面では？　何か特殊な――いざこざはなかったのですか」

「そういうお話になりますと、わたしはお役に立ちそうにもありませんな」と、マーシャルはきっぱり言った。「あの一家の生活を観察していたわけではありませんから」

「誰か観察できる立場にいたひとはいないでしょうか」

マーシャルはしばしためらった。それから、不承不承言った。

「かかりつけの医者がいましたね。ドクター――ええと――マクマスターという名だったと思います。現在は、もう隠居生活ですが、それでもあの近所に住んでいます。託児所時代の専任の医者だった人です。サニー・ポイントの生活について、あのひとならずいぶんいろんなことを知っているでしょう。うまく説きつけて、話を引き出せるか否かは、あなたの腕前次第ですね。しかし、あの医者が協力してくれたとして――こういうことを申し上げるのは失礼かもしれないが――警察にもできなかったことが、あなたにおできになるとお思いですか」

「分かりません」と、キャルガリは言った。「たぶん駄目でしょう。ただ一つだけ分かっています。やってみなければならない、ということです。そう、やってみなければならない」

第五章

警察本部長の眉毛がゆっくりと上っていった。けれども白髪の生えぎわまでは、まだだいぶ距離がある。警察本部長はおもむろに天井を見上げ、それからふたたびデスクの書類を見下ろした。

「なんとも、はや！」と、警察本部長は言った。

警察本部長に適当な相槌を打つのを唯一の仕事としている青年が言った。

「はあ、まったく」

「支離滅裂だ」と、フィニー警察本部長はつぶやいた。そして指でデスクをコツコツ叩いた。「ヒュイッシ警視はいるか」と、警察本部長は訊ねた。

「はい。ヒュイッシ警視は五分ほど前に見えられました」

「よし」と、警察本部長は言った。「呼んできてくれないか」

ヒュイッシ警視は、背の高い、陰気な顔の男だった。いかにもゆううつそうな、その様子を見ていると、この男が子供たちにとりかこまれて、面白い一口話をしたり、子供の耳から小銭を出す手品をしたりするところなど、想像もつかないようである。警察本部長が言った。

「おはよう、ヒュイッシ、これは支離滅裂なことになったな。どう思う?」

ヒュイッシ警視は深く息を吸いこんで、指された椅子に腰をおろした。

「二年前のわれわれが、まちがっていたようです」と、ヒュイッシは言った。「この男——なんという名前でしたか——」

警察本部長は書類をめくった。「キャロリ——いや、キャルガリだ。教授か何からしい。おおかたぼさっとした男だろうな。こういう連中は、時刻や何かについては、うすのろも同然だ」その口調には相手に同意を求めるようなひびきがあった。けれども、ヒュイッシはあっさり答えた。

「科学者だそうです」

「じゃあ、きみはこの男の申し立てを取りあげるべきだと思ってるんだな?」

「そうですね」と、ヒュイッシは言った。「サー・レジナルドが取り上げた以上、何か見落としがあろうとは思えませんからね」これは公訴局長への讃辞だった。

「そうだ」と、すこし不愉快そうにフィニー警察本部長は言った。「公訴局長が納得したのなら、われわれも、まあ、取り上げざるを得んだろうな。とすると、事件は再開か。頼んでおいた関係資料は、持って来てくれたね」

「はい、持ってまいりました」

警視はいろいろな書類をデスクの上にひろげた。

「研究してみたか」と、警察本部長が訊ねた。

「はい、昨晩一通り目を通しました。記憶はかなりはっきりしております。それほど昔の事件でもありませんから」

「そうか、ひとまずおさらいしよう、ヒュイッシ。どこから始める？」

「最初からまいりましょう」と、ヒュイッシ警視は言った。「まずいのは、あの当時この事件になんら疑問の余地がなかったことです」

「そうだ」と、警察本部長は言った。「実に明々白々の事件と見えたからな。いや、きみを責めとるわけじゃないぞ、ヒュイッシ。これは百パーセントわたしの責任だ」

「実際、考慮すべき点は一つもなかったのです」と、ヒュイッシは慎重に言った。「殺されたという知らせは電話で連絡されてきました。それから、直前に青年が母親を脅迫していたという聞きこみ、そして指紋の証拠——青年の指紋が火掻き棒についていたこと、それから金の紛失です。容疑者は直ちに逮捕され、紛失した金は容疑者が所持していました」

「つかまえたときの、容疑者の印象は？」

ヒュイッシは、ちょっと考えた。「かんばしからぬ印象です」と警視は言った。「生意気で、まことしやかでした。自分の行動やアリバイをぺらぺら喋りましてね。生意気です。ご存じのタイプです。人殺しは通常、生意気なものです。自分らはあたまがいいと思っているらしい。他人にどんな迷惑がかかろうと、自分らがやったことは無事にすむと思っているのですね。こいつも明らかに悪党と見えました」

「そうだ」と、フィニーはうなずいた。「明らかに悪党と見えた。経歴もまたそれを裏づけていた。しかし、率直に言ってもらいたいが、きみはそのときただちに、これが黒だと思ったかね」

警視は考えこんだ。「そうですね、はっきりおぼえておりませんが……とどのつまり人殺しになるタイプの人間だとは思いました。一九三八年のハーモンに似ています。ハーモンの場合も、自転車泥棒から始まって、公金横領をやり、年上の女をだまし、しまいには一人の女性が煮え湯をのまされる羽目に立ち至ったわけです。ジャッコ・アージルも、ちょうどおなじタイプだとにらみました」

「しかし、どうやら」と、警察本部長はのろのろと言った。「われわれはまちがっていたらしいな」

「そうです」と、ヒュイッシが言った。「われわれはまちがっていました。しかも、あの青年は死にました。まずいケースです。しかし」と、にわかに活きいきした口調で、ヒュイッシは言い添えた。「いずれにしろ、ジャッコは悪党でした。人殺しではなかったかもしれないが――実際、人殺しでなかったことは証明されたわけですが――ともかく悪党だったことは確かです」

「分かった、分かった」と、フィニーが、そのことばをさえぎった。「それより、誰が真犯人か、だ。きみはゆうべ研究してみたと言ったな。誰かが夫人を殺したことだけはまちがいない。夫人が自分で自分の後頭部を火掻き棒でなぐったとは考えられん。ジャッコ以外の誰かがやった。それは誰なんだ」

ヒュイッシ警視は、溜め息をついて、椅子の背に寄りかかった。

「それが分かるかどうか、心配です」と、警視は言った。

「そんなに困難か」

「そうです、第一に昔の事件ですし、第二は物的証拠を発見する可能性がほとんどありません。事件当時からすでに証拠らしい証拠がほとんどなかったのです」

「家のなかの誰か、夫人と親しい誰かだということは、確実なのか」

「外部の人間だとは考えられません」と、警視は言った。「犯人は、内部の人間であるか、あるいは夫人が直接ドアをあけて、入れてやる人間であるか、二つのうち一つです。アージル家の戸締まりは厳重でした。窓には盗難警報機があり、表玄関には二重に錠がかかっていました。二年ばかり前に一度泥棒に入られたので、泥棒には神経質になっていたのです」ヒュイッシは間をおいて、ことばをつづけた。「ただ、まずいことに、当時のわれわれは、ほかのラインをまったく調査しませんでした。ジャッコ・アージルの有罪は余りにも明白でしたから。もちろん、今になってみれば、真犯人はその事実をうまく利用していたわけです」

「青年がその晩訪ねてきて、夫人と喧嘩したあげく、夫人を脅迫していった事実をか?」

「そうです。真犯人は部屋に入って行って、ジャッコが放り出しておいた火掻き棒を、手袋をはめた手で取り上げ、アージル夫人が書きものをしていた机に近寄って、後頭部をなぐりつければ、それで万事オーケーだったのです」

フィニー警察本部長はたったひとこと言った。

「なぜ」

ヒュイッシ警視はゆっくりうなずいた。

「そうです、それがわれわれの発見せねばならぬことです。この事件のむずかしさの一つです。動機が見あたらないということ」

「この事件にはそもそも初めから」と警察本部長は言った。「ピンとくるような動機は一つも見あたらなかったのだ。莫大な財産をもつ婦人の常として、アージル夫人も法律的に遺産相続税を逃れる工夫は前々からしておいたらしい。財産管理のシステムはすでに出来ていて、子供たちは一人残らず夫人の生前から配分を受けていた。夫人が死んだところで、配分の額はふえるわけじゃない。しかも、夫人は、口やかましいとか、けちだとか、そういう不愉快な婆さんじゃなかったようだ。けちどころか、子供たちの養育には、むしろ金に糸目をつけなかったというほうが当っている。そうして立派な教育を受けさせ、実社会に出るときには多額の資本を与え、おまけに月々かなりの生活費を出してやっていた。愛情と慈善の権化だ」

「そうです」とヒュイッシ警視は同意した。「表面的には、誰にも夫人を邪魔にする理由はありません。ただ――」ヒュイッシは口をつぐんだ。

「うん、なんだ、ヒュイッシ？」

「アージル氏は現在、再婚するつもりらしいのです。だいぶ以前からアージル氏の秘書だったミス・グェンダ・ヴォーンと結婚するとかききました」

「なるほど」と、フィニー警察本部長は考えこんだ。「そこには動機が考えられるな。

当時のわれわれは、そういうことを知らなかった。だいぶ以前から秘書だったのか。事件当時、そのことでトラブルがあったのだろうかな」

「それはどうですか」と、ヒュイッシ警視は言った。「そういうことは、すぐひとの噂になります。つまり、部長のおっしゃるような意味のトラブルは、なかったようです。アージル夫人が何か感づいたとか、辛く当ったとかいうことは、なかったと思います」

「そうか」と、警察本部長。「それにしても、そのグェンダ・ヴォーンという女と再婚するのは、どうもおだやかじゃないな」

「魅力的な女性です」と、ヒュイッシ警視は言った。「グラマー・タイプではありませんが、美人ですし、いい意味で魅力的です」

「きっと昔からアージルを好いていたんだろう」と、フィニー警察本部長は言った。

「女の秘書というやつは、すぐボスに惚れちまうもんだ」

「そういうわけで、この二人については動機が考えられます」と、ヒュイッシ。「それから、スウェーデン人の家政婦がいます。この女は見かけほどアージル夫人を好いていなかったかもしれない。夫人になおざりにされたことが、あるいはなおざりにされたと恨みに思っていたことが、ひょっとするとあるかもしれません。しかし、この女にも高額の年金がすでに定められていたから、アージル夫人の死によって経済的に得をするわけではないのです。それに、見たところ神経のこまかい親切そうな女で、とても火掻き棒で誰かのあたまをなぐるような人間ではありません！　しかし、こればかりは分からんものですからね。早い話が、たとえばリジー・ボーデン事件です」

「そう」と、警察本部長は言った。「分からんもんだ。外部の人間については、なんの問題もないのかね」

「全然ありません」と、警視は言った。「金がはいっていた抽出しは、引き出されたままになっていました。部屋ぜんたいに、あたかも泥棒が侵入したように見せかけようとする努力の跡がありましたが、これは素人くさいやり方です。ジャッコ青年がわざとそうしたと解釈すれば、話はうまく合うのですが」

「おれが妙だと思うのは」と、警察本部長が言った。「金だ」

「そうです」と、ヒュイッシ。「そこが非常に解釈しにくいところです。ジャック・アージルが持っていた五ポンド紙幣のうちの一枚が、その日の午前中にアージル夫人が銀行から引き出した金であることは絶対にまちがいありません。その紙幣の裏に、ボットルベリ夫人という名前が書いてあったのです。ジャックの陳述によれば、母親から金をもらったのだというのですが、アージル氏とグェンダ・ヴォーンの証言によれば、アージル夫人は七時十五分前に書斎へやって来て、ジャッコが金をほしがったが、自分は断乎としてなにも渡さなかったと、二人に話していますよ」

「むろん、われわれの現在の知識に照らし合わせてみれば」と、警察本部長が指摘した。

「アージルとヴォーンが共謀してウソをついたとも考えられるな」

「そうです、それも一つの可能性です——あるいは、むしろ——」警視はことばを切った。

「うん、なんだ、ヒュイッシ？」とフィニーがうながした。

「何者かが——男か女かは不明ですが、その人物をかりにXと呼べば——そのXが母子喧嘩を立ち聞きし、ジャッコの脅迫も聞いてしまったと仮定します。Xはこのチャンスをうまく利用しようと思いつく。そして金を抽出しから盗み出し、青年のあとを追いかけて、アージル夫人はやはり金をくれる気になったという。こうして罪をうまく青年になすりつけるのです。そしてジャッコの指紋を消さないように注意して、おなじ火掻き棒で夫人をなぐり殺すという段取りです」

「それはうまい説明だが、しかし、ちくしょうめ」と、警察本部長は腹立たしげに言った。「あの一家の誰にあてはめてみても、そのXの行動はそれらしくないじゃないか。あの晩、家のなかにいたのは、ほかには誰だ。アージルと、グェンダ・ヴォーンと、ヘスター・アージルと、そのリンツトロムという家政婦のほかには？」

「嫁に行った長女のメアリ・デュラントと、その夫がおりました」

「亭主は脚が不自由だったな。じゃあ、そいつは白だ。メアリ・デュラントは、どうだ」

「実におとなしいしずかな女性です。このひとがかっとなったり——ひとを殺したりするところは、どうも想像できません」

「使用人は？」と、警察本部長は訊ねた。

「みな昼間だけです。午後六時に帰ってしまいます」

「詳しい時刻を見せてくれ」

警視は書類をフィニーに渡した。

「なるほど……なるほど。七時十五分前にアージル夫人が書斎へやって来て、ジャッコに脅迫されたことを夫に話した。その会話のあいだ、グェンダ・ヴォーンが同席していた。七時すこし過ぎに、グェンダ・ヴォーンが自宅へ帰った。ヘスター・アージルは七時二、三分前に、母親の生きている姿を見ている。その後、七時半までアージル夫人の姿を見た者はいない。七時半に夫人の死体を発見したのは、ミス・リンツトロム。七時から七時半までのあいだには、機会はいくらもあるわけだな。ヘスターが殺したのかもしれないし、グェンダ・ヴォーンが書斎を出て、自宅へ帰る前に殺したのかもしれない。ミス・リンツトロムが〝死体を発見した〟ときに殺したのかもしれないし、〝リオ・アージルも、七時十分過ぎから、ミス・リンツトロムが警報機を鳴らした時刻まで、書斎に一人でいた。二十分のあいだに、妻の居間まで行って犯行をおこなう時間はいくらもあったわけだ。メアリ・デュラントは階上にいたが、やはりおなじ三十分前に階下へ下りて来て、母親を殺したのかもしれない。それから」――とフィニーは考えこんだままことばをつづけた――「アージル夫人自身が表玄関のドアをあけて、ジャック・アージルを入れてやったように、誰かを入れたのかもしれない。おぼえているかね、リオ・アージルの証言によれば、ベルが鳴り、玄関のドアがあいて、またしまる音を聞いたと思ったそうだ。その時刻については、リオの記憶は不確かだった。これはジャッコが戻って来て、夫人を殺したときの音だと考えることもできる」

「ジャッコはベルを鳴らす必要はなかったのです」と、ヒュイッシが言った。「自分の鍵を持っていました。子供たちはみなそれぞれの鍵を持っていました」

「もう一人男の子がいたな？」

「そうです、マイケルです。ドライマスで車のセールスをやっています」

「その男のあの夜の行動を」と警察本部長が言った。「調べ上げたほうがよくはないかな」

「二年後の今日ですか？」とヒュイッシ警視が言った。「はたして記憶しているかどうか」

「事件当時には訊問してみたか」

「客の車のテストに出ていたと言いました。疑わしいところはすこしもありませんが、しかしこの男も鍵を持っていますから、サニー・ポイントまでやって来て、夫人を殺す可能性はありました」

　警察本部長は溜め息をついた。

「一体どこから手をつけるつもりだ、ヒュイッシ。こんな有様で捜査を再開して、なんらかの結果を得る見込みがあるかね」

「わたし個人としても、夫人を殺した犯人を知りたいのですよ」と、ヒュイッシは言った。「わたしが調査したかぎりでは、夫人は立派な方でした。ずいぶんひとのためにつくしています。不幸な児童の救済とか、各種の慈善とか。こういうひとが殺されるのは、よくありません。そう、わたし個人としても犯人を知りたいのです。たとえ公訴局長を満足させるだけの証拠を得られないとしても、それでも知りたいのです」

「まあ、しっかりやってくれ、ヒュイッシ」と、警察本部長は言った。「さいわい現在のわれわれは比較的ひまだからな。かんばしくない結果だったとしても、あまり気を落とすなよ。これは相当の難事件だ。そう、たしかに難事件だ」

第六章

1

客席が明るくなった。スクリーンには広告が映り始めた。レモネードやアイスクリームの箱をかかえた売り子たちが、客席のあいだを歩きまわった。アーサー・キャルガリは売り子たちを観察した。髪は褐色で、まるまるとふとった少女。背の高い、黒髪の少女。それから小柄な金髪娘。それが目指す相手だ。ジャッコの妻。いや、ジャッコの未亡人、現在はジョー・クレッグという男の妻である。愛らしいが、とりたてて特徴のない顔をけばけばしく飾り立てている。濃く引いた眉。安っぽいパーマネントをかけた、むしろ醜悪な髪型。アーサー・キャルガリは、なんにも言わずにアイスクリームを買った。初めはこの女性の自宅を訪ねるつもりだったが、その前に、相手に気取られずにゆっくり観察しておこうと思い立ったのである。なるほど、これでよく分かった。どう考えてもアージル夫人が嫁として迎えるような女性ではない。だからジャッコも、この女性のことを隠していたのだろう。

キャルガリは溜め息をつき、そっとアイスクリームの小箱を椅子の下へ捨てた。客席が暗くなって、新しい映画が始まった。まもなくキャルガリは立ちあがり、映画館を出た。

翌日の午前十一時、キャルガリはマーシャルに教わった住所を訪ねた。十五、六の少年がドアをあけ、キャルガリの質問に答えた。

「クレッグさん？　いちばん上だよ」

キャルガリは階段をのぼった。ドアをノックすると、モーリン・クレッグが出て来た。スマートな制服をぬぎ、化粧を落とすと、まるで別人のように見える。あたまのわるそうな顔だ。性質はわるくないが、なんの取り柄もない感じ。女はキャルガリを不審そうに見つめ、眉を寄せた。

「わたしはキャルガリと申します。マーシャルさんからお手紙がこちらへ来ませんでしたか」

女の表情が明るくなった。

「ああ、あの方ですか！　どうぞ」女は体を引いて、キャルガリを部屋のなかへとおした。「すごく散らかっていますけど。まだお掃除もしてなかったんです」椅子の上に積み重ねてあった衣類を片付け、朝食の残骸を脇へ押しやった。「どうぞ、お掛けになって。ほんとに、よくいらしてくださいました」

「これがせめてもの償いだと思ったものですから」と、キャルガリは言った。

女はちょっとまごついたような笑い声をたてた。キャルガリのことばの意味がよく分からないらしい。

「マーシャルさんのお手紙に書いてありました。あのジャッキーの作り話のこと――やっぱりほんとだったんですってねえ。あの晩ドライマスまで誰かの車に乗せてもらったのは、ほんとだったなんて。それが、あなただったんですね」

「そうです」と、キャルガリは言った。「わたしでした」

「まるで夢みたい」と、モーリンは言った。「ゆうべは一晩中その話だったんですよ、ジョーと。映画のストーリーみたい、って言ってたんです。もう二年前のことですものね」

「ええ、約二年です」

「映画でこんな話が出てくると、こんなのばからしい、実際にはあるもんかなんて思ってますけど、それが今起こったんですものねえ！　ほんとだったなんて！　そう考えると、ちょっと愉快じゃありません？」

「そう」と、キャルガリ。「そういうふうにお考えになることもできるでしょう」漠然たる苦痛を感じながら、キャルガリは相手の顔を見つめていた。

女はいかにも楽しそうにお喋りをつづけた。

「ジャッキーったら可哀そうに、とうとう知らないままで死んでしまったんですもの。刑務所のなかで肺炎になったんです。やっぱり湿っぽいからなんでしょうね？」

刑務所という場所について、ひどくロマンチックな想像をしているのだ、とキャルガリは思った。ネズミが駆けまわる湿っぽい地下牢でも心に描いているのだろうか。

「はっきり言って、あの頃は結局」と、モーリンは喋りつづけた。「あのひとは死ぬのが一番よかったんだと思ってました」

「ええ、そうでしょうね……そう、仕方がないことです」

「だって、何年も何年も閉じこめられたっきりでしょう。ジョーが、別れたほうがいいって言うもんですから、わたしもその気になりかけてたんです」

「ジャック君と別れるつもりだったのですか」

「だって、永いこと刑務所に入ってるひとと結ばれてるなんて、へんでしょう？　それに、そりゃあわたしはジャッキーが好きでしたけど、ジャッキーはやっぱり堅実じゃなかったんです。一緒になった時分から、どうせ永つづきはしないと思ってたわ」

「ジャック君が亡くなったとき、あなたは離婚の手続きを始めていたのですか」

「ええ、まあ始めたみたいなものでした。つまり、弁護士さんのとこへ行ったんです。ジョーに行けって言われたんです。ジョーはもちろんジャッキーがきらいでしたから」

「ジョーとおっしゃるのは、ご主人ですね？」

「ええ。電気の仕事をしてます。わりといい会社で、お給料もいいんですよ。で、ジャッキーは悪党だって、ジョーにその頃よく言われたんですけど、わたしまだ子供で、ばかだったでしょう。ジャッキーはとっても口がうまかったのよ」

「そうらしいですね。いろんなひとから聞きました」

「女を口説くことにかけちゃ大したものだったわ――ほんとになぜかしら。それほど美男子ってわけでもないんですよ。モンキー・フェイスなんて、わたし、よくからかってたんです。やっぱり口がうまかったのね。知らず知らずのうちに、むこうの言いなりになっちゃうんです。でも、その口のうまさで得をしたこともあったわ。わたしと一緒になった頃、ジャッキーは勤め先のガレージでごたごたを起こしたんです。詳しいことは知りませんけど、社長さんがカンカンになっちゃったらしいんです。ところが、ジャッキーは社長さんの奥さんをまるめこんだのよ。かなりの年なんですよ。もう五十近い人じゃなかったかしら。それが、ジャッキーにうまく操られて、すっかりのぼせあがっちゃったんです。それで結局、ジャッキーは無事でした。その社長夫人が社長さんをうまくとりなして、ジャッキーが金を返せば訴え出るのだけは勘弁してくれるってことになったんです。でも、そのお金がどこから出たかは、社長さんちっとも知らないのよ! 自分の奥さんが出したお金なのに! ジャッキーと二人で大笑いしちゃったわ!」

わずかに反感をこめて、キャルガリは女を見つめた。「それが——そんなにおかしいことなのですか」

「おかしいわ。あなた、おかしくありません? ほんとに、笑っちゃったんです。だって、あんな年の女がジャッキーに夢中になって、自分のヘソクリを洗いざらい出しちゃうなんて」

キャルガリは溜め息をついた。現実はこちらの予想とどんどん喰いちがってゆく。償いをしたい当の相手から、キャルガリの心は離れてゆくばかりだった。この分だと、最初はあれほど異様に思われたサニー・ポイントの人びとの考えに、こちらまでも染まってしまいそうである。

「ミセス・クレッグ、わたしが今日お伺いしたのは」と、キャルガリは言った。「何かわたしにできることを——いわば償いをさせていただけたらと思ったのです」

モーリン・クレッグはちょっと照れくさそうな顔をした。

「ほんとによくいらしてくださいました」と、モーリンは言った。「でも、償いなんて……わたしたちは大丈夫よ。ジョーはわりといいお給料をいただいてますし、わたしも勤めていますでしょう。映画館の売り子なんです、ピクチュアドローム館の」

「ええ、知っています」

「来月はようやく電話を引けるんです」と、女は自慢そうに言った。

「それは結構でした」と、アーサー・キャルガリは言った。「わたしも安心しました——この不幸な事件がいささかも——暗い影を落としていないことが分かりましたから」

かつてジャッコの妻だったこの女性と話していると、キャルガリは、ことばの選択に苦しむばかりだった。何を言おうと、すべてきざっぽく、わざとらしくきこえてしまう。なぜ率直に話せないのだろう。

「あなたがずいぶん悲しまれたものとばかり思っていました」

モーリンは目を見張った。その大きな青い目には、キャルガリのことばの意味を理解した様子は認められなかった。

「あの頃は、こわかったわ」と、モーリンは言った。「近所のひとたちがみんな寄るとさわるとその話でしょう。そりゃ警察のひとは親切でしたし、気を使ってくれたんですけど、あんまり丁寧に話しかけられたり、親切にされたりすると、かえって気味がわるくって」

この女には、死んだ男への感傷などというものは微塵もないのだろうか、とキャルガリは思った。そして突然、質問した。

「ジャック君がやったのだと思いましたか」

「ジャッキーがお母様を殺したのだと思ったかってことですか？」

「そうです。そのことです」

「そう、もちろん――そうね――そうね――まあジャッキーの仕業だと思いました。そりゃあ、あのひと、いいえ、あのひとはそうじゃないって言いましたけど、ジャッキーの言うことは前からあてにならないし、やっぱりジャッキーが犯人みたいに見えたんですもの。だって、とてもこわいんですよ、ジャッキーは。わたしがさからったりすると、とてもこわいんです。それに、ちょうどあのとき、ジャッキーはお金に困ってたでしょう。わたしには何も言わなかったけど、ちゃんと知ってたわ。どうなのって訊《き》くと、うるさいって怒るだけなんです。でも、あの日出かけるときは、なんとか工面するから大丈夫だって言ってました。おふくろが出してくれる、出さないはずはないって言うんです。だから、わたしもそうなのかと思ってました」

「ジャック君はあなたと結婚したことを、家の人たちに話してなかったそうですね。ジャック君の家のひとに逢ったことはなかったのですか」

「ええ。だって、大きなお邸のお金持ちでしょう。わたしとは合わないわ。だから、秘密にしておくのが一番だって、ジャッキーに言われたんです。それに、もしわたしがあの家に行けば、おれみたいに生活の指導をされるぞって、おどかすのよ。お母様はひとの生活を指導する癖があるんですって。ジャッキーはもうさんざんいやな思いをしてきたから——今の二人の生活が一番だって言うんです」

モーリンはすこしも恨みを抱いていないばかりか、ジャッキーの行動はしごく自然だと思っているらしい。

「ジャック君が逮捕されたときは、ずいぶんびっくりなさったでしょうね」

「ええ、そりゃあ。でも、あのひと、ほんとにあんなことをする気だったのかしら。わたし実はそう思ったんですけど、動かせない証拠ってものがあるでしょう。あのひとは怒ると見境いがつかなくなるたちだったから」

キャルガリは体を乗り出した。

「それはつまり、こういうことですか。ジャック君がお母様のあたまを火搔き棒でなぐり、多額の金を盗んだという事実は、あなたにはそれほど驚くべきことでもなかった……

「……」

「そんな、そういうおっしゃり方は、キャルガリさん、ちょっとひどいわ。ジャッキーは、きつくぶつつもりじゃなかったと思うんです。殺す気はなかったと思うんです。ただお母様に、お金をやらないって言われたから、火掻き棒をつかんで、おどかしてただけじゃないのかしら。そうしてお母様があくまで頑張るから、ジャッキーもかっとして、思わずぶっちゃったんだと思うんです。殺すつもりはなかったのよ。ジャッキーは運がわるかっただけでしょう。お金に困っていたことは、ほんとですものね。お金を工面できなきゃ、刑務所に入れられるところだったんですもの」

「それでは――あなたはジャック君を非難なさらないのですね」

「そりゃあ、非難はしますけど……暴力はわたしきらいですもの。しかも相手は自分のお母さんでしょう！ そう、いいことだとは思いません。ジャッキーと別れろと言ったジョーのことばは、しみじみ身にしみたんです。でもねえ、女ってなかなか決心がつかないものでしょう。ジョーは前から堅実なひとだと思ってました。ずいぶん前から知ってたんです。でもジャッキーはちがうわ。ジャッキーは学校を出てるでしょう。それに金遣いが荒くって、とてもお金持ちみたいに見えたわ。おまけに、さっきも言いましたけど、口がうまかった。誰だって、ジャッキーにはひっかかるんです。わたしもひっかかったのね。『きみはきっと後悔するぞ』ってジョーは言いました。でも、わたしは、そんなセリフは酸っぱいブドウ、ほら、イソップのお話にあるでしょう、あれだと思ったのよ。でも、結局ジョーの言うとおりになっちゃったんですけど」

キャルガリは女の顔を見つめた。ひょっとすると、この女はまだジョーのことばの意味を悟っていないのではあるまいか。

「言うとおりになった、とは？」と、キャルガリは訊ねた。

「ですから、こんなごたごたのかかりあいになったってこと。わたしの家は、ちゃんとした一家だったんです。ママはわたしをとても大事にしてくれたし。世間に後ろ指をさされたことなんか一度もなかったわ。それなのに旦那様が警察にあげられたなんて！　世間には知れるし。どの新聞にも出たでしょう。《ニュース・オヴ・ザ・ワールド》やなんかにもちゃんと出てたわ。そうして新聞記者は大勢押しかけて来て、いろんなことを訊くし。ほんとに、あんないやだったことって、ありゃしない」

「しかし、モーリンさん」と、アーサー・キャルガリは言った。「さっき申し上げたとおり、犯人はジャック君ではなかったのですよ」

愛らしい顔は瞬間ためらいを見せた。

「そうでしたわね！　忘れてたわ。でも、やっぱり――だってジャッキーがあの家へ行って騒いだり、脅迫したりなんかしたことは、ほんとでしょう。だって、それがなければ、警察だってジャッキーを捕まえなかったんじゃないかしら」

「そうですね」と、キャルガリは言った。「そうです。それはまったくそのとおりだ」

この愛らしいばか娘は、とキャルガリは思った、もしかするとおれよりずっと現実的なのかもしれない。

「ああ、今思い出してもぞっとする」と、モーリンは喋りつづけた。「どうしたらいいのか、かいもく分からなかったでしょう。そしたら、ママが、すぐアージルさんの家に行けって言うんです。向こうはお前に何かしてくれるのが当り前だ。だってお前には面倒を見てもらう権利があるんだし、そのことをはっきり一本入れておいたほうがいいって言うんです。それで、わたしは行きました。最初に出て来たのは外国人の家政婦さんで、全然とんちんかん。どうしても本気にしないんです。『そんなはずはない』ってばかり言ってるのよ。『ジャッコがあなたと結婚したはずはない』って。わたしはちょっとむっとしたから、『でも、ほんとに結婚したんですもの。市役所でなんかじゃないのよ。教会でよ』って言ってやりました。これはママにそうしろって言われて、ほんとに教会で式をあげたんです。それでも家政婦さんは、『そんなはずはない、信じられない』の一点張りでしょう。そのときアージルさんが出てらして、やっと助かったんです。

、アーシルさんはとても親切だったわ。心配することはない、ジャッキーの弁護には全力を尽すから、って言ってくれました。そうして、お金に困っていませんかと言って——毎週きまったお金を送ってくださるんです。今でもよ。ジョーはそんなお金を受け取るなって言うんですけど、わたしはいつもジョーに、『ばかねえ、向こうが勝手に送ってくるんだもの、いいじゃありませんか』って言うんです。ジョーと結婚したときも、プレゼントに小切手を送ってくださったわ。そうして、この結婚で前にもましてお幸せになるように、って言ってくださったんです。そう、アージルさんてほんとにいい方」

ドアがあき、モーリンは振り向いた。

「あ。ジョーが帰ってきました」

ジョーは、くちびるのうすい、金髪の青年だった。モーリンが事情を話し、キャルガリを紹介するあいだ、青年はわずかに顔をしかめていた。

「あの一件はもうすんだことだと思っていました」と、ジョーは不愉快そうに言った。

「こんなふうに申し上げるのは失礼かもしれませんが、過去をほじくり返しても仕方がないんじゃありませんか。それがぼくの気持ちです。要するに、モーリンが不幸な目にあったというだけのことで——」

「ええ」と、キャルガリは言った。「あなたのお考えはよく分かります」

「もちろん」とジョー・クレッグは言った。「こいつが、あんな男にひっかかったことがまちがいのもとですけれどもね。ぼくは前から奴が悪党なことは知っていました。あの事件の前にも、問題はあったんです。執行猶予が二度ですよ。いったんああなると、とめどがない。最初は使いこみとか、ご婦人のヘソクリをまきあげたとか、そんなところから始まって、とどのつまりは殺人です」

「しかし、あの事件は」と、キャルガリ。「彼の犯行ではないのです」

「と、あなたはおっしゃるわけですね」と、ジョー・クレッグは言った。頑として応じない口調である。

「ジャック・アージルには、犯行時刻のアリバイがあります。わたしが、ドライマスまで車に乗せて行ったのです。ですから、クレッグさん、ジャックが犯人であるとは考えられません」

「そうですが」とクレッグは言った。「しかし、それでも、いまさらほじくり返す必要はないんじゃないですか、失礼な言い方ですが。彼は結局死んじまったんだし、もうどうにもならんでしょう。また世間の噂のたねになって、あることないこと想像をたくましくされるのがオチだ」

キャルガリは立ちあがった。「あなたの立場からすれば、それもまた一つの考え方というものでしょう。しかし、クレッグさん、世の中には正義というものがあります」「ちいさい頃からよく聞かされましたが」と、クレッグは言った。「イギリスの裁判ほど公正なものは、ほかにないそうじゃありませんか」

「猿も木から落ちるということがあります」と、キャルガリは言った。「裁判はつまるところ人間の仕事であって、人間にはまちがいがつきものですからね」

クレッグ家を出て、街を歩きながら、キャルガリは予想もしなかった心の乱れを感じた。万一おれがあの日の記憶を回復しなかったとしたら、とキャルガリは思った、そのほうがかえってよかったのではないか。あの乙にすました、くちびるのうすい青年が言ったとおり、ジャックは結局死んだのだ。死んで、今度は絶対に誤ることのない神の裁きを受けることになったのだ。死んだ男が人殺しであろうと単なる泥棒であろうと、今のキャルガリにはどうでもいいことではないか。

すると突然、怒りの波が襲って来た。〝しかし、誰かにとっては、どうでもよくはないのだ！〟と、キャルガリは思った。〝誰かはよろこんでくれてもいいはずなのだ。なぜ誰もよろこばないのだろう。あの女のことはよく分かる。あの女はジャッコにのぼせあがったことはあるにしても、ジャッコを愛したことは一度もないのだ。誰をも愛することのできない女なのかもしれない。しかし、ほかの人たちはどうだ。父親。姉。家政婦……かれらはよろこんでくれてもいいはずだ。自分たちの立場をかえりみて恐怖するよりも先に、ジャッコのことをすこしでも考えるはずだ……そう——誰かはジャッコを愛してもいいはずなのに〞

2

「ミス・アージルですか？　あそこの、二番目のデスクです」

キャルガリは立ったまま、その娘を観察した。

小ざっぱりした、背の低い、ひっそりした、しかもきびきびした感じ。ドレスの色はダーク・ブルーで、襟と袖口が白い。暗青色の髪は、きちんとうなじのあたりで束ねられている。肌は黒い。英国人の肌よりはずっと黒い。体つきも小さい。アージル夫人が養女に引きとった混血児の娘である。

ふとキャルガリを見上げた目は、黒くて、ほとんど光沢がなかった。なにごとも語らぬ目。

声はやさしい低い声だった。

「何かご用でしょうか」

「ミス・アージルですね？　ミス・クリスティナ・アージルですね？」

「はい」

「わたしはキャルガリ、アーサー・キャルガリと申します。たぶんお聞きになったと思いますが――」

「はい。知っております。父から手紙がまいりました」

「ぜひともお話ししたいことがあるのですが」

娘は時計を見上げた。

「あと三十分で図書館は閉館になります。それまで、お待ちになっていただけますか」

「お待ちしましょう。よろしかったら、どこかでお茶でもいかがですか」

「ありがとうございます」娘は、キャルガリのうしろに寄って来た男に視線を移した。「はい。何かご用でしょうか」

アーサー・キャルガリはその場を離れた。館内を歩きまわり、本棚にならぶたくさんの本を眺めながら、絶えずティナ・アージルを観察した。娘は物静かな、能率的な、平然たる態度を崩さなかった。キャルガリにはじれったいようなスピードで、三十分がのろのろと過ぎて行った。ようやくベルが鳴った。娘がキャルガリに合図した。

「すぐ出てまいりますから、外でお待ちください」

娘は待たせなかった。帽子はかぶらず、厚ぼったい黒のコートを着ている。キャルガリは、どこへ行ったらいいか、と言った。

「レッドミンの町はよく知らないのですよ」

「大寺院《カテドラル》のそばに喫茶店があります。あまりいい店ではありませんけど、いつも空いていますから」

まもなく二人は、小さなテーブルをはさんで向かい合っていた。見るからに退屈そうな、不器量なウェイトレスが、ぶあいそうに注文を聞いて行った。

「ここのお茶はまずいんですけど」と、ティナは弁解した。「人に話を聞かれないような店のほうがいいと思いました」

「そうです。まず、あなたをお訪ねした理由を申しましょう。ご存じかもしれませんが、わたしはお宅のほかの方々にはすでにお目にかかりました。そのなかには、ジャックさんの奥さん――未亡人もふくまれております。あなたはご家族のなかで最後にお目にかかる方です。ああ、むろん、お嫁に行かれたお姉様はまだですが」

「わたしたち全部に逢わなければいけないと思っていらっしゃいますの」

その口調は丁寧だったが、娘の声のどこか投げやりな感じに、キャルガリはすこし不愉快になった。

「常識的にはなんの必要もありません」と、キャルガリはそっけなく言った。「単なる好奇心でもありません」（はたしてそうだろうか）「わたしはただ、みなさんにお目にかかって、裁判のときジャックさんの無罪を証明できなかったことを、心からお詫びしたいと思いました」

「分かりました……」

「もしジャックさんを好いておられたのなら――あなたはジャックさんがお好きでしたか」

娘はちょっと考えた。そして言った。

「いいえ。ジャッコは好きではありませんでした」

「しかし、いろんな方から聞いたのですが、ジャックさんには非常に――魅力があったとか」

娘ははっきりと、だが冷やかに答えた。

「わたしはジャッコを信用していませんでしたし、きらいでした」

「ジャックさんがお母様を――ぶしつけな言い方ですが――殺したということについて、あなたは疑ってごらんになったことはありませんでしたか」

「ほかに解決の道があるかもしれないとは一度も思いませんでした」

ウェイトレスが茶を運んできた。バタ・パンは古く、ジャムは妙にべとつき、ケーキはけばけばしく、見るだけで胸がいっぱいになるようなしろものだった。茶は、出がらしだった。

キャルガリは茶をひと口すすって、言った。

「どうも、わたしの見るところでは——知らず知らずのうちに感じさせられたと申しましょうか——わたしがお伝えしたニュースは、ジャックさんの嫌疑を晴らしたわけですけれども、それと同時にあまり愉快でない結果をもたらしたようです。みなさんに新しい——不安をもたらしたようなのです」

「事件が再開するからですか」

「そうです。そのことはもうお考えでしたか」

「父はそれもやむを得ないと思っているらしいですけれど」

「申しわけありません。まことに申しわけありません」

「なぜあやまったりなさるのですか、キャルガリさん」

「あなた方をまた苦しませるのが、くやまれてならないのです」

「でも、もし、黙っていらしたとしたら、ご満足だったかしら」

「それは正義の裁きという立場に立ってのお考えですね」

「ええ。あなたはそうではなかったのですか」

「むろんそうです。正義の裁きは非常に重要なことだと、一度は思いました。しかし今ではもっと重要なことがあるのではないかとも思い始めています」

「たとえば、どんなことかしら」

キャルガリはふとヘスターを思い出した。

「たとえば——そう、無罪ということです」

娘の光沢のない目が、いっそうどんよりと沈むように見えた。

「どうお思いですか、ミス・アージル？」

ティナはちょっと黙っていたが、口をひらいた。

「いま大憲章《マグナ・カルタ》のなかのことばを思い出していました。〝われらはいかなる人間にも正義の裁きをこばまない〟」

「分かりました」と、キャルガリは言った。「それがあなたのご返事なのですね……」

第七章

医師マクマスターは、ふさふさとした眉毛と、するどい灰色の目と、喧嘩っ早そうな顎をもつ老人だった。みすぼらしい肘掛椅子にふかぶかと体を埋めて、老人は客の風体《ふうてい》をじっくり観察した。面接の結果はどうやら合格だったらしい。

キャルガリの側にも、なんとなく好感情があった。イギリスへ帰って以来、ここで初めて、こちらの気持ちや意見を充分に汲んでくれる人間と出逢ったという感じである。

「どうもお忙しいところ申しわけありません、マクマスターさん」と、キャルガリは言った。

「とんでもない」と、医師は言った。「商売をやめて隠居して以来、死ぬほど退屈しております。心臓が弱ってるから、マネキンのようにじっと坐ってろなどと、若い医者どもは言いますが、それでも隠居ぐらしはお退屈だろうと同情はしているようですな。いや、じっさい退屈です。ラジオを聞いても、があがあ鳴ってるばかりで面白くない。ときどき家政婦にすすめられてテレビを見ますが、これもチカチカするばかりでよくない。わしは生来せわしない人間でした。ですから隠居ぐらしはどうも性に合わん。本を読むのは目が疲れますしね。そういうわけで、申しわけないことはすこしもありません」

「まず分かっていただきたいことは」と、キャルガリは言った。「わたしがなぜこの一件に固執するかということです。論理的に申しますと、わたしの用事はとうに終わりました——交通事故と記憶喪失という不愉快な事実を語り、青年の名誉を回復する仕事は終わりました。このあとになすべきことといえば、健全で論理的な唯一の行動としては、さっさと引きさがって、この一件を忘れるように努力することです。そうではないでしょうか？　それが当然だとはお思いになりませんか」

「場合によりますな」と、マクマスターは言った。「何か気に病んでおられるのかな」と、つづく沈黙をやぶるように、マクマスターは訊ねた。

「そうなのです」と、キャルガリは言った。「気に病むことばかりです。つまり、わたしがもたらしたニュースは、予想とはまるでちがう受け入れ方をされたのです」

「それは、なんだな」とマクマスターは言った。「すこしも不思議ではない。日常茶飯事です。わしらがほかの医者に相談するときとか、あんたが若い娘さんに求婚するときとか、そのほかどんな場合でもおんなじだが、あらかじめ心のなかでさらっておいたことは、実際その場になってみると、たいていは予想どおりに行かんものだ。言うべきセリフを考えぬいて、むこうの答えまで想像しておいたとしてもだね、まあ十中八、九は裏切られる。ことに相手の返答はまことに予想しにくいものです。あんたはそれで困ってるのかね」

「そうです」と、キャルガリは言った。

「いったい何を期待しておられたのかな。あの家の者に歓迎されると思った？」

「わたしが期待したのは」――キャルガリはしばらく考えた――「非難でしょうか？多分そうです。恨みでしょうか？　それもあります。しかし同時に感謝されることも期待していました」

マクマスターは唸った。「ところが感謝されなかった。そうして期待したほど恨まれもしなかった、というところかな？」

「まあ、そんなところです」と、キャルガリは白状した。

「それはあんたが事情をよくご存じなかったからだ。それはそうと、わしに逢いに来られたのは、なんのためですか」

キャルガリはゆっくり言った。

「あの一家のことを、もうすこし詳しく知りたいと思いました。わたしにはごく一般的な知識しかありません。非常に立派な、献身的なご婦人が、ベストをつくして貰い子たちを育てようとした。まことに社会奉仕の精神に富んだ、立派なご婦人です。それにたいして、いわゆる問題児が――グレた子供が反抗した。不良少年ですね。ということぐらいしか、わたしは知りません。ほかのことは何一つ知らない。アージル夫人そのひとについても皆目知りません」

「あんたの知識はまちがっていない」と、マクマスターは言った。「あんたの考え方は、問題点をよく摑んでると言いましょうか。どんな殺人事件でも、おもしろいのはそこですよ。殺された人間はどんな人間だったか。世間のひとは犯人の精神状態にばかり興味をもちすぎる。で、あんたは、アージル夫人は殺されるようなひとではなかったとお思いだろうな」

「それが大多数のひとの考えではないのでしょうか」

「まあ倫理的には」と、マクマスターは言った。「あんたのおっしゃるとおりです。しかし、そら」――マクマスターは鼻のあたまを掻いた――「昔の中国人は、慈善は美徳ではなくて罪であると考えていたそうじゃないですか。そこですよ、問題は。慈善というものは、たしかにひとのためになる。と同時に、ひとにいろんな気まずい思いをさせる。人間の心というのは複雑なものでね。ひとに親切にしてやれば、親切にしたほうの人間は結構いい気持ちでいる。しかし親切にされたほうの人間は、はたして相手にいい感情を抱くだろうか。感謝すべきことはもちろんだが、はたして実際に感謝するだろうか」

ちょっと間をおいて、医師はことばをつづけた。「そう、そこですよ。アージル夫人は世にいうところの理想的な母親だった。しかし善根をほどこしすぎた。これはまちがいないところです。ほどこしすぎた。あるいは、ほどこしすぎるほどの心意気だった」

「実の子はひとりもいないそうですね」と、キャルガリが口をはさんだ。

「そうです」と、マクマスター。「それが災いの始まりだと、わしは思う。早い話が、親ネコを見てごらんなさい。親ネコは仔ネコを猛烈に可愛がる。仔ネコのそばに寄る人間をひっかく。ところが、お産のあと一週間も経てば、親ネコはまた前の生活に戻るんだ。ネズミを取りに出かけたりし始める。そりゃあ仔をいじめられれば怒るけれども、もう四六時中仔に憑かれてるような感じはなくなるのだ。むろん、しばらくは仔ネコといっしょに遊んだりはするだろう。しかし仔があんまりうるさくすると、そこでピシャリと一発くらわして、放っといてというようなそぶりを見せる。こういうふうに、だんだん自然な生活に戻るというわけさ。そうして、仔ネコが大きくなるにつれて、親ネコはますます仔ネコをかまわなくなる。そうして近所の雄ネコのほうに関心が移ってゆく。

これが普通の女の生活の型なんだ。いわゆる母性型の女は、自分では気がついているかどうか分からないけれども、母親になりたいという願いだけで結婚したりする。そういう例を、わしはたくさん見て来ましたよ。で、赤ん坊が生まれる。女はしごく満足だ。赤ん坊を勘定に入れたノーマルな生活が始まる。女はご亭主に関心をもち、近所の出来事やゴシップに関心をもち、むろん自分の子供にも関心をもつ。しかし、普通の場合は、そういういろんな関心の釣り合いがとれているんだな。純粋に肉体的な意味での母性本能というものは、すでに満足させられているわけです。

さて、アージル夫人の場合、母性本能が非常に強かった一方、子供を生むという肉体的な満足感が決して得られなかった。だから母性的な執念がいつまでたっても弱まらない。夫人は子供をほしがった。大勢ほしがった。いくら貰い子をしても、満足するということがない。関心は四六時中、子供たちにばかりむかっている。ご主人はもう問題ではなくなってしまった。めっきり影が薄くなった。そして、何かといえば子供だ。子供の食事、子供の服、子供の遊び、何もかも子供としかつながらない。子供は可愛がられすぎた。夫人が子供らに与えなかったもの、そして子供らにほんとに必要だったものは、ごく自然な、悪意のない放任ということだったんだな。アージル家の子供たちは、あの辺の普通の子供たちのように、庭に出て、自然に遊ぶということができなかった。そう、いろんな遊び道具がありすぎる。木登りの器械だとか、跳び箱だとか、木のてっぺんに作った小屋だとか、お砂場だとか、プールだとか。三度の食事にしたところで、普通の、あたりまえのたべものじゃない。五歳になるまで野菜はこまかく刻んであるし、ミルクは殺菌消毒してあるし、水は試験《テスト》されるし、カロリーは測定されるし、ビタミンは吟味されるんだ！　いや、こんな言い方をしても、わしに商売っ気がないとは思わんでくださいね。アージル夫人は、わしの患者じゃなかったのです。医者が必要ならばロンドンのハーリー街へ行くひとだ。その必要もあんまりなかった。非常に頑健で、健康な婦人でした。

わしは要するに子供たちの面倒をみてやるだけの田舎医者にすぎなかったのです。しかし夫人は、わしがすこし投げやりだと言っておったようだ。子供らにすこしぐらい生垣の黒イチゴをたべさしてやれと、わしは夫人に言ったのですよ。すこしぐらい足を濡らそうと、頭痛を訴えようと、体温計が九十九度（華氏）になろうと、なんでもないのだ。百一度ぐらいまで、そう大騒ぎする必要はない。ちやほや甘やかしたり、大騒ぎしたり、こういうことはロクな結果を招かない」

「つまり」と、キャルガリは言った。「ジャッコの場合、ロクな結果を招かなかったということですか」

「いや、ジャッコだけのことじゃない。ジャッコは、わしには最初から負担でした。ああいう子は、最近では〈情緒不安定〉などというレッテルを貼るらしい。ほかのレッテル同様、なんの役にも立たぬレッテルですがね。アージル夫妻はできるだけのことをしておりましたよ。およそ考えられる限りの手をつくした。ところで子供がグレた場合、たいていの両親の言うセリフはきまってる。〝ちいさいときに、もうすこしきびしくしつければよかった〟か、さもなくば、〝きびしくしすぎた、もうすこし可愛がればよかった〟ですよ。わしに言わせれば、これはどっちもおなじことで、子供がグレるのは要するに家庭が不幸であって、子供自身が愛されていないと感じる場合なんだ。とはいうものの、どっちへどう転んでもきっとグレるという子供は、たしかにおりますがな。ジャッコはその一例だった」

「では彼が殺人容疑で逮捕されたときも」と、キャルガリは言った。「びっくりなさらなかったのですね」

「いや、正直いって、おどろきましたな。ジャッコが人殺しなどするはずがないと思ったからじゃない。ジャッコは、良心など薬にしたくもないほどの青年だった。そういうことではなくて、わしがおどろいたのは殺人の種類だ。ああ、ジャッコが粗暴な性質のもちぬしだったことは知っていますよ。子供の頃も、よくほかの子供にかかって行ったり、重たい玩具や、木片でなぐりつけたりした。しかし相手はいつも自分より年下の子供だったし、その理由も相手に勝ちたいとか、自分のほしいものを相手が持っているとか、それだけのことだった。もしジャッコが人殺しをするとすれば、そうだな、わしはこんな場面を想像する。ジャッコが仲間と悪事に出かけて、警官に追っかけられたとするね。そうするとジャッコは仲間の男に、〝一発くらわせろ、それ、殺《ば》らしちまえ〟ぐらいのことは言うかもしれない。つまり、ジャッコのような青年は、殺人ぐらい朝飯前と思っとるのだが、みずから手を下してひとを殺す度胸はないのだな。そう、ジャッコがつかまったとき、わしはこう思ったのですよ。今になってみると」と医師は付け加えた。

「わしは正しかったわけだね」

キャルガリは目を伏せて、じっと絨毯を見つめた。ほとんど模様が分からないほど擦り切れた絨毯である。

「一体何が問題なのか」と、キャルガリは言った。「わたしにはよく分からなかったのです。アージル家のひとたちの思惑など、考えもしませんでした。今度の知らせが、もしかすると――いや、必ず――」

医師はやさしく相槌を打ちつづけていた。

「そうだ」と、マクマスターは言った。「この事件はそんなふうに見えるね。あんたはいわば事件のまっただなかに飛びこんでしまったらしい」

「実を申しますと」と、キャルガリ。「その話をしたくて、こちらへ伺ったのです。アージル家の人たちの誰にしたところで、夫人を殺す現実的な動機はもちあわせていないようですが」

「表面はそう見える」と医師はうなずいた。「しかし、すこしでも裏側をのぞいてみれば――そう、理由は大ありだな、誰かが夫人を殺す理由は」

「どんな理由でしょう」と、キャルガリは訊ねた。

「あんたは、ひやかしではなくて、本気でそのことを考えているのかな」

「本気だと思います。本気にならずにはいられないのです」

「あんたの立場に立てば、わしだって……本気になるかもしれないな。そう、わしの考えでは、アージル家の子供たちは、誰一人として自分自身であったためしがなかった。母親が――便宜上そう呼ぶことにするが――母親が生きている限り、そののぞみはなかった。ご存じかもしれんが、現在もなお死んだ母親が一家を掌握しておる」

「それはどういうことでしょう」

「経済的にだ。アージル夫人は子供たちに多額の生活費を与えていた。夫人の収入は莫大なものだった。それは財産受託人が適当と判定した割合で家族一同に分配されていた。

しかし、アージル夫人自身は、受託の一人ではなかったけれども、夫人が生きている限り、その意志には絶対の権限があったのです」

マクマスターは息をついで、語りつづけた。

「子供たちがみんな、なんとかして逃げだそうとした物語は、いってみればなかなか面白い。夫人が用意した型にはめられまいとして戦った物語がね。夫人は型を用意していた。立派な型をな。子供たちによい家庭を、よい教育を、たくさんの生活費を、立派な職業を与えたいというのが夫人の願いだった。要するに実の子のように扱おうとしたわけです。ただ、むろん、かれらは夫人の子供でもなければ、リオ・アージルの子でもない。かれらにはまったくちがった本能があり、感情があり、野心があった。男の子のミッキーは今、車のセールスマンをしている。ヘスターはヘスターで、舞台に立ちたくて家出をした。そうして、非常に好ましくないタイプの男と恋愛をしたのはいいが、役者としては全然失敗だった。あげくの果て、家へ帰って来た。母親の言うとおりになったことを――認めたくはなかったんだろうが――認めざるを得なかった。メアリ・デュラントは戦時中に、母親の大反対を押し切って結婚した。相手はなかなかのインテリだったが、ビジネスのこととなると、からきし駄目だった。そうして、やがてカリエスにかかった。退院後の療養に、サニー・ポイントへ夫婦そろってやって来た。アージル夫人は二人を邸に定住させようとして、躍気になったらしい。デュラント君のほうはその気になりかかっていた。メアリは懸命に抵抗していた。自分の家と、自分の夫を確保しておきたかったわけだな。しかし、もし母親が死ななかったら、いずれは折れたに相違ない。

ミッキーは、これまた小さい頃から気みじかな男だった。生みの母親に棄てられたことを、ひどく恨みに思っていた。幼い頃からのその恨みを、今もまだ、捨て切れずにいるらしい。そうして、これはわしの単なる想像だが、育ての親を心の底では憎んでいたようだ。

そのほかには、あのスウェーデン人の家政婦だ。これもアージル夫人を好いていなかった。子供たちとリオは好いていたんだが。いろいろ義理のあるアージル夫人に、どうしても感謝しきれぬところがあったらしいな。しかし、こんな悪感情が原因で、夫人のあたまを火掻き棒でなぐるとは、どうも考えられんことだ。なぜといって、この女はつまるところ使用人だから、いやならすぐにあの家を出て行けるのだからね。次にリオ・アージルは——」

「ええ。リオはどうなのです」

「リオは再婚するらしい」と、マクマスターは言った。「うまくいけばいいがな。あのご婦人はいいひとです。あたたかい心のもちぬしで、親切で、話上手だし、だいいちリオを非常に愛している。だいぶ前から好きだったらしい。彼女はアージル夫人をどう思っていたのだろうな。それは、わし同様、あんたも簡単に推理できるでしょう。むろん、アージル夫人が死んだので、事態は非常にすっきりした。リオ・アージルは、わが家で女房と秘書と二股かけるような男じゃありませんからね。生きている限り、夫人を絶対におろそかにはしなかっただろう」

キャルガリが慎重に言った。

「二人に逢いました。話もしました。あの二人のどちらかがひとを殺したとは、わたしにはとても——」

「そうそう」と、マクマスターは言った。「そりゃ、とても信じられんことですわ。それでも——あの家族の誰かがやったことは、こりゃまちがいないのだから」

「ほんとうにそうお思いですか」

「ほかに考えようがない。外部の人間の仕業でないことは、警察でもはっきり言っております。警察の言うことは多分正しいのでしょうが」

「それにしても、誰でしょう」と、キャルガリ。

マクマスターは肩をすぼめた。「それは要するに分からない」

「あの一家にかんしてご存じのことから類推してみて、なんのお心あたりもありませんか」

「あるとしても言えないな」と、マクマスター。「確かめるすべがない。わしの観察が足りないのかもしれんが、だれも人殺しの候補者には見えない。それでいて――絶対に白だという者も一人もいない。そう」と、マクマスターはゆっくりと言い足した。「わしの考えは、要するに分からんということです。警察はまた訊問したりするだろう。懸命になって捜査するだろうが、証拠を集める段になると、これだけ時間がたってしまったのだから――」医師はあたまを振った。「そう、真相が知れることは、まずあるまいね。こういう事件は珍しくないんだ。本まで出ていますよ。五十年前か――百年前の事件で、やっぱり三人だか四人だか五人だかのうちの一人が犯人だと分かっていながら、証拠が足りなくて、どうにもできない」

「この事件もそうなるとお思いですか」

「まあね」と、マクマスターは言った。「そう、そんなところかもしれない……」医師はキャルガリをきっと見つめた。「それが恐ろしいところじゃないのかね」

「恐ろしいです」と、キャルガリが言った。「無罪のゆえに恐ろしいのです。あのひともそう言っていた」

「誰が？　誰がなんと言ったって？」

「あの娘――ヘスターです。問題は、無罪なのだということを、わたしが分かっていないと言いました。いま伺ったご意見もおなじ考え方ですね。誰が無罪なのか――」

「――永久に分からんということですか？」と、医師がことばを引き継いだ。「そうだ、真相が分かりさえすればなあ。真犯人をつかまえるとか、裁判にかけるとか、それはもうどうでもいいのだ。ただ分かりさえすればいい。さもないと――」医師は口をつぐんだ。

「さもないと、なんですか」と、キャルガリ。

「自分でお考えなさい」と、マクマスター。「わしに言わせる必要はない――あんたにも、もう分かっていることなんだから」

医師は話をつづけた。

「この事件は、あのブラヴォ事件に似ているなあ――もう百年も前の事件なのに、いまだに、いろんな本に書かれるほどだ。ブラヴォの細君がやったのだとか、あるいはコックス夫人の仕業だとか、あるいは医者のガリーが犯人だとか――さもなくば、これは検死官のまちがいで、チャールズ・ブラヴォ自身が服毒したのだとか、まことしやかな説がいっぱいあるが――真相は現在なお誰にもわからん。で、家族に見捨てられたフローレンス・ブラヴォは、結局アル中で死んだ。三人の子供をかかえて村八分にされたコックス夫人は、みんなに人殺しだと思われながら、よぼよぼになるまで生きつづけた。医者のガリーは、職業的にも社会的にも破滅した——

誰かが犯人だったんだ——そいつはうまくやって逃げのびた。しかし、犯人以外の無実のひとたちは——どうあがいても宿命から逃れられないんだ」

「それをここでも繰り返してはいけません」と、キャルガリは言った。「絶対にいけません！」

第八章

1

ヘスター・アージルは、鏡に映る自分の姿を眺めていた。その視線には、うぬぼれの色はほとんどなかった。それはむしろ不安と不審のまなざしであり、その裏には、自信のない人間にありがちの卑下の気持ちがひそんでいる。ヘスターは額の髪をかきあげ、片側にまとめてみて、その結果に顔をしかめた。すると、ヘスターの背後、鏡の奥から、ひとつの顔があらわれた。ヘスターはぞっとしたように振り返った。

「ああ」と、カーステン・リンツトロムが言った。「こわいのですね！」

「こわいって、なにが、カースティ？」

「わたしがこわいのですね。そっと忍び寄って、後ろからあたまをぶたれると思ったのじゃありませんか」

「まあ、カースティ、ばかなこと言わないで。もちろん、そんなこと思いはしなかったわ」

「いいえ、思ったにきまっています」と相手は言った。「そう思うほうが当り前なのです。見えないものが見えたり、得体の知れないものにびっくりしたりするのが、当り前なのです。この家のなかには、こわいものがいるのですから。今のわたしたちはみんなそう思っているのです」

「とにかく、カースティ」と、ヘスターは言った。「あなたをこわがる必要はないわ」

「どうしてです」と、カーステン・リンツトロムは言った。「このあいだ新聞に出ていましたよ。ある女が、永いあいだ一緒に暮らしていたもう一人の女を、ある日だしぬけに殺したんだそうです。首をしめてね。おまけに目玉をくりぬこうとしたんですって。なぜでしょう。その女は警察でけろりとして言ったそうです。しばらく前から、もう一人の女に悪魔がのりうつったのが分かった。女の目を通して、悪魔の目がのぞいているのに気がついた。だから勇気を出して、悪魔を殺したんだって！」

「ええ、その記事は読んだわ」と、ヘスターは言った。「でも、その女のひとは気が変になってたのよ」

「ああ」と、カーステンは言った。「でも自分の気がくるっていることは分からなかったのです。それに、まわりのひとにも、あたまが変とは見えなかったのです。そのひとの可哀そうなねじれた心のなかが一体どんなふうになっているのか、誰にも分かりませんでした。ですから、わたしの心のなかだって分かりませんよ。ひょっとしたらわたしもあたまが変かもしれません。ある日、奥様の姿を見て、奥様は異教徒だから殺さなければいけないと思ったのかもしれません」

「でも、カーステイ、そんなのナンセンスよ！　ぜんぜんナンセンスよ」

カーステン・リンツトロムは、溜め息をついて、腰をおろした。「そうです」と、彼女は素直に言った。「ナンセンスですね。わたしは奥様が好きでした。奥様はいつも親切にしてくださいました。でも、ヘスター、わたしが言いたいのは、あなたに分かってもらいたいのは、何事についても誰についても〝ナンセンス〟とは言い切れないということです。わたしだって、ほかの誰だって、決して信用はできないのです」

ヘスターはくるりとふりむいて、相手の顔を見つめた。

「それ、まじめで言ってるの」

「まじめですとも」と、カーステンは言った。「わたしたちはみんなまじめになって、ざっくばらんにお話ししないといけません。何事もなかったようなふりをするのは、よくないことです。このあいだ来たひとは——来なければよかったとは思いますが、来てしまったのだから、仕方がありません――あのひとは、ジャッコが人殺しではなかったということを、はっきりさせてくれました。それならば、誰かほかのひとが犯人です。誰かほかのひとというのは、わたしたちのなかの一人なのです」

「ちがうわ、カースティ、ちがうわ。もしかしたら、誰か――」

「誰です」

「たとえば、泥棒だったかもしれないし、お母様に古い恨みのあるひとだったかもしれないわ」

「そんなひとを奥様が家へ入れてやると思いますか」

「それは分からないわよ」と、ヘスターは言った。「お母様の気性はああだったでしょう。ひどい貧乏の話や、子供が虐待されている話を聞かされてごらんなさい。お母様は、きっとそのひとを居間に通して、話を詳しく聞こうとしたとは思わない?」

「それはすこし変ですね」とカーステンは言った。「奥様は机にむかって腰掛けていらして、そのひとは火掻き棒で奥様を後ろからなぐったのですよ。すこし変じゃありませんか。奥様はそのひとを信じきって、ふだんと変わらぬ姿勢をしてらしたのです。部屋のなかにいたのは、奥様がよく知っているひとにちがいありません」

「やめて、カースティ」と、ヘスターが大きな声を出した。「ああ、やめて。あなたの話を聞いていると、すぐそこで起こったことのような気がしてくるわ」

「だって、ほんとうにすぐそこで起こったことなのですよ。ええ、もうこんなお話はよしましょう。ただ、今申したとおり、よく知っているつもりのひとでも、信頼しきっているひとでも、油断はなりません。ですから、お気をつけなさい。わたしにも、メアリにも、旦那様にも、グェンダ・ヴォーンにも、お気をつけなさい」

「おなじ家のひとたちを疑いながら暮らすなんて、いやだわ」

「それでしたら、この家を出ていらっしゃるのが一番です」

「今はだめよ」

「どうしてですか。あの若いお医者様がいるから？」

「それはなんのこと、カースティ」ヘスターの頰がぱっと赤らんだ。

「ドクター・クレイグのことですよ。いい方ですね。腕のいいお医者様だし、親切だし、まじめなひとです。ほんとにすてきな殿方ですね。でも、やはりこの家を出ておしまいになるのが一番じゃないかしら」

「こんなこと何もかもナンセンスよ」と、ヘスターは腹立たしげに叫んだ。「ナンセンス、ナンセンス、ナンセンス。ああ、キャルガリさんがいらっしゃらなかったら、どんなによかったか」

「わたしもそう思います」と、カーステンは言った。「心底からそう思います」

2

グェンダ・ヴォーンがずらりと並べた手紙の最後の一通に、リオ・アージルは署名をした。

「これでおしまいだね」と、リオは訊ねた。

「はい」

「今日はなかなか、はかどった」

手紙にスタンプを押し、発送の準備を終えてから、グェンダが訊ねた。

「もうそろそろ——外国旅行ですね」

「外国旅行?」

リオ・アージルの声は、あいまいだった。グェンダが言った。

「ええ。ローマとシエナへおいでになる予定でした。お忘れ?」

「ああ、そう、そう、そうでした」

「マシリーニ枢機卿がお手紙で知らせてくださった古文書を調べにおいでになるはずでしたわ」

「そう、おぼえている」

「飛行機の席を予約しましょうか、それとも汽車になさいます？」

リオは遠い所から帰って来たひとのような目つきでグェンダを見つめ、かすかに微笑した。

「ずいぶんわたしを邪魔にするんだね、グェンダ」

「まあ、とんでもないわ」

グェンダはすっと近寄って、リオのかたわらにひざまずいた。

「離れるのはいやなのよ、ほんとに。でも――わたし考えたの――ね、この家から離れてらしたほうがいいわ――あんな……」

「あんなことがあったから？」と、リオが言った。「キャルガリ氏の訪問があったから？」

「あの方、来なければよかったのに」とグェンダは言った。「今までのままの状態がつづけばよかったわ」

「ジャッコが無実の罪をきせられたままでよかったのかね」

「ジャッコだって、やりかねなかったわ」と、グェンダが言った。「それに、あれは単なる事故だったと思います。いずれにしろ、殺すつもりはなかったのでしょう」

「妙だ」と、リオは考えこんだ。「わたしは初めからジャッコの仕業だとは信じられなかった。いや、むろん、証拠を示されれば、どうにもならなかったが——しかし、どうも不自然なことだと思っていた」

「どうして。ジャッコは前から手に負えない子だったのに」

「そう。それはそうだ。ほかの子供をいじめた。相手はいつも自分より年下の子だった。だからほんとうにレイチェルを襲ったとは、初めから信じられなかった」

「なぜ」

「あの子がレイチェルをこわがっていたからだ」と、リオは言った。「レイチェルにはひどく貫禄があっただろう。ジャッコも人並にそれを感じていたのだ」

「でも」と、グェンダが言った。「だからこそ——いえ——」ことばが途切れた。

リオは探るようにグェンダの目をのぞきこんだ。そのまなざしにこめられていた何かのせいで、グェンダは頬を赤らめた。そして暖炉に近寄り、膝をついて、炉の火に両手をかざした。〝そうよ〟と、グェンダは思った。〝レイチェルにはたしかに貫禄があった。自己満足、絶大な自信、みんなを支配する女王蜂。それだけでも誰かが火掻き棒であのひとをなぐり倒して、永久に沈黙させたくなる動機にはならないかしら。レイチェルはいつも正しかった、レイチェルはいつも物知りだった。レイチェルはいつも立派だった〃

グェンダは急に立ちあがった。

「リオ、わたしたち——わたしたち、今すぐ結婚しません？　三月まで待つ代わりに？」

リオはグェンダの顔を見た。ややあって言った。

「いや、グェンダ、できない。それはよくないプランだと思う」

「どうして」

「つまり」と、リオ。「何事にせよ、あわてるのはよくない」

「それはどういうこと」

グェンダはリオに近寄り、そのかたわらにひざまずいた。

「リオ、それはどういうことなの。おっしゃって」

リオが口をひらいた。

「グェンダ、今言ったとおり、何事にせよ、あわてるのはよくないと思うのだ」

「でも三月にはほんとうに結婚できるのね、計画どおり？」

「そう……そうなるようにしたい」

「まるであやふやなおっしゃり方……リオ、わたしがもうきらいになったの」

「何を言うんだ」リオはグェンダの肩に手をかけた。「むろん好きだよ。きみは世の中のすべてだ」

「それなら」と、グェンダはじれったそうに言った。

「いや」リオは立ちあがった。「だめだ。まだいけない。待たなければ。確かめなければ」

「確かめるって、何を?」

リオは答えなかった。グェンダが言った。

「あなた、まさか——ひょっとして——」

リオが言った。「わたしは——そんなことは——」

ドアがひらき、カーステン・リンツトロムが盆を持って来た。それをデスクに置いた。

「お茶がはいりました、旦那様。カップをもうひとつ持って来ましょうか、グェンダ。それとも階下《した》でわたしたちと一緒にあがります?」

グェンダが言った。

「食堂へ行きます。この手紙を発送する用事がありますから」

リオが署名した手紙を、思いなしかふるえる手で掻き集めると、グェンダは部屋から出て行った。カーステン・リンツトロムはその後ろ姿を見送ってから、リオに視線を戻した。

「何をおっしゃったのですか、あのひとに？」と、家政婦は訊ねた。「すこし興奮してらしたようですけれど」

「なんでもない」と、リオが言った。その声は疲れていた。「なんでもないのだ」

カーステン・リンツトロムは肩をすぼめた。それからひと言もいわずに部屋を出て行った。けれども、咎め立てのことばは、語られぬままに、はっきりと感じられた。リオは溜め息をつき、椅子の背に寄りかかった。ひどく疲れたような気がする。茶を注いだが、カップに口もつけなかった。そして椅子に掛けたまま、何も見ていない視線で部屋中をじろじろ眺めまわしながら、心はせわしなく過去の年月を追うのだった。

＊

ロンドンの貧民窟《イースト・エンド》にあった社会奉仕クラブ……そこでレイチェル・コンスタムと初めて出逢ったのだった。そのときのレイチェルの姿は、今でもありありと思い出せる。中肉中背の、がっしりした体格。当時のリオには分からなかったのだが、たいそう高価な服を、わざと野暮ったく見えるように着ていた。丸顔で、まじめな、やさしい娘。その真剣で素朴な考え方がリオの気に入った。する価値のあることなら、しなければいけないわ！　娘は大まじめに、すこし矛盾したことばを、次から次へと並べ立てた。リオはなにかしら心あたたまる思いだった。なぜなら、リオもまた、する価値のあることはしなければいけないと感じていたのである。ただ、生来の自然なアイロニーのせいで、する価値のあることが必ずしも成功しないのだとは思っていたのだが。しかしレイチェルには疑いというものがなかった。これをして、あれをして、あれこれの福祉施設をつくれば、自動的に立派な結果が得られるというのである。

今にして思えば、レイチェルは人間的な弱さというものを決して容赦しなかった。人間はいつも患者《ケース》として、解くべき問題として見ていた。人間一人ひとりがみなちがうこと、反応の仕方も特質もさまざまであることが、ついに分からなかった。リオは、いつだったか、レイチェルに、あまり期待をかけすぎるのはよくないことだ、と言ってやったことがある。そんなことはないわと、すぐさま否定したけれども、レイチェルにはたしかに何事にたいしても期待をかけすぎる癖があった。当然の成り行きとして、いつも失望した。そんなレイチェルに、リオはたちまち恋をしてしまった。そして大金持ちの娘だと分かったときは、快いおどろきに襲われたものである。

二人が計画した結婚生活の土台となったのは、高尚な思想であって、かならずしも素朴な生き方といったものではなかった。しかしリオをレイチェルに結びつけたものがなんであったかは、今になってみればよく分かる。それはレイチェルの心のあたたかさだった。ただその心のあたたかさが実はリオのためのものでなかったところに、悲劇が芽生える。そう、レイチェルもリオを愛するようになった。それは否定できない。けれどもレイチェルが心底からほしかったのは、実は子供だった。そして子供は生まれなかった。

二人は有名無名の医者に、時にはあやしげな医者にまで相談してみた。その結果、恐るべき判決が下った。レイチェルに子供が生まれる見込みはないというのである。リオは妻を心から気の毒に思った。そして、貰い子をしようと妻に提案されると、一も二もなく賛成した。孤児院に問い合わせの手紙を出し、その用事でニューヨークを訪れたとき、貧民街を車で通って行くと、一軒の家から子供が駆け出して来て、たちまちアージル夫妻の車にはねとばされた。

レイチェルは、車から跳び下りて、倒れた子供を抱きおこした。打撲傷だけで、大した怪我ではなかった。金髪で、青い目の、かわいらしい子供である。ほんとうに怪我がないかどうか確かめるために、病院へ連れて行こうとレイチェルは言い張った。そして子供の保護者にも逢いに行った。じだらくな叔母。その亭主はあきらかに酔っぱらっていた。両親の死後この子供を引きとったわけだが、子供にたいしていささかの愛情もないことは目に見えていた。レイチェルは、子供を二、三日あずからせてくれないかと言った。叔母は即座に承知した。

「この家じゃあロクな世話もしてやれませんからねえ」と、叔母は言った。

そこでメアリは、アージル夫妻が滞在していたホテルの豪華な一室へ連れてこられた。子供はやわらかいベッドと、ぜいたくな浴室に目を見張った。レイチェルは新しい服を買ってやった。やがて子供が次のように言う時がやって来た。

「うちに帰りたくないわ。ここでおば様といっしょに暮らしたい」

レイチェルは途端にリオの顔を見た。悩ましげな、嬉しそうなまなざしだった。二人だけになるや否や、レイチェルは言った。

「あの子を引きとりましょうよ。手続きは簡単だわ。養子にしましょう。あの子がわたしたちの子になるのよ。あの叔母は、厄介払いをしたといって、かえってよろこぶにきまってるわ」

リオは簡単に同意したのだった。子供はしずかで、おとなしくて、素直な子のように見えた。一緒に暮らしていた叔父叔母には、なんの未練もないらしい。こんなことでレイチェルが幸せになるのなら、さっそく実行にうつそうではないか。弁護士に相談し、書類にサインし、それ以後メアリ・オショーネシーはメアリ・アージルとなって夫妻といっしょにヨーロッパへ来た。これでレイチェルの心もようやく休まるにちがいない、とリオは思った。実際、レイチェルは楽しそうだった。まるで熱に浮かされたようにメアリを溺愛し、あとからあとから高価な玩具を買って与えた。メアリはそれを素直に、おとなしく受け取るのだった。今にして思えば、リオは最初からなんとなく不安だったのだ。子供のあまりの従順さ。昔の家や肉親を恋しいと思う心がまったく感じられぬこと。ほんとうの愛情はそのうちに芽生えるのだろう、とリオは未来に期待をかけた。今は愛情のかけらも見あたらない。子供は慈善をすなおに受け入れ、与えられるもののすべてに満足し、すべてを享楽している。しかし新しい義理の母親への愛情は？　そう、リオにはそれが感じられなかった。

それ以来だ、リオがともすれば妻の生活の裏側へ引きこもりがちになったのは。レイチェルは生来の母親ではあるが、理想的な妻ではなかった。メアリを手に入れた今となって、レイチェルの母性本能はかえっていっそうの刺激を受けたように思われた。一人の子供では不足になってきたのだ。

レイチェルの生活のすべてが子供とむすびつき始めた。孤児院、身体障害児への寄付、精神遅滞の子供、痙攣性脳性麻痺の子供、身体的形態異常の子供——いつも子供、子供だった。立派なことである。立派なことだとは分かっていたが、それは、レイチェルの生活をすっかり占領してしまった。リオはすこしずつ自分の研究活動に閉じこもるようになっていった。前から関心があった経済学の歴史的背景に首を突っこみ始めたのも、この頃である。書斎に閉じこもる日がつづいた。研究調査に、小論文の執筆に、リオは没頭した。妻はいつも忙しそうに、楽しそうに家のなかを切りまわし、慈善事業の数はますますふえていった。リオはあくまでやさしく、従順だった。妻をはげました。「それはすばらしい計画だね」「そう、そう、わたしも大賛成だよ」等々。たまには注意することもあった。「実行に移る前に、もちろん事情をよく調べてみるほうがいいね。調子に乗ってはいけないよ」などと。

レイチェルは相変わらずリオに相談することをやめなかったが、それはほとんど形式だけになってしまった。時がたつにつれて、レイチェルは独裁者に変貌していった。つねに一番正しいのはレイチェルなのだ。たまさかの批判や警告を、リオはそっとひっこめるようになった。

レイチェルはわたしの助力を必要としないし、わたしの愛を必要としないのだ、とリオは思った。あれは忙しくて、幸せで、ひどくエネルギッシュな女なのだ。

リオが感ぜずにはいられなかった苦痛の裏には、奇妙なことに、一種の憐れみの心があった。妻が疾走してゆく道の危険を、よく知っているような感じなのだ。

一九三九年に戦争が始まると、アージル夫人の仕事はたちまち二倍にふくれあがった。ロンドンのスラム街の子供たちを集めて、戦時託児所をひらくアイデアを考えつくと、レイチェルはすぐにロンドンの有力者たちに逢いに行った。保健省がこのアイデアを全面的に支持してくれることになり、適当な家もまもなく見つかった。新築で、モダンな家。田舎だから、空襲の心配もあるまい。年齢は二歳から七歳までの子供たちを最高十八名まで収容できる。集まってきた子供たちは、貧しい家庭の子弟というだけではなく、不幸な家庭の子供もいた。孤児や私生児。母親が一緒に疎開先へ連れて行く気のない子供たち。あるいは家庭でさんざん虐待されていた子供たち。障害のある子供も三、四人いた。レイチェルは、スウェーデン人のマッサージ師や二人の看護婦の先頭に立って、大活躍をした。子供たちに与えられた環境は、快適というよりは、むしろ、ぜいたくに近かった。あるときリオはそのことを注意した。「レイチェル、子供たちがいずれは元の環境へ帰らねばならないということを忘れてはいけないよ。子供たちが帰りにくいようにしてはならないのだ」

レイチェルはあたたかい声で答えた。

「この可哀そうなチビさんたちには、いくらよくしてやっても、やりすぎということは決してありませんわ。決して！」

リオは言った。「そう、しかし、いずれは家へ帰らなければならないのだ。それを忘れないようにね」

だがレイチェルはこのことばをあっさり聞き流した。「そうとは限りませんわ。たとえば――まあ、この問題はまたご相談しますけれど」

戦況の悪化につれて、託児所にも変動があった。看護婦たちは、まったく健康な子供たちの世話に愛想をつかして、もっと実のある仕事へと、去って行った。しまいには、年取った看護婦とカーステン・リンツトロムの二人きりになってしまった。家政婦がいなくなると、カーステン・リンツトロムはその代わりもした。まことに献身的に、わが身をかえりみず働く女性だった。

そして、レイチェル・アージルも依然として忙しく、楽しそうだった。それでも、ときどき妻がうろたえたことを、リオはおぼえている。ミッキー少年の体重がどんどん減ってゆき、食欲がなくなったのにおどろいて、ある日レイチェルは医者を呼んだ。医者が看《み》ても、少年の体にはどことい って異常はなかった。ただのホームシックかもしれないと言われたアージル夫人は、憤然として言った。

「そんなはずはありませんわ！　先生は、この子の家庭をご存じないのです。この子はなぐられて、ひどく虐待されていました。まるで地獄でした」

「いや、それでも」と、医師マクマスターは言った。「それでも分かりませんよ。子供に直接訊いてみてはいかがですか」

そしてある日ミッキーは喋った。ベッドのなかで、すすり泣きながら、両の拳でレイチェルを押しのけ、わめいた。

「うちに帰りたい。母さんやアーニーのところに帰りたい」

レイチェルは唖然とした。

「母親のところへ帰りたいはずがないわ。この子のことなんか、ちっともかまわなかったひとですもの。酔っぱらうと、いつもこの子をなぐった母親なのよ」

そこでリオはしずかに言った。「でも、おまえの考えは自然の情に反しているよ、レイチェル。そんな女でも母親は母親だ。ミッキーは母親を愛しているんだ」

「あんなひと、母親とはいえないわ！」

「いや、血のつながった肉親だ。その血のつながりを、ミッキーは無意識のうちに感じているのだよ。ほかのものでは代用できない血のつながりなのだ」

するとレイチェルは答えた。「でも今はわたしを母親だと思っているはずよ」

きのどくなレイチェル、とリオは思った。きのどくなレイチェル。あれはいろんなものを買った……自分のためにではなく、もっぱら赤の他人のために。ほしがりもせぬ子供たちに、愛情を、献身を、家庭をあたえた。それらのものは買えた。しかし子供らの愛情は買えなかった。

やがて戦争が終わった。子供たちは肉親や保護者に呼ばれて、すこしずつロンドンへ帰って行った。しかし、それは子供たち全部ではなかった。誰にもかえりみられぬ何人かが残っていた。そのときレイチェルは言った。

「ねえ、リオ、この子たちは、わたしたちの子供も同然でしょう。今こそほんとうの家庭をつくるチャンスじゃないかしら。四人か——五人くらい、わたしたちの家に残しておきません？　正式に籍を入れて、立派に教育を受けさせれば、ほんとうにわたしたちの子供になるのよ」

なぜかは分からないが、リオは漠然たる不安を感じた。子供たちを育てることに反対なのではないが、この計画のウソを本能的に感じとったのである。人為的な方法によって一家をつくろうという僭越な考え方。

「それは、おまえ」と、リオは言った。「すこし危険だと思わないかい」

しかしレイチェルは答えた。

「危険？　危険でもかまわないわ。する価値のあることですもの」

そう、たしかにやってみる価値のあることだが、リオは妻ほど確信をもてなかったのだ。この時分のリオは、すでにほとんど完全に自分の書斎へ逃避していた。だから、このときも、それまでに何度も言ったとおりのことを言った。

「まあ、いいと思ったようにやってみなさい、レイチェル」

レイチェルは、大よろこびで、計画を立て、弁護士に相談し、いつもの事務的な速さで事を進めていった。こうして、いちどきにレイチェルの子供たちが出現した。ニューヨークからもらわれて来た最年長のメアリ。スラム街の家と、粗暴な母親を慕って、夜な夜な泣いたホームシックの少年、ミッキー。母親は売春婦で、父親はインド人の水夫だった、美しい混血娘、ティナ。私生児のヘスターを生んだアイルランド人の母親は、更生を誓って、どこかへ行ってしまった。そしてモンキー・フェイスの少年、ジャッコは、おどけたしぐさでみんなを笑わせ、ことば巧みに罪を逃れたり、きびしいミス・リンツトロムから余分のおやつをかすめ取ったりした。ジャッコの父親は刑務所で服役中。母親はほかの男と駆け落ちした。

そう、これらの子供たちを引き取って、家庭の幸福と愛情を、父と母を与えることは、たしかにやってみるだけの価値はある。レイチェルが鬼の首でも取ったようによろこぶのも、無理もない。ただ、この計画は思いどおりには運ばなかった……これらの子供たちは、あくまでもリオとアージルの実の子ではない。かれらには、レイチェルの刻苦勤勉の性質もなければ、コンスタム家代々の野心や野望も、アージル家に伝わるひとのよさや寛《ひろ》い心もなかった。そしてリオ自身の知性も、これらの子供たちの血管には流れていなかったのだ。

環境はいたれりつくせりだった。しかし、環境は人間の育成に大いに関係があるけれども、それがすべてではない。すでに逆境で植えつけられてきた弱さの種子が、これらの子供たちの内部にひそんでいて、どんなときに発芽するか知れない。そのいい例がジャッコだった。魅力的で、はしっこいジャッコ。気のきいた冗談、見かけの可愛らしさ、みんなをまるめこむ口のうまさ、それらはそのまま不良少年の特徴である。それは幼い頃から、ちょっとした盗みとか、他愛のないウソとなって、片鱗を現わしていた。もともとの天性が、肉体といっしょに成長してきたのだ。そんなものはすぐに矯正できる、とレイチェルは言った。けれども矯正はついに不可能だった。

学校に入ると、ジャッコの成績はわるかった。やがて大学は退学処分になり、それ以来アージル夫妻は悪戦苦闘をつづけた。自分たちが愛しもし、信頼もしていることを、なんとかジャッコに分からせたい。適当な職を見つけてやって、未来への希望を抱かせたい。わたしたち夫妻はジャッコを甘やかしすぎたのだろうか、とリオは思う。いや、ちがう。甘やかそうと、きびしくしようと、ジャッコの場合、結果はいつもおなじなのだ。ジャッコは、自分のほしいものは、なにがなんでも手に入れようとする。合法的な手段で手に入らぬときは、ほかのどんな手段に訴えても手に入れようとする。しかも決して知能犯という感じではない。ちっぽけな犯罪でも、へまをやっている。こうして、あの日が来た。ジャッコは一文なしになって訪ねて来た。投獄の恐怖からほとんどヒステリックになって、金をよこせと脅迫した。そして、わめきながら帰って行った。必ず戻って来るからな。それまでに金を用意しておけ。さもないと！

そして——レイチェルは殺された。過去の事件のすべては、なんと遠く感じられることだろう。少年少女たちと一緒にすごした永い永い戦争の期間。そのあいだ、リオはどうしていた？　我関せずで、無色透明だった。あらゆるエネルギーや生命力は、ぜんぶレイチェルに吸い取られたようだ。残りかすのリオは、枯れきって、無力で、そう、あたたかさや愛情にひどく飢えている。

あたたかさや愛情がすぐそばにあることに気づいた瞬間を、リオは今でもはっきりおぼえている。すぐそばに……差し出されていたわけではないが、ともかく、そこにあった。

グェンダ……完璧な秘書、じぶんの秘書。いつも手ぢかにいる、親切な、役に立つ秘書。グェンダを見ていると、はじめて逢った頃のレイチェルが思い出された。おなじあたたかさ、おなじまじめさ、おなじやさしさ。ただグェンダの場合は、そのあたたかさや、まじめさや、やさしさは、すべてリオのためのものだ。いつか生まれるかもしれぬ架空の子供たちのためではない。リオ一人のためのものだ。あたたかい火に両手をかざすような気持ち……永年使わなかったので、つめたく、固くなってしまった手。グェンダが愛していることに気がついたのは、いつだったろう。はっきりしない。とつぜん気づいたというのとはちがうようだ。

しかし自分がグェンダを愛しているのに気がついたのは——ある日——突然だった。そしてレイチェルが生きている限り、グェンダと結婚できないと悟ったのも。

＊

リオは、溜め息をつき、手をのばして、冷えきった茶を飲んだ。

第九章

キャルガリが帰ってから、ほんの数分の間をおいて、医師マクマスターの家には第二の訪問客があった。この客とは友だちづきあいをしていたので、マクマスターは嬉しそうに迎え出た。

「ああ、ドンか、よく来たね。さあ、遠慮なく心配事を話しなさい。なにか心配事があるのだろう。きみのおでこに、そういう皺が寄ってるときは、心配事のある証拠だ」

医師ドナルド・クレイグは、くやしそうに苦笑いした。まじめな顔をした美男子である。自分自身についても、仕事についても、つねにまじめな男。この若いあとつぎを、老医師は心から好いていた。ただ、ドナルド・クレイグは冗談を解さないのが玉にキズだ、と思うことも時たまあるのだが。

クレイグは酒をことわってから、いきなり本論に入った。

「非常に気がかりなことがあるのです、マック」

「またビタミンの欠乏じゃないだろうな」と、マクマスターは言った。老医師にしてみれば、ビタミンの欠乏というのは面白い冗談のつもりだった。あるときクレイグ青年は獣医に教えを乞うたことがあった。ある子供の患者の飼っていた猫が相当ひどい田虫にかかっていたのである。

「患者のことではないのです」と、ドナルド・クレイグは言った。「ぼくの個人的な問題です」

マクマスターは途端にまじめな表情になった。

「ごめん、ごめん。わるかった。何かわるい知らせでもありましたか」

青年はあたまをふった。

「そういうことではないのです。実は――ねえ、マック、ぼくは誰かに話さないではいられないのです。あなたはこの土地では古いから、あの家のひとたちのことをご存じでしょう。ぼくも知りたいのです。一体ぼくは今どんな立場に立っているのか、そもそも問題はなんなのか、それを知りたいのです」

マクマスターのふさふさした眉毛が、ゆっくりと額を上って行った。

「心配事というのを聞こうじゃないか」と、マクマスターは言った。

「アージル家のことなのです。ご存じでしょうが――誰でも知っていると思いますが――

——ヘスター・アージルとぼくは——」

老医師はうなずいた。

「暗黙の了解だろう」とマクマスターは満足そうに言った。「昔はそういうことばを使ったもんだ。奥床しいことばだ」

「ぼくは彼女に惚れています」と、ドナルドはあっさり言った。「そして彼女も——そう、たしかに——彼女もぼくを好きだと思います。そこへ今度の事件です」

老医師は、ははあという顔をした。

「ああ、そのことか！　ジャッコ・アージルの特赦だね」と、マクマスターは言った。「今となってはおそすぎる特赦だが」

「そうです。だからこそ、ぼくの感じとしては——この感じがよくないことは分かっていますが、仕方がないのです——この新しい証言がいっそのこと——明るみに出なければよかったような気がするのです」

「ああ、心配しなくていい、そう感じているのはきみだけじゃないから」と、マクマスターは言った。「わしに分かったかぎりでは、警察本部長から、アージル家の全員、それに南極探険から帰ってきた問題の男にいたるまで、誰も彼もがそう感じている」そしてマクマスターは言い添えた。「その男はさっきここへ来たよ」

ドナルド・クレイグはぎょっとしたような顔になった。

「ほんとうですか。何か言っていましたか」

「何かとは、どういうことかね」

「その男の考えでは、誰が——」

マクマスターはかぶりをふった。

「いや。ぜんぜん分からんそうだ。一体その男に——ついこのあいだまで局外者だったその男に、アージル家の事情など分かるわけがないじゃないか。どうやら」と、マクマスターはつづけて言った。「まだ誰にも見当がつかんらしい」

「そうですか。そうだろうと思いました」

「なんでそう興奮してるのだ、ドン」

ドナルド・クレイグは深く息を吸いこんだ。

「そのキャルガリという男が訪ねてきた夕方、ヘスターが電話をかけてきたのです。彼女とぼくは、ぼくの病院がひけたあと、ドライマスへ講演を聞きに行く約束をしていました。シェイクスピアの作品における犯罪者について、という講演です」

「ほう、これまた偶然の一致だな」と、マクマスター。

「ところが彼女は電話をかけてきて、行けないと言います。たいへんな知らせが来たからと言うのです」

「それがキャルガリ氏の知らせだね」

「そうです。そのときはキャルガリという名は言いませんでしたが。とにかく彼女は非常に興奮していました。声の調子が——ちょっと説明できないような口調でした」

「アイルランド系の血統だ」と、マクマスター。

「おどろいているのと同時に、おびえきった感じ。どうも、うまく言えませんが」

「いや、そりゃ無理ないさ」と、医者は言った。「まだ二十《はたち》前だろう、ヘスターさんは」

「しかし、なぜあれほど興奮するのでしょう。ほんとの話、マック、彼女は何かにひどくおびえているのです」

「うん、そう、まあ——そうかもしれないな」と、マクマスター。

「あなたは——どうお思いですか」

「わしの考えより」と、マクマスター。「きみの意見のほうが肝心だろう」

青年はにがにがしげに言った。

「ぼくは医者でなければ、こんなことは考えないのだと思います。彼女はぼくの恋人だから、その彼女がまちがっているはずはない、というのが一般の考え方でしょう。しかし、ぼくはあくまでも医者だから——」

「うん——だから？　思っていることをすっかりブチまけなさい。さっぱりするよ」

「つまり、ぼくには彼女の心の内がある程度分かるのです。彼女は——幼い頃の不安定な生活環境の犠牲者です」

「なるほど」と、マクマスター。「この頃はそういう言い方をするらしいね」

「彼女は現在でもその不安定な状態から精神的に立ちなおっていません。あの殺人事件の頃、彼女は思春期《アドレッセンス》の少女としてまったく自然な感情にくるしんでいました——つまり、権威の否定、というか——息ぐるしい愛情から逃れようとする試み、です。盲目的な愛情は、今日では大きな害毒の原因となります。彼女はそれに反逆し、逃げ出そうとした。これはみんなぼくに直接話してくれたことだから、まちがいありません。彼女は家出をして、四流どころのドサまわりの劇団に入りました。そのときのアージル夫人の態度はご立派だったと思います。夫人はヘスターに、それほど芝居をやりたいのならロンドンへ行って、正式に演技の勉強をしなさいと言いました。けれどもヘスターはそんなことはしたくなかった。だから、この家出はただのゼスチュアだったのですね。ほんとうは芝居の勉強をしたいのでもなければ、まじめに自活の道を考えたのでもない。ただ自分の独立を誇示したかっただけなのです。いずれにしろ、アージル夫妻は彼女を無理に引きとめはしませんでした。それどころか、多額の金を与えています」

「それは賢明なことだね」と、マクマスター。

「それから、劇団の中年の役者と、例のばかげた恋愛事件がありました。つまるところ男にだまされたことに、やがて彼女は気がついた。アージル夫人がわざわざ出向いて、男と話をつけ、ヘスターは家へ帰りました」

「いい勉強をしたわけだ。昔のことばで言うとな」と、マクマスター。「しかし、むろん授業料は高かったな。ヘスターの場合も」

ドナルド・クレイグは不安そうに話をつづけた。

「彼女はいまだに不満をうっせきさせています。いや、前より不満は強いかもしれない。だって何もかも母親の言うとおりだったことを、公然とではないにしろ、心ひそかに認めざるを得なかったのですからね。彼女は役者としてもだめだったし、愛情を注いだ相手はそれに値しない男だった。しかも、その彼女の愛情すら、ほんものではなかったのです。〝ママはなんでも知っている〟という状態は、若い人間にとって実にいら立たしいことじゃありませんか」

「そうだ」と、マクマスターは言った。「それが、あの気の毒なアージル夫人の悩みのひとつだった。夫人は今きみが言ったようには考えていなかったがね。事実、夫人がなんでも知っているということは、ほとんどまちがいないことだった。もしあのひとが、借金で首がまわらなくなったり、家の鍵をよく失くしたり、たびたび汽車に乗りおくれたり、というようなヘマをやるひとだったら、もうすこし家族のひとたちにも好かれていただろうよ。それが人生というやつさ。おまけに、あのひとは他人にウソをつけないひとだった。だから、あからさまに自己満足していた。自分の力や判断に満足し、全身これ信念のかたまりだった。こういうことは、若いひとには我慢できないことでな」

「ええ、ええ」と、ドナルド・クレイグは言った。「それは分かっています。それが分かっているからこそ、ぼくの感じ——ぼくが疑う——」ドナルドは言いやめた。

　マクマスターがやさしく言った。

「わしが代わりに言ってあげようか、ドン？　きみが疑っていることは、こうだ。ヘスターが、母親とジャッコとの言い争いを立ち聞きして、権威にたいする反抗精神を燃やし、母親の自己満足を粉砕せんものと、その部屋に入って行って、火掻き棒をとりあげ、アージル夫人を殺した。ということだろう、きみが恐れているのは？」

　青年はみじめにうなずいた。

「そんなことはあり得ません。ぼくはそんなことがあったとは信じません。しかし——感じとして——その可能性もなきにしもあらずと思うだけです。ヘスターは、どうも釣合いが、バランスが——彼女は年のわりに子供っぽくて、自信がなくて、一時的な精神錯乱状態におちいる危険性があるひとです。あの一家のひとたちを、ひとりひとり考えてみて、犯人とおぼしきひとは誰もいない。ただヘスターは——ぼくには分かりません」

「なるほど」と、マクマスター。「なるほど、なるほど」

「彼女を責めることはできません」と、ドン・クレイグはあわてて言った。「あのひとは自分で自分が分からなかったのでしょう。この事件は殺人事件じゃない。これはただ、感情的な挑戦、あるいは反逆、あるいは自由の渇望、あるいは、そう、母親が——いなくなるまでは絶対に自由にはなれぬという絶望的な精神状態、そういうものから発した行為なのです」

「その最後の理由だけは、たぶんほんとうだろうね」とマクマスターが言った。「それがこの事件の唯一の動機かもしれない。妙な動機だな。法律の目で見れば、あまり強い動機とはいえない。自由になりたいという願い。より強い個性の圧迫から解放されたいということ。あの一家の誰も、アージル夫人が死んだら莫大な財産を相続するときまっていたわけじゃないから、警察の目で見れば動機は皆無なんだ。しかし、財産の管理という点でも、受託人におよぼす力としては、アージル夫人の権威が最大のものだったのだろう。そう考えると、うん、夫人の死はあの一家ぜんたいを解放したんだ。ヘスターだけじゃないよ、きみ。リオだって自由になって、ほかの女と結婚する。メアリも自由になってご亭主を好きなように看病できるし、ミッキーも自由になって自分の好きな暮らし方ができる。あのちっちゃなダーク・ホース、図書館づとめのティナだって、自由になりたがっていたかもしれない」

「ぼくがご相談したかったのは」とドナルドが言った。「あなたのご意見――このことがほんとうだと――お思いになるかどうか、それを伺いたかったのです」

「ヘスターのことかね」

「そうです」

「ほんとうかもしれないとは思う」と、マクマスターはゆっくり言った。「正確には分からんな」

「ぼくの想像どおりかもしれないとお思いですか」

「そう。きみの想像はそんなに的はずれじゃないし、いくぶんの可能性もある。しかし、確実にそうだとは絶対言えないぞ、ドナルド君」

青年は溜め息をつきながら身ぶるいした。

「確実なところをぜひとも知りたいのです、マック。感じだけではどうにもなりません。

知らねばならないのです。もしヘスターがぼくに言ってくれれば、じぶんの口から打ち明けてくれれば、そのときは——そのときは、それでいいのです。ぼくらはできるだけ早く結婚します。ぼくは彼女をかばいます」

「そういうことは、ヒュイッシ警視に聞かれないほうがいいぞ」と、マクマスターはそっけなく言った。

「ぼくは原則的には法律を犯さぬ市民です」と、ドナルドは言った。「しかし、あなたもご存じでしょう、マック、心理的な証拠というものが法廷でどんなふうに扱われるか。ぼくの考えでは、この事件は不幸な事故なのです。決して冷血な殺人事件でもなければ、かっとなった末の殺人でもない」

「きみはあの娘さんに惚れている」と、マクマスター。

「むろん、これはここだけの話ですよ」

「それは安心しなさい」と、マクマスター。

「ぼくはただ、ヘスターが打ち明けてさえくれれば、ぼくに真相が分かりさえすれば、ぼくらはなんのわだかまりもなしに結婚できるということを言いたいんです。そのためには、彼女が打ち明けてくれなければいけない。真相を知らずに一緒に生活することは、ぼくにはできません」

「というと、今の話がきみの心に暗い影を投げかけているあいだは、結婚する気はないということか」

「あなただったら結婚する気になれますか」

「どうかな。わしの若い頃にこんな事件が起こったとして、わしがその娘に惚れていたら、たぶんその娘は潔白だと、あたまから信じてしまうだろうよ」

「いや、問題は犯人か否かということではないのです。ぼくが知りたいということです」

「じゃあ、もし彼女がほんとに母親を殺したのだと分かったら、きみはそれで気がすんで、彼女と結婚して、末永く幸せに暮らせるだろうかね」

「そうです」

「バカなことを言いなさんな」と、マクマスターが言った。「コーヒーがにがけりゃ何か入ってるんじゃないかとか、暖炉の火掻き棒がすこし頑丈すぎるとか、きみはそんなことを思うようになるにきまってるんだ。きみがそう思ってることは、必ず彼女にも伝わるよ。そんなふうになったら、おしまいだ……」

第十章

「わざわざお越しくださいまして、ありがとうございました、マーシャルさん。あなたにおいでいただいて、この会議をひらきますについては、実は深いわけがございまして」

「ええ、分かっております」と、マーシャルは言った。「実は、アージルさん、こちらからお申し出がなければ、わたしのほうから伺おうと思っておりました。告示は今朝の各新聞にいっせいに出ておりましたから、ジャーナリズムがこの事件にふたたび興味をもつであろうことは、火を見るよりも明らかです」

「もう二つ三つの新聞社から電話がかかってきて、インタビューを申しこまれました」とメアリ・デュラントが言った。

「そうでしょうね、予想はしておりました。わたしの意見としましては、みなさんは、絶対ノーコメントという立場をとっていただくのが一番です。むろん、みなさん方はおよろこびでしょうし、感謝の気持ちを表明なさりたいところでしょうが、詳しいことはあれこれおっしゃらないほうが得策です」

「二年前にこの事件を担当していたヒュイッシ警視が、あすの朝、この家へ来て、わたしたちと会見したいそうです」とリオが言った。

「そうですか。そう、警察もなんらかの結果を得ることは期待していないでしょうが、それでもある程度の捜査の蒸し返しは仕方がありません。なんと申しても、二年前の事件ですから、当時記憶していたことでも――むろん外部のひとの記憶ですが――忘れられているでしょう。ある意味では残念なことですが、これもやむを得ません」

「事件ぜんたいは、はっきりしていますよ」と、メアリ・デュラントが言った。「この家の戸締まりは、泥棒にそなえて厳重でしたけれど、もし誰かが特別の用事で来たか、でなければ誰かこの家のひとの友だちだといつわって来たのだったら、母はきっとそのひとを入れてあげたでしょう。これが真相だったんじゃないでしょうか。あの晩の七時ちょっとすぎに、玄関のベルが鳴ったのがきこえたと、父も申しておりました」

マーシャルは物問いたげにリオの顔を見つめた。

「そう、そう言ったと思います」と、リオは言った。「むろんいまでは明瞭な記憶はありませんが、そのときはたしかにベルの音を聞いたという印象がありました。わたしは階下《した》へ行こうとしました。すると、ドアがあいて、ふたたび閉まる音が、きこえたような気がしました。誰かが無理に押し入ろうとしているような、あるいは乱暴な口をきいているような、そういう気配はありませんでした。そういうことがあったとすれば、わたしにもきこえたはずですが」

「そうでしょう、そうでしょうね」とマーシャルは言った。「わたしも、真相はそんなところではなかったのかと思います。まことに悲しむべきことではありますが、お涙頂戴の物語をならべたてて他人の家へ侵入し、入るや否や家庭の主婦をなぐり倒して、金品を盗み出すような、よからぬ輩《やから》は、世間にうようよしております。そう、この事件の真相はそれにちがいないと、わたしも想像いたします」

その話しぶりは妙に技巧的にひびいた。マーシャルは喋りながら、この小さな集まりの一人ひとりを注意ぶかく観察し、その小心なやり方で、この場の登場人物たちを分類していたのである。メアリ・デュラント。見かけのいい、想像力にとぼしい、ビクともしない感じの女性。すこし超然たる気味もあり、明らかに相当な自信家だ。その後ろ、車椅子に坐っているのが夫だ。フィリップ・デュラント。これはインテリだ、とマーシャルは思った。商売のことに詳しければ、かなりの成功をおさめたにちがいない男。この一件についても、妻ほど冷静な受け取り方をしていない。油断のない、考えぶかそうな目。この事件の裏の意味については、誰よりもよく考えているようだ。もちろん、メアリ・デュラントも、見かけほど冷静であるかどうか。少女時代も、結婚してからも、この女性はいつも気持ちをおもてにあらわさぬのが特徴だった。

明るい知的な目にかすかな嘲笑の色を浮かべて、弁護士を見まもっていたフィリップ・デュラントが、車椅子のなかでちょっと体を動かした。メアリが、はっとしたように、あたまをそちらへ向けた。その夫を信頼しきったまなざしが、弁護士をおどろかした。メアリ・デュラントが献身的な家庭婦人であることは知っていたが、それにしても、メアリは冷静で、強い愛憎の感情には動かされぬ女性だと前々から思っていたから、この突然の発見にびっくりしたのである。してみれば、この女性は夫をずいぶん愛しているわけだ。フィリップ・デュラントはといえば、不安そうな様子である。今後のことを案じているのだろう、と、マーシャルは思った。それももっともなことである!

弁護士の正面に、ミッキーがすわっていた。若々しい、にがみばしった美男子。なぜあんな苦虫を嚙みつぶしたような顔をしているのだろう、とマーシャルはふと思った。なぜ年中、世間を敵にまわしているような表情をしなければならないのだ。物質的には何不自由なく育てられたのに。ミッキーのとなりには、ティナが、ちょうど優美な黒い小猫のように坐っていた。黒い皮膚、しずかな声、大きな黒い目、そしてどことなくひねくれた身のこなし。一見おとなしそうだが、そのおとなしさの裏には感情的なものがひそんでいるのではないか。実をいえば、マーシャルはティナのことをほとんど知らなかった。この娘は、アージル夫人に言われたとおり、おとなしく州立図書館に就職した。ふだんはレッドミンの町の下宿で寝泊まりし、週末にはここへ帰る。しかし、どうだろう。一応はこの事件と無関係な人物だと考えられる。問題の夜も、ここへ来ていなかった。しかし、レッドミンはここからわずか二十五マイルだ。いや、たぶんティナとミッキーは除外できるだろうけれども。

いくらか挑戦的なまなざしでこちらを見まもっているカーステン・リンツトロムに、マーシャルはすばやい一瞥をくれた。この女がとつぜん狂暴になって、女主人を襲ったのだと仮定したら、とマーシャルは考えた。あり得ることだ。永年弁護士をしていればそんな事件は珍しくもなんともない。モダンな言い方をすれば、抑圧されたオールドミスというところ。ひがみっぽくて、ねたみっぽくて、現実的、あるいは架空の恨みを胸に抱いていた。そう、実に便利なことばだ。これがほんとうなら、どんなに好都合だろう、とマーシャルは不穏当なことを考えるのだった。まったく、好都合である。外国人。使用人。それにしても、カーステン・リンツトロムは、わざとジャッコに罪をきせるような真似をするだろうか。母子の言い争いを小耳にはさんで、それを巧みに利用したりするだろうか。とても考えられぬことだ。なぜなら、カーステン・リンツトロムは、ジャッコをひどく可愛がっていた。ジャッコに限らず、どこの子供でも熱愛していた。そう、この女の場合そんなことは想像できない。しかし——いや、この線に沿って推理を進めても仕方がない。

マーシャルの視線は、リオ・アージルとグェンダ・ヴォーンに移動した。この二人の婚約はまだ公表されていないが、それが賢明というものだ。実はマーシャルがわざわざ手紙を書いて、それとなく忠告したのである。むろん、それはこのあたりでは公然たる秘密であり、警察もきっと知っているにちがいない。警察の観点からすれば、これはまさにぴったりの解答だ。無数の前例がある。夫と、妻と、もうひとりの女。ただ、どういうものか、リオ・アージルがその妻を襲ったとは、マーシャルはどうしても信じられなかった。そう、どうしても信じられない。リオ・アージルとは永年の付き合いだが、この人物をマーシャルはたいそう高く買っていた。文化人である。あたたかい思いやりに満ち、深遠な読書家で、高尚な人生哲学のもちぬしだ。女房を火掻き棒で殺すような人間ではない。もちろん、老いらくの恋というものは——いや、ちがう！　そんなものは新聞記事の材料だ。イギリス全土にわたって、日曜日の面白い読物！　いや、冗談じゃない、まさかリオが……

あの女性はどうだろう。グェンダ・ヴォーンについて、マーシャルはあまりよく知らなかった。魅力的なくちびると、成熟した体の線。彼女はリオを愛している。それはそれでいい。そう、だいぶ前から愛していたのだろう。離婚をなぜ考えなかったのか。離婚のことを持ち出されたら、アージル夫人はどんな気持ちがしただろう。マーシャルには想像もつかない。しかし離婚というような考えは、古風なリオ・アージルには思いもよらなかったに相違ない。グェンダ・ヴォーンがリオ・アージルの情婦であったとは思えないが、もしそうだったとすれば、グェンダ・ヴォーンが自分には嫌疑がかからぬと思ってアージル夫人を抹殺し――マーシャルは考えの途中でふと立ち止まった。この女性ははたして平然とジャッコを犠牲にすることなど、できただろうか。グェンダがジャッコをそれほど好いていたとは考えられない。ジャッコの魅力も、このひとには通用しなかったのだ。しかも女というものは――マーシャルは知りすぎるほど知っているが――概して残酷だ。してみれば、グェンダ・ヴォーンは容疑者のなかに入れられる。これだけ時間がたった今となっては、具体的な証拠をあげることはむずかしかろうが。グェンダ・ヴォーン有罪の証拠とは、いったいなんだろう。この女性は犯行当日この家にいた。リオといっしょに書斎にいた。リオにおやすみなさいと言ってから、部屋を出て、階段を下りた。それから、アージル夫人の居間へ行って、火掻き棒を取り上げ、デスクにかがみこんでいる夫人の後ろに忍び寄った、かどうかは誰も知らない。アージル夫人が叫び声も立てずに打ち倒されたとして、そのあと、グェンダ・ヴォーンは火掻き棒を放り出し、表玄関から外に出て、いつものとおり自宅へ帰ればよかったのだ。それが事実であったとしても、警察あるいはほかのなんぴとにしろ、証明することはほとんど不可能と思われる。

マーシャルの目はヘスターにうつった。可愛い子だ。いや、可愛いというより、むしろ美しい。ちょっと奇妙な、不安な美しさだ。いったい、この娘の両親はどんな人間だったのだろう。なにか無法な、野性的なところが、この娘にはある。そう、この子については、すさまじいという形容詞が使えるようだ。何がすさまじいのか。この娘はばかげた家出をして、舞台へ走り、つまらぬ男とばかげた恋愛をやった。やがて熱がさめ、アージル夫人に連れられて家へ帰った。それでも、ヘスターを容疑者候補から除外するわけにはいかない。なぜかといえば、この子の心の動きが誰にも分からないからだ。すさまじさがこうじた瞬間、この子が何をやり出すか知れたものではない。とにかく警察には理解できないことだが。

実際、誰が犯人かということについて、およその目星をつけたとしても、警察にはそれ以上何をすることもできないだろう、とマーシャルは思った。だから、概して満足すべき情況なのだ。満足すべき？　そのことばにひっかかって、マーシャルはぎょっとした。しかし、そうではないか。行き詰まりということは、満足すべき結果だとは考えられないか。それにしても、アージル家のひとびとは、それに気がついているのだろうか。おそらく気がついてはいまい、とマーシャルはひとりぎめした。もちろん、このなかの一人、知りすぎるほど知っている一人をのぞいての話だが……そう、このひとたちは知らない。しかし、ひそかに見当をつけているとは考えられないか。いまはまだ見当もつかないとしても、まもなく考え始める。なぜなら、人間はいやでも過去をあれこれ考えるものだから……要するに、不愉快。それだ、それだ、実に不愉快な立場である。

ここまで考えるのに、ほんのみじかい時間しかたっていなかった。マーシャルがふと我に返ると、ミッキーがあざけるような目つきで、じっとこちらを見つめている。

「じゃ、それがあなたの判決なんですね、マーシャルさん」と、ミッキーは言った。

「外部の人間、未知の闖入者、殺人・強盗をはたらいた悪漢、というのが」

「どうやら」と、マーシャルは言った。「そう考えざるを得ないようです」

ミッキーは椅子のなかでそっくりかえって笑い出した。

「そのお話を、ぼくらはあくまで固執すりゃいいんですね」

「そう、マイケル君、わたしはそれをおすすめするわけですが」マーシャルの声にははっきりと警告のひびきが感じられた。

ミッキーはうなずいた。

「分かりました」と、ミッキーは言った。「それがあなたのご忠告なのですね。分かりました。おっしゃるとおりだと申しましょう。しかし、あなたは、そんなことをまじめに信じてやしないのでしょう？」

マーシャルはミッキーをつめたい目で見つめた。法律家の慎重さということを知らないひとには、困ったものだ。言わずもがなのことを、ことさらに喋りたがる。

「まじめに信じる価値があるかどうかは分からないが」と、マーシャルは言った。「それがわたしの意見なのです」

その断乎たる口調には、かなりの叱責がこめられていた。ミッキーは一同を見まわした。

「みんなどう思います」と、ミッキーは漫然と訊ねた。「どう思う、ティナちゃん。そんなにうつむいていないで。なにか意見はないのかい。いうなれば公認版以外の意見さ。それから、あんたは、メアリ？　まだあまり発言してないよ」

「もちろんわたしはマーシャルさんとおなじ意見よ」と、メアリはつんとして言った。「ほかの解決なんて考えられませんもの」

「フィリップはあんたとちがう意見らしいな」と、ミッキーが言った。

メアリはぐいとふりむいて、夫の顔を見た。フィリップ・デュラントはしずかに言った。

「すこし口をつつしみなさい、ミッキー。進退きわまったときに喋りすぎると、ロクなことはないよ。ぼくらは今まさに進退きわまっているんだ」

「じゃ、誰もとくに意見なしか」と、ミッキーは言った。「よし。結構。しかし今晩寝る前に、みんなそれぞれ考えようじゃありませんか。これはいいことでしょう。いうなれば現在のおのおのの位置を確かめること。カースティ、あんたは何か知ってるんじゃないの。前からそうだったからな。ぼくがおぼえてる限り、あんたはいつでもこの家の情勢を把握していた。ただ一度もそれを口に出しはしなかったがね」

カーステン・リンツトロムは、いささかの威厳をこめて言った。

「ミッキー、口をおつつしみなさい。マーシャルさんのおっしゃるとおりです。喋りすぎはよくありません」

「投票にしてもいいな」と、ミッキーが言った。「紙っきれに名前を書いて、帽子のなかに集めるのさ。面白いじゃありませんか。誰が最高点で当選するか」

今度はカーステン・リンツトロムの声は前より高かった。

「しずかにしなさい」と、カーステンは言った。

「いつまでたっても、あなたはおっちょこちょいの男の子ですね。おとならしくなさい」

「いや、みんなで考えてみようという意味だよ」と、ひるんだようにミッキーが言った。

「それはもちろん考えてみますでしょう」と、カーステン・リンツトロムは言った。にがりきった声だった。

第十一章

1

サニー・ポイントに夜のとばりが降りた。

それぞれの部屋の壁にかこまれて、七人の人間がベッドに入った。しかし誰もなかなか寝つかれなかった……。

病気のために肉体の活動を停止して以来、フィリップ・デュラントはますます精神活動に慰めを見出すようになった。元来、非常に知的な人間だったフィリップは、現在とくに知性をなかだちとして無限の世界がひらけてゆくのを実感していた。たとえば、周囲の人間に適当な刺激を与えて、どんな反応が起こるかを予測してみるという楽しみがある。フィリップが言ったり、したりすることは、自然発生的ではなくて、反応を観察したいばっかりに計算された行為であることが多かった。いわば一種のゲームである。予想どおりの反応が起こると、心のなかで得点を書きくわえる。

この気晴らしの結果として、フィリップは現在、おそらくは生まれて初めてのことではあるが、人間の性格の差異や実態のするどい観察家になった自分を感じていた。

人間の性格それ自体は、今までさしてフィリップの興味をひく事柄ではなかった。周囲の人間や、偶然出っくわした人間が、好きかきらいか、面白いか退屈か、それだけのことだった。フィリップはいつも行動家であり、考えるひとのタイプではなかったのである。その想像力は決して貧弱とはいえないのだが、金儲けのさまざまな計画に利用されるにすぎなかった。それらの計画の、目のつけどころはわるくなかった。けれども、商才がまったく欠けていることは致命的である。事業はいつも失敗だった。とにかく、今までのフィリップにとって、人間とはチェスのポーンのごときものである。だが、病気のために以前の活動的な生活から切り離されたフィリップは、人間そのものについて考えざるを得なかった。

その初まりは病院である。看護婦たちの愛欲生活、秘密のいさかい、ちいさないざこざ。それらは、ほかにすることがなかったので、いやでも目についた。そして人間観察がたちまちフィリップの習慣となったのである。人間——それがいまではフィリップの人生の支えだった。人間そのもの。研究し、発見し、要約する材料としての人間。かれらの衝動のみなもとを推理し、その推論を確かめること。それはまことに興味ぶかい仕事だった……

今晩にしてもそうである。書斎での会議に参加したフィリップは、妻の実家のひとびとについていままでほとんど何も知らなかったことに気がついた。かれらはどんなひとたちなのだろう。つまり、フィリップもよく知っている顔かたちではなく、かれらの内部はどんなだろう。

妙なものだ。人間については知っているようで知らないことばかり。自分の女房にしたところで……

フィリップはじっとメアリを眺めた。おれはメアリのことをどれだけ知っている？

メアリが好きになったのは、その顔かたちの美しさと、しずかな、まじめな物腰のせいだった。メアリが金持ちだったことも、もちろん考慮に入っている。無一文の娘だったら、二の足を踏んだかもしれない。メアリは理想の妻だった。こうしてついに結婚し、妻となったメアリをからかい、ポリーと呼び、意味の分からぬ冗談に変な顔をするメアリを見ては面白がった。しかし、実のところ、フィリップはメアリを知っているだろうか。メアリの考えや、感じ方について？　深い情熱的な愛情で愛してくれていることだけは分かる。その献身的な愛情を感じるたびに、フィリップはすこし居心地がわるそうに身動きし、まるで重荷でもおろすように肩をよじるのだった。一日に九時間か十時間、家を出ていられるうちは、献身的な愛情も結構だろう。夕方、そんな愛情が待ちかまえている家庭へかえるのは、気分のいいものだ。しかし今のフィリップは、それにまといつかれている。見守られ、世話され、飼育されている。こうなると、少しは放っておいてもらいたくなるのも仕方があるまい……それどころか逃げ出したくなる。精神的な脱出——それ以外に方法はない。空想や賭の領域へと脱出したくなる。

賭。たとえば義母の死だ。フィリップは義母がきらいだったし、義母もまたフィリップがきらいだった。ほんとうはメアリとフィリップの結婚にも反対だったが（そもそもメアリを誰かと結婚させる気があったのか、とさえ言いたくなる）やむなく承知してくれたのだ。フィリップとメアリは独立して、幸福な生活が始まったが——それから事態が悪化した。まず南アメリカ会社——次には自転車部品商会——両方ともアイデアはよかったのだが、金繰りに失敗して——最後にアルゼンチン鉄道のストライキが決定的な打撃だった。どれも純粋に運がわるかっただけなのだけれども、なぜか何もかもアージル夫人の責任のような気がした。夫人がフィリップの成功をのぞんでいないのだ。やがて病気が襲った。もはや唯一の解決策は、サニー・ポイントで寄食することだった。フィリップは、もうどうでもいい気持ちになっていた。おれは足が不自由じゃないか。半人間じゃないか。どこで暮らそうと、おなじことさ。しかしメアリは反対だったのである。

どのみち、サニー・ポイントで永久に暮らす必要はなくなった。アージル夫人の死。財産の受託人たちは、定めの割合でメアリに遺産を分配した。デュラント夫妻はふたたび独立した。

アージル夫人の死を、フィリップはとくに悲しくも思わなかった。夫人が肺結核か何かで、ベッドの上で死んだほうが好ましかったことは、いうまでもない。殺人事件はいやなことだ。世間がうるさいし、新聞が書き立てる。しかし殺人としては、まあ悪質ではないほうだ──加害者は明らかにあたまのネジが一本ゆるんでいた。そのことは心理学者がとっくり説明してくれるだろう。それに、メアリの実の弟というわけでもない。もともとわるい素質があって、それが発動したというだけだ。だが今や、事態は一変していた。あしたはヒュイッシ警視が訪ねて来て、例の西部地方独特のやわらかい発音で訊問するだろう。こちらはなんと答えるか、やはり考えておかなければ……

メアリは鏡にむかって、美しい長い髪をとかしていた。その脱俗したようなしずけさが、なぜかフィリップの癇《かん》にさわった。

「あした言うことは決まったかい、ポリー」

メアリはおどろいてふりむいた。

「ヒュイッシ警視が来るんだよ。十一月九日の晩の行動を、また最初から訊かれるぜ」

「ああ、そうね。ずいぶんたったから、おぼえてないわ」

「しかし警視はおぼえてるんだよ、ポリー。それが問題だ。警視はおぼえてる。ちっちゃな警察手帳かなんかに、全部書きこんであるんだ」

「そうお？　そんな手帳、残ってるかしら」

「たぶん写しを二部もとって、十年ぐらい保存しておくんだ！　まあ、きみの行動はハッキリしてるがね、ポリー。だいいち、ほとんど行動していない。ぼくといっしょに、この部屋にいたんだから。もしぼくがきみだったら、七時から七時半まで、この部屋から一歩も出なかったと申し立てるだろうな」

「でも一度トイレに行ったわ」と、メアリは素直に言った。「誰だってトイレに行く権利はあるでしょ」

「二年前には、そのことは言わなかったよ。ぼくはよくおぼえてる」

「じゃ忘れてたのよ」

「一種の防衛本能だったんだな……とにかく、ぼくもきみに援護射撃をしてやったっけ。

六時半から、カースティが警報機を鳴らした時刻まで、ぼくらはこの部屋でピケット（トランプ遊び）をやっていた。それがぼくらの申し立てだった。だから、それを変えちゃいけない」

「分かりました」その同意はひどくそっけなく——無関心そのものだった。

フィリップは思った。〝この女には想像力がないのだろうか。ぼくらがのっぴきならぬ状態にあることが、分からないのだろうか〟

フィリップは体を乗り出した。

「おもしろいのは……きみはおもしろいと思わないかい。犯人は誰かってことさ。ぼくらのなかの一人だってことは——ミッキーが言っていたとおりだ。それが誰なのか知りたいとは思わないかい」

「とにかく、あなたでもわたしでもないことは確かよ」

「それだけの関心しかないのか。ポリー、きみという人間には呆れたな！」

メアリはすこし頬を赤らめた。

「どうしてそんなに呆れるの」

「きみには分からないのだな……いずれにしろ、ぼくはちがう、ぼくには好奇心がある」

「だって、どうせ分からないことなのでしょう。警察だってきっと分からないと思うわ」

「だろうね。貴重な時間を無駄にするだけだろう。しかし、ぼくらは警察とはちがった立場にある」

「それはどういうこと、フィリップ」

「つまり、ぼくらは内部の事情をいくらか知っている。この家の人間そのものについて――その衝動のみなもとについて、かなりの知識がある。ぼくはともかく、きみには知識があるはずだ。ちいさい頃から、ここにいたんだから。だから、きみの意見を聞こうじゃないか。犯人は誰だと思う」

「分からないわ、フィリップ」

「じゃあ、推理してごらん」

メアリがきっとして言った。

「わたしは犯人が誰だか知りたいとは思わないわ。そんなこと考えたくもない」

「それは現実逃避だ」と、夫が言った。

「だって、ほんとに、推理なんかして――なんになるの。知らないほうが平和じゃありませんか。今までどおりの生活をつづけていけば」

「とんでもない、そりゃ不可能だ」とフィリップは言った。「それがきみのまちがってるところだよ。そういう誤解の徴候はすでにあらわれている」

「それはどういうこと」

「たとえば、ヘスターとその恋人さ——あのくそまじめなドクター・ドナルド。あいつは一人でまじめに悩んでいる。ヘスターが犯人だとは思わないが——ヘスターは絶対に犯人ではないとも信じきれないんだ！　だから、ヘスターに気がつかれない隙に、こっそり心配そうにヘスターの様子をうかがってる。ところが、ヘスターのほうはちゃんとそれに気がついてるんだ。どうです！　ひょっとしてヘスターは犯人かもしれない——それはきみのほうが推理しやすいだろう——しかしもし犯人じゃないとしたら、ヘスターはあの青年になんと言やあいいんだ。〝お願い、信じて、わたしじゃないのよ〟とでも、年がら年中繰り返せばいいのか。いずれにしろ、ヘスターはそう言うだろうがね」

「まあ、フィリップ、そんなの、ただの空想よ」

「いいや、きみは空想さえできないのか、ポリー。でなきゃ、あの気の毒なリオだ。グェンダとの結婚式の鐘の音は、はるか彼方へ遠ざかってしまった。グェンダはそのことで気も顚倒せんばかりだ。気がついただろう？」

「お父様があの年でなぜ再婚する気になったのか、わたしには分からない」

「それはそれでいいんだよ！　しかし、お父さんが考えているのは、グェンダとの恋愛問題を少しでも明るみに出せば、たちまち二人に第一級の嫌疑がかかってくるということなんだ。臆病だよ！」

「お父様がお母様を殺したなんて考えるのは、空想にしろ罪だわ！」と、メアリが言った。「そんなことは起こったためしがありません」

「いや、起こったためしはある。新聞を読んでごらん」

「でも、わたしたちとはちがう人間の出来事よ」

「殺人事件とはストライキのことじゃないんだぜ、ポリー。お次は、ミッキーだ。あいつはたしかにたかぶっている。妙な青年だよ。ティナは何事にも無関心な顔で平然としている。しかし、あれこそポーカー・フェイス第一人者だ。おあとは、あのカースティ――」

メアリの顔がほんのわずか活気づいた。

「あら、それが答えかもしれないいいわね！」

「カースティが？」

「ええ。だって外国人でしょう。それに、去年と、おととしは、なんだかひどく頭が痛いって、しょっちゅう言ってたし……わたしたちの誰よりも、あのひとが犯人だというと本当らしいわ」

「ああ、何をか言わんや」と、フィリップは言った。「カースティ自身がそう思ってることが、分からないのかい。ぼくらがその点では一致するってことさ。都合がいいからね。なぜなら、カースティは家族の一員じゃない。今晩だって、カースティは恐ろしく不安そうだった。気がつかなかった？　これはヘスターと似た立場だな。カースティに何が言える、何ができる？　ぼくら全部に向かって、〝わたしは友人でもあり女主人でもあるひとを、殺しはしませんでした〟とでも言うか？　そんなことばに、どれだけの力があるだろう。そう、もしかしたらカースティが誰よりもいちばん辛い立場にあるんだ……孤独だからね。今までに喋った一語一語を、きみのお母さんに向けた怒りのまなざしのひとつひとつを、カースティは今後よくよく考えつめなけりゃなるまい――自分にとって不利な証拠にされやしないかとね。自分の無罪を証明する方法は皆無なんだ」

「すこし落ち着きなさい、フィル。わたしたちにはどうにもできないことよ」

「いや、真相を知ろうと努力することだけはできる」

「でも、そんなことできるかしら」

「方法はいろいろある。試みてみるつもりだがね」

メアリは不安そうな目をした。

「方法って、どんな方法なの」

「なに、ちょっとしたことを喋って――その反応を観察するんだがね――喋ることはなんでもいいんだ」――フィリップは考えをまとめるように間をおいた――「犯人には重大な意味があり、潔白なひとにはなんの意味もないようなことを……」フィリップはまた考えこんだ。やがて顔をあげて言った。「きみは無実のひとに力を貸す気はないかい、メアリ」

「ないわ」そのことばはすごい勢いで言ってのけられた。メアリはフィリップのそばに寄り、椅子のかたわらにひざまずいた。「こんなごたごたにあなたがかかりあうのはいやなの、フィル。そんな罠を掛けるようなことをしないでくださいな。放っとけばいいじゃありませんか。ね、お願いですから、放っといて！」

フィリップは眉をあげた。

「そうだな」と、フィリップは言った。そして、つややかな金いろの髪に手をやった。

マイケル・アージルは眠れぬまま、くらやみを凝視していた。

心は籠のなかのリスのように、現在と過去のあいだを、くるくるまわっていた。なぜ過去が忘れられないのだろう。なぜいつまでも過去をひきずっていなければならないのか。過去を考えてどうなる。なぜ、いまだにおぼえているのだ、あのロンドンのスラム街のむさくるしい楽しい部屋を。平凡な、それでいてすばらしい雰囲気！ 〝うちのミッキー〟と呼ばれていた自分自身の過去の姿を。平凡な、それでいてすばらしい雰囲気！ 街中での面白い遊び！ ほかの子供たちと徒党を組んで！ 髪を金ピカに光らせていた母親（今にして思えば安い染料だ）、外から帰って来て突然ミッキーをなぐりつけた母親（もちろんジンを飲んでいたんだ！）、ご機嫌のときは陽気に大騒ぎを演じた母親。フィッシュ・アンド・チップスだけの楽しい食事。母親は唄を歌った——感傷的なバラードを。ときどき映画に行った。もちろん、いつも叔父さんがいた——そう呼べとミッキーは言われていた。ほんとうの父さんは、ミッキーがまだ物心つかないうちに、どこかへ行ってしまった……でも、ある日、そういう叔父さんの一人がミッキーをぶとうとすると、母親はものすごく怒って言った。「うちのミッキーをかまわないでちょうだい」

それから、何ものすごい戦争になった。ヒトラーの飛行機の空襲——むなしいサイレン。

空襲警報サイレン。地下鉄へはいっていって、そこで夜明かしした。面白かった！　街じゅうに散らばっていたサンドイッチと、炭酸水の壜。よっぴて走っていた電車。愉快な暮らしだった！　生きいきしていた！

それから、ここへ——田舎へ来た。ひっそりして、何も起こらない所！

「戦争がすんだら帰っておいでよ」と、母親は言った。しかし、その口調は軽くて、本気でないみたいだった。ミッキーを手放すことが悲しくもなんともないらしかった。そう、なぜ一緒に来てくれなかったのだろう。友だちはたいていお母さんと一緒に疎開している。でもミッキーの母親は、だめだと言った。北部へ（新しい叔父さん、ハリー叔父さんと二人で！）行って、軍需工場で働くのだそうだ。

そのときに気がつけばよかったのだ。やさしい声でさよならを言ったから、分からなかった。母さんはほんとはぼくなんか……ジンだ、ジンと叔父さんたちだけなんだ。母さんが好きだったのは……

そうしてミッキーはここに来た。まるで囚人だ。味のない、馴染みのない食事。午後六時に寝るなんて、なんてことだろう。晩めしはミルクとビスケット（ミルクとビスケット！）寝てからも、毛布にもぐりこんで泣いた。母さんと家が恋しかった。

あの女のせいなんだ！　ミッキーをつかまえて、放さなかった。つまらないお説教。

りにばかみたいなゲームを無理にやらされた。ミッキーに何か求めているらしい。思いどおりになるもんか。絶対に。辛抱強く待つんだ！　ある日——ある輝かしい日に、ミッキーは家へ帰るだろう。あの街、友だち、赤いバス、地下鉄、魚とポテト・チップ、行き来する自動車、走る猫——ミッキーの心はよろこびのイメージを切なく数えあげた。待とう。戦争がいつまでもつづくわけじゃない。こんなつまらない所に閉じこめられているあいだも、ロンドン中に爆弾が落ちて、ロンドンの半分が焼けたんだって——へえ！　すごい火事だったろうな。死んだひとたち、こわれた家。

その光景がミッキーの心に、まるでテクニカラー映画のように映った。

まあ、いいや。戦争が終わったら、母さんの家に帰るんだ。きっとびっくりするぞ。大きくなったね、って。

くらやみのなかで、ミッキー・アージルはふうっと大きな溜め息をついた。

戦争はようやく終わった。ヒトラーとムッソリーニは負けた……託児所の子供たちはすこしずつ帰り出した。もうじきだ……するとあの女がロンドンまで行って来て、あなたはサニー・ポイントにいつまでもいるのよ、わたしの子になったのだから、と言った……

ミッキーは言った。「母さんはどうしたの。爆弾にやられたの」もし爆弾にやられたのなら――まあ仕方がない。ほかの子のお母さんも大勢死んでいるし……

だが、アージル夫人は、「いいえ」と言った。母さんは死んだんじゃなかった。なんだか知らないが、むずかしいお仕事をしていて、ミッキーの面倒を見られない――とかいう話だった。もちろんウソにきまってる……母さんはぼくが好きじゃないんだ。帰って来てほしくないんだ。ミッキーは未来永劫に、ここに残らなくちゃならない……

それからというもの、ミッキーは立ち聞きするようになった。なんとか真相を知りたい。ようやく会話の一部分が聞きとれた。アージル夫人とご主人が話していた。「厄介払いだといって喜んでいたわ――ぜんぜん無関心でね」――それから百ポンドがどうとか言っていた。それで分かった――母さんはぼくを百ポンドで売ったんだ……

屈辱――苦痛――もう生涯いやされぬ苦痛――あの女はぼくを買ったんだ！　それはミッキーには権力の象徴だった。かよわい力では、とても立ちむかえぬ力。しかしミッキーはやがて成長して、強くなるだろう。おとなになるだろう。そしたら殺してやる……

いったんそう決心すると、ずっと気が楽になった。

学校へ行くようになると、そう悲しくもなかった。でも休みはきらいだった――あの女のために。あの女は何もかも計画どおりに進め、いろんなプレゼントをくれる。ミッキーがあまり内気なので、変な顔をしている。あの女にキスされるときの、いやな気持ち……やがてミッキーは、夫人の計画の裏をかくことが面白くなった。銀行に就職しろだって！　石油会社？　いやなこった。おれは自分で仕事を探すんだ。

大学生の頃、母親を探してみたことはある。その結果、とうに死んでいることが分かった――自動車の衝突事故。男といっしょに。男の酔っぱらい運転……

それが分かった以上、なぜ一切を忘れてしまわないのだ。ひたすら現在を楽しみ、人生を享楽すればいい。それが、なぜできないのか、ミッキーにも分からない。

そして今――今度は何が起こるのだろう。あの女は死んだのではないか。ミッキーを百ポンドで買ったと思っていた女。自分のものが何ひとつないならば、何もかも――家でも車でも――子供でも買おうとしていた女。全能の神のつもりでいた女！

全能どころか。後頭部を火掻き棒でなぐられたっきり、ほかの死体とおんなじ死体になった！　（ちょうど北街道《ノース・ロード》で衝突した車のなかの金髪の死体のように……）

あの女は死んだのではないか。いまさらなんだというのだ。

おれはどうしたのだ。あの女を――死んだからもう憎めないというのか。

それが死か……

憎しみを失ったミッキーは途方に暮れていた。そして恐ろしかった。

第十二章

1

一点の汚れもない寝室で、カーステン・リンツトロムは、ブロンドの髪をあまり恰好のよくないふたつのお下げに編み、ベッドに入る支度をした。

カーステンは不安で恐ろしい気持ちだった。

警察は外国人に好感をもっていない。英国に永いこと住んでいたから、自分では外国人のつもりはないのだけれど。でも、そんなことは警察には通じない。

あのキャルガリというひとは――なぜわざわざやって来て、わたしにこんな仕打ちをするのだろう。

正義の裁きは終わったのだ。カーステンはジャッコのことを思い――正義の裁きは終わったと心のなかで繰り返した。

ジャッコのことは、ちいさな子供のころからよく知っている。いつも、そう、いつもウソつきで、ペテン師だった！　でも、とても魅力的で、愛敬があった。誰でもジャッコを大目に見た。罰を受けそうになると、かばってやった。あの子はウソが上手だった。恐ろしいことだけれども、それはほんとうだ。とても巧みにウソをついたから、あっさり信じて――信じないではいられなくなってしまう。よこしまで残酷だったジャッコ。

キャルガリさんは自信たっぷりに喋っていた！　でもキャルガリさんは何も分かっていない。場所や、時刻や、アリバイなんか！　そんなことをごまかすぐらい、ジャッコは朝飯前だった。ジャッコのことなら、わたしが誰よりもよく知っている。

ジャッコはこんなひとだったと、わたしが言ったら、世間のひとは信じてくれるだろうか。あしたの朝――一体どうなるのだろう。警官が来る。みんな陰気に、疑いぶかくなる。お互いの顔を見合って……何を信じたらいいか分からなくなる。

わたしはこの家のひとたちをみんな愛していた……とても愛していた。ここのひとたちのことなら、ほかの誰よりもよく知っている。アージル夫人より知っている。アージル夫人は母性本能が強すぎて、半分盲目も同然だった。みんな自分の子供たち――自分の所有物だと思っていた。でもカーステンは一人ひとりの個性を――人間そのものを――

――いろんな欠点や美点を見ていた。これがみんな自分の子供だったら、カーステンも盲目同様になったかもしれない。でも、カーステンはとくに母性的な女というわけでもなかった。もともとは、たった一人の夫を愛するタイプなのだ。いまだにあらわれぬ一人の夫を。

アージル夫人のような女は、わたしには分からない。自分の腹をいためたのでもない子供たちに夢中になって、ご主人には知らん顔をしている！　ご主人はいい方だ、申し分ない人だ。それが無視され、片隅に押しやられている。そしてアージル夫人は夢中になりすぎて、つい鼻の先の事件に気がつかなかった。あの秘書――きれいな女、頭のてっぺんから足の爪先まで女。ご主人もぐずぐずしてはいなかった――いや、結局おそすぎたことになるのかしら。今、あの殺人事件が墓からあたまをもたげた今となっては、あのお二人は無事に結婚できるかしら。

カーステンは悲しそうに溜め息をついた。この家のひとたちにこれから何が起こるのだろう。義母を心の底から、ほとんど病的に恨んでいるミッキー。まるきり自信のない、何を仕出かすか分からぬヘスター。あのしっかりした若いお医者様といっしょに、平和で安穏な生活を始めようとしていた矢先なのに。それからリオとグェンダ。そう、あの二人には動機があったし、機会もあった。そのことについては二人とも覚悟しなければ。

それから、あの猫そっくりの娘ティナ。おまけに、結婚するまでは誰をも愛したことがなかった、利己主義の冷たい女、メアリ。

　わたしも昔は女主人を愛し、尊敬していたものだった、とカーステンは思った。いつから嫌いになったのか、いつからアージル夫人を恨み、その欠点が見えるようになったのか、はっきり記憶してはいない。自信満々の慈善家、専制君主――〈ママはなんでも知っている〉の見本みたいな女。でも、あのひとは本当の母親じゃなかった！　実際に子供を生んだことがあれば、もうすこし謙虚なところがあったはずだ。

　でも、レイチェル・アージルのことばかり考えていても仕方がない。レイチェル・アージルは死んでしまった。

　自分のことを考えなければ――それから、ほかのひとたちのことも。

　それから、あしたのことも。

2

メアリ・デュラントはおどろいて目をさました。

夢だったのか。子供の頃のニューヨークの夢を見ていた。

ふしぎだわ。もう何年も、あの頃の夢を見たことはなかったのに。

メアリは自分でもおどろくほど、その頃のことを記憶していなかった。年はいくつだったかしら。五つ？　六つ？

ホテルから共同住宅へ連れ帰られた夢だった。アージル夫妻はメアリを連れずに、イギリスへ帰って行く。激しい怒りがメアリの心にあふれた。それから、ふと、夢だと気がついた。

あのときはとてもよかった。車に乗せられ、ホテルの十八階までエレベーターで上った。広い部屋、あのすばらしい浴室。金持ちでさえあれば、世のなかにはこんなにすてきなものもあるのか！　ここで暮らしたい、ここを自分の家にしたい。いつまでも……むずかしいことは何もなかった。なついたふりをすればいいのだ。生まれつきの性質で、なついたふりをするのはやりにくかったが、それでもなんとか演技した。すると、たちまち、すてきな生活が始まった。金持ちの父と母、いい服、自動車、船、飛行機、召使たち、高価な人形や玩具。この世のお伽噺……

ただ残念なのは、ほかに大勢の子供たちがいることだった。でも戦争だから仕方がない。それとも、戦争でなくとも、こうするつもりだったのかしら。強欲な母性愛！　ちょっと不自然なところのある愛情。とても動物的な。

　義母に対しては、いつもわずかばかりの蔑みがあった。だいいち、貰い子の選び方がばかみたいだ。変な子供ばかり！　ジャッコのように犯罪者の素質のある子。ヘスターみたいな性格の不安定な子。ミッキーみたいな野蛮人。ティナときたら、混血児じゃないの！　みんなロクな人間にならなかったのも当然だわ。みんなが反逆する気持ちは分かるけど。メアリ自身も反逆したのだった。新進パイロットだったフィリップと初めて逢ったときのことは、よく覚えている。アージル夫人は反対だった。「急いで結婚するのはよくありません。戦争がすむまでお待ちなさい」でも、メアリは待ちきれなかった。義母に負けないくらい勝ち気だし、義父はこちらを応援してくれたのだ。二人は結婚し、まもなく戦争も終わった。

　メアリはフィリップをひとりじめしたかった。義母の影から逃れたかった。結局メアリの負けとなったのは、運命のせいだ。まずフィリップの事業の失敗、それからあの恐ろしい打撃――麻痺性の脊椎カリエス。フィリップが退院すると、二人はすぐサニー・ポイントへやって来た。ここで暮らさねばならぬことは避けがたい運命のようだった。フィリップも仕方があるまいと言った。フィリップの金はもう一文もなかったし、メアリが月々もらう金はそう多くない。増額を要求したけれども、それよりはサニー・ポイントで暮らすほうが賢明だという回答だった。しかしメアリは、フィリップを独り占めにしておきたかったし、レイチェル・アージルの最後の貰い子みたいなかたちにするのは、いやだった。自分の子供もほしくはない——フィリップさえ自分のものなら。

だがフィリップの方は、サニー・ポイントへ行くことに乗り気だった。

「きみだって楽だろう」とフィリップは言った。「それに、あそこはひとの出入りがあるから、気も紛れる。もうひとつ、ぼくはきみのお父さんのいい話相手なんだ」

メアリがフィリップと二人きりでいたいのに、フィリップはどうしてそうしたくないのだろう。ほかの第三者——義父とか、ヘスターとかと一緒にいたがるのは、なぜだろう。

するとメアリは、むなしい怒りの波が押し寄せるのを感じた。義母は、また例によってわがままを通そうとしている。

でも、そうはならなかった……義母が死んだので。

その事件が今またほじくり返されようとしている。なんのために、ああ、なんのために？

フィリップはなぜああもこの事件に夢中なのだろう。犯人を推理するなどと言って、関係のないごたごたにかかりあおうとするのだろう。

罠を掛けるといっていた……
どんな罠を？

3

明け方の灰色のうすあかりが部屋を満たしてゆくのを、リオ・アージルは見守っていた。

考えるだけのことは何もかも考えた。

態度はきまった――自分とグェンダがとるべき態度は。

ゆうべ寝ながら、ヒュイッシ警視の立場に立って、この事件ぜんたいを考え直してみたのだ。あの晩、レイチェルが書斎に来て、リオとグェンダに、ジャッコのことを――ジャッコに脅迫されたことを話した。グェンダは気をきかして、まもなく隣りの部屋へ出て行った。リオはレイチェルをなぐさめた。おまえが断乎たる態度だったことは非常によろしい。今までもジャッコに甘くしてロクなことはなかった。よかれあしかれ、あの子は自分の行為の結果に直面せねばなるまい。やがてレイチェルは気が軽くなったらしく、出て行った。

するとグェンダが書斎に戻って来て、発送する手紙をまとめ、ほかにご用はありませんかと言った。その声には、言外の意味がありありと感じとられた。リオは、どうもありがとう、ほかに用はないと言った。グェンダは、おやすみなさいませと言って、書斎から出て行った。廊下を行き、階段を下り、レイチェルがデスクに向かっていた居間の前を通りすぎ、外へ出た。それを見ていた者は誰もいない……

リオ自身は一人で書斎にいた。書斎を出て、レイチェルの部屋に行ったかどうか、確認できる者は誰もいない。

つまり――二人とも機会があったということだ。

そして動機もあった。なぜなら、そのときすでにリオはグェンダを愛していたから。

二人の黒白を決められる人間は、どこにもいない。

4

四分の一マイル離れた自宅で、寝床のなかのグェンダは、目をぱっちりと見ひらいていた。

両手を固く握りしめ、レイチェル・アージルへの憎しみを思い出していた。

くらやみの中から、レイチェル・アージルが語りかけた。〝わたしが死ねば、わたしの夫を手に入れられると思ったのだね。それはだめだ——それはだめだ。おまえはわたしの夫と永久に結婚できないだろうよ〟

5

ヘスターは夢を見ていた。深い穴のふちで、ドナルド・クレイグが急にどこかへ行ってしまった。こわくなって、思わず叫び声をあげると、深い穴の向こう側のふちに、アーサー・キャルガリが立って、こちらに手をさしのべている。

ヘスターは責めるように叫んだ。

「なぜこんなことをなさったの」

するとキャルガリが答えた。

「でも、わたしはあなたを助けに来たのです……」

目がさめた。

6

小さな部屋のベッドに横たわって、ティナはしずかに、規則ただしく呼吸していた。けれどもなかなか寝つかれなかった。

感謝も、恨みもなしに——ただ愛の気持ちで、アージル夫人のことを考えていた。アージル夫人のおかげで、たべものにも、飲みものにも、あたたかさにも、玩具にも、何ひとつ不自由しなかった。だからアージル夫人を愛していた。夫人が死んだときは悲しかった……

でも、そんな単純なことではなかったのだ。

ジャッコと決まっていたうちは、問題はなかった……

でも、今は？

第十三章

ヒュイッシ警視は、いんぎんに一同を見まわした。喋り出したときも、そつのない、弁解じみた口調だった。

「まことに心苦しい次第ですが」と、ヒュイッシは言った。「捜査を再開しなければなりません。これが、わたしどもの仕事でして。告示はごらんになりましたでしょうね。どの朝刊にも出ておりました」

「特赦ですね」と、リオが言った。

「お気にさわることばかもしれません」と、ヒュイッシは言った。「法律用語というものは、たいていがアナクロニズムです。しかし、意味だけはどなたの目にも、はっきりしていると思います」

「あなた方のまちがいだったという意味ですね」と、リオ。

「そうです」ヒュイッシは素直に認めた。「わたしどものまちがいでした」それからヒュイッシは付けくわえた。「むろん、ドクター・キャルガリの証言がなかった以上、当然と申せば当然のまちがいですが」

リオが冷たく言った。

「わたしの息子は逮捕された際に、あの晩、車に便乗させてもらったことは申し立てましたね」

「ええ、ええ。おっしゃいました。わたしどもも全力をつくして、そのお話を確かめようと努力はしたのですが――どうしても確証をつかめなかったのです。アージルさん、この事件についてのお気持ちはお察し申します。さぞ苦々しくお思いでしょう。弁解はいたしますまい。わたしども警察官の仕事は、証拠を集めることだけなのです。その証拠は検察庁に送られ、そこで事件か否かが決定されます。この場合も、おなじ手続きを経たわけでした。ですから、本日もご不満はいろいろありましょうが、ひとまずそれをこらえていただいて、事実と時刻にかんし、もう一度お話しいただきたいのです」

「いまさらどうなるのでしょう」と、ヘスターが強い語調で言った。「犯人が誰であるにしろ、もう完全に姿をくらましています。絶対つかまらないと思うわ」

ヒュイッシ警視はヘスターの方に向き直った。

「かもしれません――あるいは、つかまるかもしれません」と、ヒュイッシはおだやかに言った。「いろいろな実例をお話しすれば、きっとびっくりなさると思うのですが――五、六年たってから真犯人があげられる例もございますよ。要は忍耐です――忍耐と、決してあきらめぬこと」

ヘスターは顔をそむけた。グェンダは冷たい風にでも吹かれたように、ぞくっと体をふるわせた。想像力ゆたかなこの秘書は、おだやかなことばの裏の脅迫を感じとったにちがいない。

「では、お願いいたします」と、ヒュイッシは期待をこめてリオの顔を見た。「あなたからはじめましょう、アージルさん」

「具体的には、どんなことをお調べになりたいのですか。二年前のわたしの証言はお分かりでしょう。現在では、それより曖昧にこそなれ、決して詳細にはなっておりませんよ。正確な時刻というのは記憶しにくいものです」

「ええ、それは分かります。しかし、何かちょっとした事実が明るみに出る可能性はつねにあります。当時見逃されていた事実ですね」

「そうかな」と、フィリップが言った。「何年もたってしまってから、よりよいプロポーションで事件が見えてきますかね？」

「ええ、その可能性はあります」と、あたまをまわして興味ぶかそうにフィリップを見やりながら、ヒュイッシは言った。と、ヒュイッシは思った。〝この男には事件についての独自な解釈があるかもしれない……〟

「では、アージルさん、ひととおり経過を話していただきましょうか。お茶をあがられたのでしたね？」

「そうです。いつものとおり、食堂で、午後五時のお茶の時間には全員集まりました。その例外は、デュラント夫妻です。ミセス・デュラントは自分のお茶とご主人のお茶を、自分たちの居間へ運びました」

「今より病気がわるかったのです」とフィリップが言った。「退院したばかりでしたから」

「なるほど」ヒュイッシはまたリオの方に向き直った。「全員——というのはつまり——？」

「家内とわたし、娘のヘスター、ミス・ヴォーン、それにミス・リンツトロムです」

「それから？　どうぞご自由にお話しください」

「お茶のあと、わたしはこの部屋へミス・ヴォーンといっしょに戻りました。わたしとミス・ヴォーンは中世経済学の一章を校正していたのです。家内は一階の居間兼事務室へ行きました。ご存じのとおり、家内は非常に忙しい体でした。ここの自治体へ寄贈する予定だった児童用運動場のプランについて、何か調べものをしていたようです」

「ジャックさんが見えられたときの音はきこえましたか」

「いいえ。いや、つまり、ジャックが来たとは知らなかったです。わたしには、いや、ミス・ヴォーンにも、玄関のベルの音がきこえました。それが誰の訪問なのかは分からなかった」

「誰の訪問だと解釈なさったのですか、アージルさん」

リオはちょっと面白そうな顔をした。

「わたしはそのとき二十世紀ではなくて十五世紀におりましたのでね。全然解釈しませんでした。誰の訪問だろうと、かまわなかった。階下《した》には家内や、ミス・リンツトロムや、ヘスターもおります。わたしがベルに応えて出て行く必要はまったくありませんでした」

「それから？」

「なんの事件もありません。だいぶたって、家内が書斎に入って来るまでは」

「それは、どのくらい後です」

リオは眉を寄せた。

「さあ、もうよくおぼえていませんね。さっき申し上げたとおり、時刻は忘れやすいものです。三十分――いや、もっとだ――四十五分もたっていたでしょうか」

「お茶の集まりがすんだのは、五時半すこしすぎでした」とグェンダが言った。「ミセス・アージルが書斎にいらしたのは、七時二十分前ごろだったと思います」

「そして、話をされたのでしたね」

リオは溜め息をつき、不愉快そうに言った。

「何度も申し上げたとおりです。ジャッコがたずねて来た、ひどく困っているらしい、乱暴なことを言った、金がないと警察沙汰になると言って金を要求した――家内はそう言いました。家内は断乎として一文も与えなかったのです。それが正しいやり方だったかどうか、家内は悩んでいました」

「アージルさん、ひとつ質問をさせてください。ジャックさんが金の要求をなさったとき、なぜ奥様はあなたを呼ばなかったのでしょう。なぜ、あとで報告なさっただけなのですか。それが妙だとはお思いになりませんでしたか」

「そう、思いませんでした」

「わたしには、それが自然の行動であるように思われます。奥様と、なにか――仲たがいでもしておいででしたか」

「いや、いや。それはただ、家内が一人で実際的な決断を下すことに馴れていただけの話です。家内は、それでもよく前もってわたしの意見を聞きましたし、あとで家内の決断について話し合うこともありました。この場合、わたしたちはすでに何度も話し合っていたのです——ジャッコをどうしたら一番いいかという問題をです。わたしも家内も、あの子についてはそれぞれの悩みがありました。あの子の不始末の尻拭いをするために、家内はどれだけ金を使ったかしれません。今度という今度は、ジャッコもすこし苦しい目にあったほうが身のためだろうというのが、わたしと家内の一致した意見でした」

「にもかかわらず、奥様は悩んでおられたのですね？」

「そうです。悩んでいました。ジャッコがあまり暴力的でなく、脅迫もしなかったら、家内も案外あっさり折れて、金を渡したかもしれませんが、ジャッコの態度は家内の決意をますます固めさせたらしいのです」

「そのとき、ジャッコさんはもう出て行ってしまったあとだったのですか」

「ええ、そうです」

「それはご自分で確かめられたことですか、それとも奥様がそうおっしゃったのですか」

「家内がそう言ったのです。必ず戻ってくるから、そのときは現金を用意しておけと、さんざん悪態をついて出て行ったそうです」

「あなたは――これは重要なことですが――ジャックさんが戻って来るときのことを懸念なさいましたか」

「むろん、なんの心配もしませんでした。ジャッコのこけおどし、とわたしはよく言ったものですが、それには馴れっこになっていましたから」

「ジャックさんが戻って来て、奥様に乱暴を働くかもしれないとは、夢にも思わなかったのですね」

「そうです。二年前にもそう申しました。わたしは仰天したのでした」

「結局あなたのお考えが正しかったようです」と、ヒュイッシはおだやかに言った。

「奥様を襲ったのはジャックさんではありませんでした。ミセス・アージルが書斎を出て行かれたのは――正確には何時でしたか」

「それは記憶しています。何度も証言しましたのでね。七時すこし前――七分ほど前でした」

ヒュイッシは、グェンダ・ヴォーンの方に向き直った。

「その時刻は、あなたも確認してくださいますね？」

「ええ」

「そのときの会話については、アージルさんがおっしゃったとおりですか。あなたが付けくわえるものは何もありませんか。何かアージルさんが忘れておられることはありませんか」

「お二人の話は、全部は聞きませんでした。ジャッコがお金を要求したことをミセス・アージルがおっしゃったとき、わたしはお話の邪魔になると思って、席をはずしたのです。そこの部屋へ行きました」――グェンダは書斎の奥のドアを指さした――「わたしがタイプを打つときに使う小部屋です。ミセス・アージルが出て行く音がきこえましたので、この部屋へ戻りました」

「それが七時七分前だったのですね」

「ええ、もうじき七時五分前になるところでした」

「それから何をなさったのですか、ミス・ヴォーン？」

「仕事をつづけますかとアージルさんにうかがいますと、思考の糸が切れたというお答えでした。ほかに何かご用は、と申しますと、ないとおっしゃったので、わたしは帰り支度をして、部屋を出ました」

「その時刻は？」

「七時五分すぎでした」

「階下へおりて、玄関のドアからお帰りになったのですね」

「そうです」

「ミセス・アージルの居間は、玄関のドアのすぐ左手でしたね」

「ええ」

「居間のドアはあいていましたか」

「閉まっていませんでした——一フィートほどあいていました」

「部屋へ入って、挨拶をなさらなかったのですか」

「ええ」

「ふだんは挨拶をなさるのじゃなかったのですか」

「しません。ただお休みなさいを言うためだけで、ミセス・アージルのお仕事の邪魔をすることもありませんでしたから」

「かりに部屋へお入りになったとすれば——ミセス・アージルの死体を発見されたかもしれませんね」

グェンダは肩をすくめた。

「そうかもしれません……でもわたしは——いえ、あのときのわたしたちはみんな、ミセス・アージルが殺されたのはもっと後だと思いました。ジャッコがまた戻って来たとして──」

グェンダは口をつぐんだ。

「あなたはまだジャッコさんが夫人を殺したという線で、事件を考えていらっしゃる。しかし、もうそうではないことが分かったのです。ですから、あなたが部屋の前を通ったとき、ミセス・アージルは殺されていたかもしれないいですね？」

「ええ──そう思います」

「この家を出てから、まっすぐお宅へ帰りましたか」

「ええ。うちに入るとき、下宿のおばさんが話しかけました」

「なるほど。途中、誰にも逢いませんでしたか──この家のそばで？」

「逢わなかったと思います……逢いません」グェンダは眉をひそめた。「はっきりおぼえていませんわ……寒い、まっくらな晩でしたし、この家の前の道路は袋小路《キュドサック》です。レッド・ライオンの店あたりまで、誰とも擦れちがわなかったと思います。その辺にはひとが何人かいたようですけれど」

「自動車は通りませんでしたか」

グェンダは、はっとしたように見えた。

「ええ、ええ、車が一台通りました。それは覚えています。スカートにはねを上げられたので。うちに帰ってから泥を洗い落としました」

「どんな車でした？」

「おぼえていません。よく見なかったのです。この家の前の道路のはずれのところで、擦れちがいました。ですから、どの家へ行く車だったのかは分かりません」

ヒュイッシはまたリオの方に向いた。

「奥様が書斎を出て行かれてから、しばらくして、ベルの鳴る音がきこえたとおっしゃいましたね」

「そう——きこえたような気がしたのです。確かではありません」

「それは何時頃だったのでしょう」

「ぜんぜん分かりません。時計を見ませんでしたから」

「ジャッコさんが戻って来た音だとは、お思いになりませんでしたか」

「思いませんでした。わたしは——また仕事をしていましたので」

「もうひとつ伺います、アージルさん。ジャッコさんが結婚なさっていたことは、ご存じでしたか」

「まったく知りませんでした」

「奥様もご存じなかったのですね？　ご存じだったが、黙っておられたとはお思いになりませんか」

「いや、そういうことはなかったと思います。知っていれば、すぐわたしに話したでしょう。あの翌日、妻と名乗る女性があらわれたのは、相当なショックでした。ミス・リンツトロムが書斎に入って来て、『若いご婦人がお見えです――ジャッコの妻だと言っています。そんなはずがありません』と言ったとき、わたしもまさかと思ったくらいです。ミス・リンツトロムはかなり興奮しておりました、そうだったね、カースティ?」

「信じられなかったのです」と、カーステンが言った。「その女《ひと》に二度おなじことを言わせてから、アージルさんのお部屋へまいりました。ほんとに信じられませんでした」

「あなたはその女性にたいそう親切になさったそうですね」と、ヒュイッシがリオに言った。

「できるだけのことはしてやりました。現在その女性は再婚しております。非常によかったと思います。現在の夫は堅実な人間らしく見えました」

ヒュイッシはうなずいた。それから、ヘスターの方を向いた。

「では、ミス・アージル、当日のお茶の時間以後のあなたの行動を、もう一度お話しください」

「もう忘れかけています」と、ヘスターは不機嫌に言った。「それが当然じゃありません？　二年も前ですもの。何をしたか、よくおぼえていないわ」

「ミス・リンツトロムを手伝って、お茶のあと片付けをなさったのではありませんか？」

「そのとおりです」と、カーステンが言った。「そのあとは」とカーステンは言い足した。「お嬢様は二階の寝室へいらっしゃいました。その日、外出なさる予定でしたので。ドライマス劇場でアマチュア劇団が《ゴドーを待ちながら》（フランスの前衛劇作家ベケットの代表作。一九五三年初演）を上演するので、見物にいらしたのです」

ヘスターは依然として、不機嫌な、すねた表情である。

「もう記録してあるのでしょう」と、ヘスターはヒュイッシに言った。「どうして、もう一度喋らなきゃならないのかしら」

「いや、ひょっとしたことが案外役に立つものなのです。ところで、ミス・アージル、あなたが家を出られた時刻は？」

「七時――あるいはその前後」

「お母様とジャックさんの口論が、お耳に入りましたか」

「いいえ、何も耳に入りません。二階にいましたから」

「しかし、お出かけの前に、ミセス・アージルに逢っていらっしゃいますね？」

「ええ。お金がほしかったのです。ちょうどお小づかいがすっかり失くなっていました。それに、わたしの車のガソリンがほんのすこししか残っていないことを、思い出しました。ドライマスへ行く途中でガソリンを入れなきゃなりません。それで、出かける支度をしてから、母の部屋に行って、お金をくださいと言いました——たった二ポンドです——それだけあれば充分でしたから」

「で、お母様はあなたにくださいましたか」

「カースティがくれました」

ヒュイッシはちょっとおどろいたような顔をした。

「二年前にはそうおっしゃらなかったようですが」

「とにかく、そうだったんです」と、ヘスターは挑むように言った。「わたしは入って行って、現金をすこしいただけますか、と言いました。すると玄関《ホール》にいたカーステンがわたしの声を聞いて、持ち合わせがあるから、あげましょう、と言いました。カーステンもちょうど出かけるところだったのです。すると母は、『そう、カースティからおもらいなさい』と言いました」

「わたしは婦人会館へ生花の本を持って行くところでした」と、カーステンが言った。

「ミセス・アージルはお忙しそうでしたから、わたしが立てかえて差し上げたのです」

ヘスターが不満そうな声で言った。

「わたしが誰からお金をもらおうと、そんなことが何かの問題になるのでしょうか。それより、生きている母を最後に見た時刻を、申し上げたほうがいいんじゃありません？　それは、そのときでした。母は机にむかって、仕事に没頭していました。そして、わたしが現金をほしいと言い、カーステンが立てかえてあげますと言ったので、わたしはカーステンからお金を受け取り、それからまた母の部屋に入って、行ってまいりますと母に言いました。母は、面白いお芝居だといいわね、車の運転に気をつけなさいよ、と言いました。それはいつも言われたことです。それからわたしは、ガレージに行って、車を出しました」

「ミス・リンツトロムは？」

「カーステン・リンツトロムは、わたしにお金を渡すと、すぐ出て行きました」

カーステン・リンツトロムがすばやく口をはさんだ。「前の道路のはずれのところで、ヘスターの車がわたしを追い越しました。わたしのすぐあとから、家をお出になったのですね。車は丘を上って、国道に入り、わたしは左へまがって村へ行きました」

ヘスターは何か言いたげに口をひらき、それからたちまちとじた。

ヒュイッシはそれに気がついた。カーステン・リンツトロムは、ヘスターに犯行の余裕がなかったことを証明しようとしているのだろうか。ヘスターが行ってまいりますと言う代わりに、そこでアージル夫人と口論を――親子喧嘩を始め、夫人をなぐり倒した、とは考えられないだろうか。

ヒュイッシはくるりとカーステンの方に向き直って、言った。

「今度は、ミス・リンツトロム、あなたのお話を伺いましょう」

カーステンは神経がたかぶっているらしい。握り合わせた両手を、しきりに動かしている。

「お茶をいただきました。それを片付けました。ヘスターが手伝ってくれました。それがすむと、ヘスターは二階へ上りました。それから、ジャッコが来ました」

「音を聞きましたか」

「ええ。わたしが入れてあげたのです。ジャッコは鍵を失くしたと言っていました。そうして入ってくるなり、まっすぐ奥様の部屋へ行きました。そして部屋に入るなり、『困ってるんだ。助けてくれ』と言いました。その先は聞きません。台所へ戻りましたので。夕食の支度をしなければなりませんでしたから」

「ジャッコさんが帰るときの音はきこえましたか」

「ええ、きこえましたとも。大きな声でどなっていました。わたしは台所から出て来ました。ジャッコは玄関《ホール》のまんなかに突っ立って——かんかんに怒って——きっと戻って来るからな、金を用意しておけ、とどなっているのです。さもないと！　そう言いました。『さもないと！』と。まるで脅迫でした」

「それから？」

「ドアをばたんと閉めて、出て行きました。ミセス・アージルが玄関《ホール》に出て来られました。蒼い顔をして、興奮しておいででした。そしてわたしに、『きこえた？』とおっしゃいました。『お金をせびられたのですか』と、わたしは言いました。

奥様はうなずきました。それから二階の旦那様の書斎へ行っておしまいになりました。わたしは夕食のテーブルをこしらえ、それから二階へ上って外出の支度をしました。婦人会館でその次の週に生花コンクールをすることになっていたのです。それで、生花の本を貸してあげる約束がありました」

「婦人会館へ本を持って行って——帰って来たのは何時です？」

「七時半頃だったと思います。自分の鍵で、なかへ入りました。すぐ奥様の部屋へ行きますと——婦人会館のお礼状とメモをお渡ししようと思ったのです——奥様は両腕に頭を押しつけるようにして、デスクにかがみこんでおられました。そして床に火掻き棒が落ちていました——机の抽出しはあけっぱなしです。泥棒だ、とわたしはすぐ思いました。奥様は泥棒に襲われたのだと思いました。わたしの思ったとおりだったのですね、今になってみると！　あれはたしかに泥棒だったのです——外から来た人間の仕業です！」

「ミセス・アージルご自身がなかに入れてやった誰か、ですか？」

「ほかに考えられないでしょう？」とカーステンは挑むように言った。「奥様は親切な方でした——いつだって親切でした。それにひとや事件を——こわがらない方でした。しかも、あのとき家にいたのは奥様一人ではなかったのですからね。ほかのひとが——旦那様も、グェンダも、メアリもいました。奥様は大きな声を出せばよかったのです」

「しかし大きな声を出さなかった」と、ヒュイッシが指摘した。

「ええ。それは犯人がまことしやかな作り話を奥様に聞かせたからです。奥様はいつでもひとの話を親身になって聴く方でした。そしてデスクの方に向き直って——たぶん小切手帳をお探しになったのでしょう——なんの疑いも抱かなかったのですから——そのとき犯人が火掻き棒をつかんで、奥様をなぐりつけたのです。ひょっとしたら、殺すつもりではなかったのかもしれません。ただ気絶させておいて、お金や宝石を盗むつもりだったのでしょう」

「それにしては、ろくろく探していませんね——抽出しを二つ三つあけただけで」

「物音がきこえて——こわくなったんじゃないでしょうか。それとも、殺してしまったことに気がついたのです。ですから、あわてて立ち去ったのです」

カーステンは体を乗り出した。

その目は訴えるように、またおびえているように光っていた。

「きっとそうだったのです——きっと！」

その強い口調に、ヒュイッシは興味をひかれた。その口調は自分自身の恐怖のためだろうか。ほかならぬカーステンがそこで女主人を殺し、泥棒の仕業と見せかけるために抽出しをあけておいたのかもしれないのである。法医学の力では、兇行時刻を七時から七時半までのあいだという以上に詳しく知ることはできない。

「どうもそうらしく見えますね」と、ヒュイッシは明るく同意した。かすかな安堵の溜め息がカーステンのくちびるから洩れた。そして家政婦は、ゆったりと椅子の背にもたれかかった。ヒュイッシはデュラント夫妻の方を向いた。

「あなた方お二人には、なんの物音もきこえなかったのですね」

「何もきこえませんでした」

「わたしはお茶をお盆にのせて、わたしたちの部屋へ運びました」と、メアリが言った。

「わたしたちの部屋は、この家のほかの部屋とは隔離されたような感じになっています。お茶を飲んだあとも、わたしたちは部屋におりました。すると誰かが金切り声をあげました。それはカーステンでした。母が死んでいるのを見つけたのです」

「その時刻まで、一度も部屋から外へ出ませんでしたか」

「ええ」メアリの澄んだまなざしがフィリップの視線とぶつかった。「わたしたち、ピケットをしていましたから」

おれはなぜ間がわるく感じるのだろう、とフィリップは思った。ポリーはおれに言われたとおりの陳述をしている。その陳述の口調があまりにも完璧で、落ち着いていて、確信に満ちみちているせいだろうか。

〝かわいいポリー、おまえはすばらしいウソつきだ！〟と、フィリップは心のなかで言った。

「そして、わたしはと申しますと、警視さん」と、フィリップは声に出して言った。

「その当時も現在も、行動の自由を完全に奪われているのです」

「しかし、だいぶよくおなりになったのでしょう、デュラントさん」と、警視は愛想よく言った。「まもなく、きっとまたお歩けになれますよ」

「それがまだなかなかでしてね」

今までひと言も口をはさまずに坐っていた残りの二人に、ヒュイッシは向きを変えた。ティナは、ミッキーはさっきから腕を組み、かすかに嘲りの色を浮かべていたのだった。ティナは、小柄で優美な体を椅子に埋め、ときどき話し手の顔から顔へと目を動かしていた。

「あなた方はお二人とも、この家にいませんでした」と、ヒュイッシは言った。「しかし一応あの晩の行動について、わたしの記憶を新たにしていただきたいのです」

「記憶はすでに新たなんじゃないんですか」と、ことば以上の皮肉を声音にこめて、ミッキーが言った。「ぼくの分だけは何度でも申しますがね。ぼくは車のテストに出かけていました。クラッチがわるかったんです。テストにはかなり長時間かかりました。ドライマスを出発して、ミンチン・ヒルを越え、ムーア・ロードを走って、イプスリー経由で帰って来ました。残念ながら自動車はものを喋らないから、ぼくの行動を証言してもらうわけにはいきませんがね」

ティナが初めてあたまを動かし、ミッキーをじっと見つめた。その顔は依然として無表情だった。

「あなたは、ミス・アージル？　レッドミンの図書館にお勤めでしたね」

「ええ。図書館は五時半に終わります。わたしはハイ・ストリートですこし買物をしてから、うちへ帰りました。モアコム・アパートのひと部屋を――ちいさな部屋ですけれど——借りております。わたしは夕食をいただいてから、レコードを掛けて、のんびりしていました」

「外出は全然なさらなかったのですね」

ティナが口をひらくまでに、わずかの間があった。

「ええ、しませんでした」

「それは確かですか、ミス・アージル」

「ええ。確実です」

「車をお持ちでしたね」

「ええ」

「オンボロ車です」と、ミッキーが言った。「ボロボロのガタガタだ」

「ええ、オンボロです」と、ティナがすまして、大まじめに言った。

「その車は、ふだん、どこに置いておかれるのですか」

「道路です。ガレージはありません。アパートのそばの細い道です。ほかにも車がいっぱい置いてあります」

「ほかに何か——参考になりそうなことをご存じありませんか」

なぜこうもしつこく質問しなければならないのか、ヒュイッシは自分でもよく分からなかった。

「あとはべつにお話し申し上げることはないと思います」

ミッキーがちらりとティナを見た。

ヒュイッシは溜め息をついた。

「どうも、この集まりはあまりお役に立てなかったようですね、警視さん」と、リオが言った。

「さあ、それはどうですか、アージルさん。この事件で一番ふしぎなことが、お分かりでしょうか、あなたは？」

「わたしが――？　いや、おっしゃる意味がよく分かりません」

「金です」とヒュイッシは言った。「ミセス・アージルが銀行から引き出した金です。そのなかには、バンガー・ロード十七番地、ボトルベリ夫人と裏に書きこみのある、例の五ポンド紙幣がまじっていました。その五ポンド紙幣およびほかの紙幣を、検挙されたときのジャック・アージルさんが持っていたということが、この事件で一番重要なところです。ジャックさんはその金をミセス・アージルからもらったと主張しましたが、ミセス・アージルはあなたとミス・ヴォーンに、ジャッコには断乎として一文の金も渡さなかったと言っておられる――とすると、ジャックさんは問題の五ポンド紙幣を、どこから手に入れたのでしょう。ここへまた戻って来たはずはない——それはキャルガリ氏の証言によって明らかです。してみれば、ジャックさんはこの家を出るとき、その金をすでに持っていたと考えなければなりません。その金を渡したのは誰か。あなたですか」

ヒュイッシはまともにカーステン・リンツトロムの顔を見た。カーステンは顔を赤らめ、憤然として言った。

「わたし？　いいえ、もちろんちがいます。わたしに渡せるはずがありません」

「ミセス・アージルが銀行からおろしてきたお金は、どこにしまってありましたか」

「ふだんは仕事机の抽出しにしまっておられました」と、カーステンは言った。

「鍵をかけて？」

カーステンは考えた。

「いつもお寝みの前には鍵をかけたと思います」

ヒュイッシはヘスターの顔をのぞきこんだ。

「あなたは抽出しから金を出して、弟さんに渡しましたか」

「ジャッコが来ていたことも知らなかったわ。それに、母に気づかれずにお金を持ち出せるはずがありません」

「お母様がお父様に相談しに書斎へ上って行ったときなら、簡単に持ち出せます」と、ヒュイッシは誘いをかけた。

この罠を見やぶって、うまく体をかわすだろうか。

ヘスターはあっさり罠にかかった。

「でも、そのときはもう、ジャッコは帰ってしまったあとです。だから――」ヘスターは、はっとしたように口をつぐんだ。

「とおっしゃると、ジャックさんが帰った時刻をご存じだったのですね」と、ヒュイッシが言った。

ヘスターはしどろもどろになった。

「わたしは――今は――今は知っています――あのときは知らなかったわ。だって、ほんとに二階の部屋にいたんですもの。なんの物音もきこえませんでした。どっちにしろ、ジャッコにお金をやる気になったとは思えません」

「これだけは申し上げておきます」とカーステンが言った。その顔は怒りのあまり真っ赤だった。「ジャッコにお金を渡すのなら――わたしは自分のお金を渡します！　盗みを働いたと思われては困ります！」

「それはよく分かっています」とヒュイッシは言った。「しかし、この場合、結論はひとつしか出てきません。つまりミセス・アージルは、あなたにおっしゃったこととはうらはらに」――ヒュイッシはリオの顔を見た――「ご自分で問題の金をジャックさんにお渡しになったということです」

「信じられない。渡したのなら、なぜそう言わなかったのでしょう」

「自分で思っているよりも息子に甘い母親というものは、なにもミセス・アージル一人ではありますまい」

「それはちがう、ヒュイッシさん。自分にも他人にも、家内はおよそ言い逃れをゆるさない女でした」

「そのときだけは例外だったのではないのでしょうか」と、グェンダ・ヴォーンが言った。「きっとお金を渡してしまったのです……警視さんがおっしゃるように、それが唯一の結論なのでしたら」

「いや、要するに」と、ヒュイッシはおとなしく言った。「現在は二年前とはちがった観点から事件を見直さなければならないということです。ジャック・アージルは嘘をついている、と検挙した当時わたしたちは思いました。しかし今となってみれば、キャルガリ氏の車に乗せてもらったことについて、ジャックさんは真実を申し立てていたのですから、この金の一件についてもジャックさんのことばはほんとうだったと考えられます。ミセス・アージルからもらった、とジャックさんは言いました。してみれば、たぶん夫人がお渡しになったのです」

沈黙が――ばつのわるい沈黙が流れた。

ヒュイッシは立ち上がった。「では、どうもありがとうございました。捜査はたいへん困難と申さねばなりませんが、しかし結果はまだ分かりません」

リオは玄関まで警視を送って行った。戻ってくると、溜め息をついて言った。「やれやれ、終わった。今日のところは」

「二度と来ませんよ」と、カーステンが言った。「どうせ分かりゃしないことです」

「分からなければ、それですむことなの」と、ヘスターが叫んだ。

「ヘスター」と、父親がなだめるように言った。「まあ、落ち着きなさい。あまり興奮しないように。時が何もかも解決してくれるよ」

「解決しないこともあるわ。わたしたち、これからどうするの。ああ！ わたしたち、これからどうするの」

「ヘスター、わたしの部屋へ行きましょう」カーステンがヘスターの肩に手をかけた。

「誰の顔も見たくない」ヘスターは走るようにして部屋を出て行った。玄関のドアの激しく閉まる音がきこえた。

カーステンが言った。

「なんということでしょう！　これではヘスターが可哀そうです」

「そんなことはないと思うな」と、考えこんでいたフィリップがだしぬけに言った。

「何がそんなことはないのですか」と、グェンダが訊ねた。

「真相が永久に知れないということですよ……ぼくにはなんだかピンとくるところがある」

牧羊神《フォーン》に似た、いたずらっぽいフィリップの顔に、奇妙なほほえみが浮かんだ。

「フィリップ、用心なさってね、お願いですから」と、ティナが言った。

フィリップはおどろいたようにティナを見つめた。

「ティナちゃん。それはどういうこと？　なんにも知らないくせに」

「なんにも知らなければいいと思うわ」と、ティナは明るい声で、はっきりと言った。

第十四章

1

「なんにも摑めなかったかな？」と、警察本部長が言った。

「大した結果は得られませんでした」と、ヒュイッシが言った。「しかし――時間の浪費にはならなかったと思います」

「話してくれ」

「まず、主要な時刻ならびに証言については変化ありません。アージル夫人は午後七時少し前まで生きていたことが確かめられました。それまでに夫とグェンダ・ヴォーンに逢っていますし、その後、階下でヘスター・アージルに姿を見られています。この三人が共謀しているとは考えられません。ジャッコ・アージルが犯人ではなくなった以上、夫人は七時五分すぎから半までのあいだにアージル氏に殺されたか、あるいは、七時五分すぎに帰りがけのグェンダ・ヴォーンに殺されたか、あるいは、その直前へスターに殺されたか、あるいは、その後――七時半すこし前に外出先から帰って来たカーステン・リンツトロムに殺されたか、これらの中のどれかです。デュラントには脊椎カリエスのおかげでアリバイがありますが、その妻のアリバイはデュラントの証言の真偽にかかっています。つまりメアリ・デュラントも、夫がバックアップしてさえくれれば、七時から七時半までのあいだに階下へおりて行って、母親を殺すことはできたのです。ただ、メアリの場合、その動機は皆目分かりませんが。わたしの見る限りでは、この犯罪について現実的な動機を持つ人間は二人しかいません。リオ・アージルと、グェンダ・ヴォーンです」

「二人のうちどちらか――あるいは二人の共謀だと思うか？」

「共謀とは思われません。わたしの解釈では、これは衝動的な犯罪であって――あらかじめ計画されたものではないと思います。アージル夫人が書斎へやって来て、ジャッコが金を要求し、脅迫したことを、リオとグェンダに話します。そのあと、かりにリオ・アージルがジャッコの話か、あるいはほかの用事で、夫人の部屋へ行ったと仮定します。その家のなかはしずかで、みんなそれぞれの部屋に引きこもっています。リオは夫人の居間に入って行く。夫人は部屋の入口に背を向けて、デスクに向かっています。そして、たぶんジャッコが脅迫に使い、投げ捨てて行った火掻き棒が、そのまま床の上にころがっています。ああいうおとなしそうな、感情をおもてに出さぬ男というやつは、ときどき衝動的な行為に出るものです。指紋を残さぬようにハンカチで火掻き棒を取りあげ、夫人のあたまに打ちおろす、それでおしまいです。金を探したと見せかけるために、抽出しを一つ二つあけておく。それから、誰かが死体を発見するまで、ふたたび二階に上っている。でなければ、グェンダ・ヴォーンが帰りがけに、ふと夫人の部屋をのぞいて、とつぜん衝動にかられたのだと仮定することもできます。ジャッコは身代わりにはもってこいの人物ですし、リオ・アージルとの結婚へ至る道も、それでひらけてくるわけです」

フィニー警察本部長はじっと考えこんだままうなずいた。

「うん。そうかもしれん。そうして、婚約をすぐには発表しなかったわけだな。哀れなジャッコの殺人罪が確定するまではな。そう、一理ある解釈だ。犯罪というのは単調なものだからな。夫とその情婦、あるいは妻とその情夫——相も変わらぬ紋切型だ。しかし、われわれとしてこの際どうする、ヒュイッシ、え？　そうだとして、われわれに何ができる？」

「それが問題です」と、ヒュイッシはゆっくり言った。「何をするかが問題です。われわれわれが確信をもったとしても——証拠がどこにもありません。法廷に提出するに足る証拠はどこにもありません」

「そう——ない。しかし、そもそも確信の方はどうなんだ、ヒュイッシ？　きみ個人として、確信があるか」

「満足すべき確信ではありません」と、ヒュイッシ警視は悲しそうに言った。

「ほら、みろ！　それはなぜだ」

「彼の性質です——アージル氏の」

「人殺しをやるような男ではないのか」

「いや——人殺しをやるやらないということではなくて、ジャッコの一件です。アージル氏は、わざとジャッコに罪をかぶせるような男とは思われません」

「しかし、本当の息子じゃないのだぞ。それを忘れるな。アージルは息子をあまり好いていなかったかもしれん——妻がジャッコに愛情をかたむけるのを——こころよく思っていなかったかもしれん」

「それは考えられます。しかし、ジャッコに限らず、子供たち全部をアージル氏は可愛がっているように見えます。決してわるくは思っていないようです」

「そりゃそうだろう」と、フィニーは考えこんだ。「つまるところジャッコが死刑にならんと分かっていたとすれば……事情が変わってこないか」

「ああ、そのこともあります。終身刑といっても、事実上は十年ぐらいで出てこられますから、アージル氏はそれを計算に入れていたのかもしれません」

「その女——グェンダ・ヴォーンのほうは、どうだね」

「彼女が犯人だとすれば」と、ヒュイッシは言った。「ジャッコを考慮に入れなかったのも当然です。女は残酷なものですから」

「とにかく、きみは、その二人のどちらかが犯人だということで、理論的には満足しているのだな」

「理論的には満足しています、そうです」

「しかし、それ以上ではないのだね」と、警察本部長はせっかちに言った。

「そうです。ほかに何かがあります。底流、とでも申しましょうか」

「詳しく説明してくれ、ヒュイッシ」

「わたしが本当に知りたいのは、かれら自身の考えです。お互いについての」

「ああ、そうか。分かった。かれらが犯人を知っているかどうか、だな？」

「そうです。それについて実はまだよく分かりません。かれらは一人残らず知っているのだろうか。そして一致団結して、犯人をかばっているのでしょうか。そうは思えません。かれらの一人ひとりが、それぞれ違った解釈をしていることは、考えられます。たとえばあのスウェーデン女は——神経のかたまりのようになっています。びくびくしている。それは自分が犯人であるためかもしれません。年恰好からいっても、ちょうど女がとんでもないまちがいを犯す年頃です。あるいは、誰かほかの人間のためを思って、びくびくしているのかもしれません。わたしの印象では、これはまちがいかもしれませんが、誰かほかの人物ゆえの懸念であると見ました」

「リオか？」

「いや、彼女が心配しているのは、リオのことではないでしょう。あの娘——ヘスターのことだと思います」

「ヘスターか。犯人がヘスターである可能性はどうかね」

「あからさまな動機はありません。しかし、あれは情熱的な娘です。たぶん、すこし性格がアンバランスな娘です」

「で、その娘のことを、リンツトロムはわれわれ以上に何か知っているだろう、というのだな」

「そうです。それから、州立図書館に勤めている混血娘も問題です」

「その娘は、あの晩は家にいなかったのだろう」

「いませんでした。しかし、何かを知っている様子です。もしかすると犯人を知っているのかもしれません」

「ただの想像じゃないのか？　それとも、実際に知っているのか？」

「何か気に病んでいます。ただの想像だとは思えません」

ヒュイッシはことばをつづけた。「それから、もう一人の男がいます。ミッキー。これも当日はアージル家にいませんでしたが、しかし車で外出しています。たった一人で。自身の証言によれば、この男はミンチン・ヒル方面へ車のテストに出ていたのでした。しかし、これはあくまでもミッキー自身の申し立てです。ひょっとすると、アージル家まで車でやって来て、夫人を殺し、また車でドライマスへ戻ったのかもしれません。グエンダ・ヴォーンは、二年前の証言になかったことを言いました。あの家の前の私用道路が国道とまじわるあたりで、一台の車が彼女と擦れちがったそうです。あの私用道路のならびには、家が十四軒ありますから、どこの家へ行った車なのかは分かりません。二年前のことですから、誰に訊いてもおそらく真相は摑めないでしょう。しかし、その車がミッキーの車だった可能性はあります」

「ミッキーはなぜ義母を殺す気になったのかな」

「われわれに分かっている範囲内では、まったく動機がありません——しかし、なんらかの動機が考えられぬこともないのです」

「それを知っているのは誰だろう」

「アージル家の全員でしょう」とヒュイッシは言った。「しかし、われわれには喋りますまい。もちろん、意識的には喋らないだろうという意味です」

「きみのわるだくみはよく分かった」と、フィニー警察本部長は言った。「さしあたりの目標は？」

「たぶんリンツトロムです。あの女の防備体制を崩してみせます。それからリンツトロム自身がアージル夫人に悪意を抱いていなかったかどうかも、分かればいいと思います」

「それから、脊椎カリエスの男もいます」と、ヒュイッシは付け足した。「フィリップ・デュラント」

「そいつがどうした」

「どうも何か企んでいるふしがあります。われわれに協力してくれるかどうかは別として、情報の一端を引き出すことくらいできるでしょう。なかなかのインテリで、観察力のある男です。何かひとつ二つ面白い事実に、気がついているかもしれません」

2

「おいで、ティナ、すこし外の空気にあたろう」

「外の空気？」ティナは変な顔をしてミッキーを見あげた。「寒いわ、ミッキー」ティナはぞくっと体をふるわせた。

「きみはよっぽど新鮮な空気がきらいなんだな、ティナ。でなきゃ、あんな図書館なかに一日いっぱい閉じこもっていられるはずがない」

ティナはにっこりした。

「閉じこもるのも、冬はいいわ。図書館のなかはあったかいもの」

ミッキーは娘を見おろした。

「そうやって坐ってるところは、炉の前でまるくなってる仔猫にそっくりだ。でも、ほんとに、たまには外へ出たほうが体にいいぜ。行こう、ティナ。話があるんだ。実は――実は肺に空気をいっぱい吸いこんで、こんな警察沙汰を忘れちまいたいのさ」

だらだらと、しかも優美なしぐさで、ティナは椅子から立ちあがった。その様子は、ミッキーが比較したとおり、仔猫に似ていないこともなかった。

玄関《ホール》でティナは毛皮の襟がついたツイードのコートを身にまとい、二人はそろって外へ出た。

「コートも着ないの、ミッキー?」

「着ない。寒いと思ったことがないね」

「ぶるるる」とティナは小声で言った。「この辺の冬って大きらい。外国へ行きたい。太陽がいつも照って、空気が湿っていて、やわらかで、あたたかい——そんな国へ行きたい」

「ペルシャ湾で仕事をやらないかって言われてるんだ」と、ミッキーが言った。「石油会社からね。自動車輸送の監督らしい」

「行くの?」

「いや、たぶん行かないだろう……行ったって、しようがないよ」

二人は家の裏手へまわり、木々のあいだのジグザグ道を下りて行った。この道は眼下の川岸へ通じている。中途に小さな四阿《あずまや》がある。二人は四阿の前で立ちどまり、すぐには腰をおろさずに川を見つめた。

「ここはきれいだなあ」と、ミッキーが言った。

ティナは無関心な目で景色を眺めた。

「そうね」と、ティナは言った。「きれいなんでしょうね」

「分からないのかい」と、愛情こめてティナを見やりながら、ミッキーが言った。「きれいな景色をきれいだと思ったことなんて一度もないんだろ、ティナ」

「あなただって」と、ティナ。「ここで暮らしていたときは、景色を楽しんだことなんか一度もなかったくせに。いつもイライラして、ロンドンへ帰りたがったくせに」

「あの頃はそうだ」と、ミッキーはあっさり言った。「ここに馴染めなかったんだ」

「それがあなたの大問題じゃないの？」とティナが言った。「どこにも馴染めないってこと」

「ぼくはどこにも馴染めない」と、ミッキーは放心した声で言った。「それは確かだな。ひどいね、ティナ、なんてひどいことを言うんだ。それはそうとあの唄をおぼえてるかい。昔カーステンがよく歌ってくれた唄さ。鳩の唄だった。おお鳩よ、かわいい鳩、白い白い胸の鳩。おぼえてる？」

ティナはあたまをふった。

「カーステンがあなたにだけ歌ってくれたんじゃない？　わたしは——おぼえてないわ」

ミッキーは、なかば語るように歌いつづけた。

「おお乙女、いとしい乙女、わたしはここにおりませぬ。どこにもいない、海にも、岸にも。いとしいあなたの胸にいる」ミッキーはティナを見た。「これがほんとならいいな」

ティナはミッキーの腕に小さな手をかけた。

「ねえ、ミッキー、ここに腰かけましょう。ここなら風がこないわ。寒くないわ」

ミッキーが言われたとおり腰かけると、ティナはことばをつづけた。

「あなたはどうしていつもそう不幸でいなきゃならないの」

「ティナ、きみにはまだ分からないのか。ぼくの不幸のそもそもの原因が」

「よく分かってるわ」と、ティナが言った。「どうしてそのひとのことを忘れてしまわないの、ミッキー」

「忘れる？　誰のことを言ってるんだ」

「お母様」と、ティナが言った。

「あいつのことを忘れろって！」と、ミッキーはにがにがしげに言った。「今日のような日に、忘れろといわれて忘れられるもんか――警察に訊問されたんだぜ！　殺された人間のことは、絶対に忘れさせてくれないからな！」

「そうじゃないのよ」と、ティナ。「あなたのほんとうのお母様のこと」

「おふくろのことか。ぼくは六つのとき以来、顔を見たこともないんだぜ」

「でも、ミッキー、あなたはお母様のことばかり考えていた。ずうっと」

「そんなこと、きみに話したか」

「話してもらわなくても分かるわ」と、ティナは言った。

ミッキーはしげしげとティナの顔を見つめた。

「きみはひっそりした不思議な娘だなあ、ティナ。ちいさな黒猫みたいだ。きみの毛皮を撫でたくなった。お猫ちゃん！　にゃんこ！」ミッキーは娘のコートの袖を撫でた。

ティナは撫でられるまま、にっこりした。

「きみはあいつを憎まなかったんだね、ティナ」ミッキーが言った。

「それはよくないわ」と、ティナは言い、いくらか熱っぽく喋り出した。「わたしたちにずいぶんよくしてくれたじゃないの。あたたかい、明るい家庭。おいしいたべもの。おもちゃ。看護婦さんや家政婦さん――」

「そう、そう」と、ミッキーはじれったそうに言った。「おいしいクリームや、ぜいたくな服。それさえあれば、きみは満足だったんだな、お猫ちゃん」

「感謝してるわ」と、ティナは言った。「あなたはちっとも感謝しなかったのね」

「いいかい、ティナ、人間は感謝しなさいと言われて感謝できるものだろうか。ある意味じゃ、感謝を義務と感じることは、たいへんな悪だ。そもそも、ぼくはここへ連れてこられるのがいやだった。ぜいたくな生活がいやだった。じぶんの家から連れ出されるのはいやだった」

「残っていたら空襲よ」と、ティナがさとすように言った。「爆弾で死んだかもしれないのよ」

「それがなんだい。死んだってかまわない。死ぬのなら、自分の家で、家族といっしょに死にたいよ。馴染みの土地でね。あ、またこの話になってしまった。実際、馴染めないということほど悲しいことはないよ。きみは物質的なことしか考えないんだろうけどね、お猫ちゃん」

「そうかもしれない」と、ティナは言った。「だから、あなたやほかのひとたちと考え方がちがうのね。あなたたちが感じている変な恨みみたいなものを――あなたが一番よ、その点では――わたしはちっとも感じない。つまり、わたしは自分自身がいやだったから、すぐひとに感謝してしまうのね。わたしは昔のわたしがきらいだった。自分から逃げ出したかった。ちがう人間になりたかった。お母様はわたしをちがう人間にしてくれたわ。あたたかい家庭の一員であるクリスティナ・アージルにしてくれたわ。生活の保障と安全。それを与えてくれたから、わたしはお母様が好きだったの」

「きみのほんとうのお母さんはどうなんだ。思い出すことはないのかい」

「どうして？　ほとんど顔も知らないのよ。ここに来たとき、わたしは三つだったんですもの。母といっしょにいると──こわくて──おびえたことは記憶にあるわ。船乗りたちとすごい口喧嘩をして、そういうときは母も──いまになって考えてみれば、母もそういうときはたいていよっぱらっていたんだわ」ティナは、ふしぎそうな無関心な声で喋っていた。「そう、母のことを考えたり、思い出したりはしないわね。わたしのお母さんはミセス・アージルよ。ここはわたしの家」

「きみがそう思うことは自然だがね、ティナ」と、ミッキーは言った。

「じゃあ、なぜあなたが思うと不自然なの。あなたが不自然にするからじゃないの！　ミッキー、あなたが憎んでいたのはミセス・アージルじゃなくて、あなたの昔のお母様なのよ。そう、それにちがいないと思うわ。だから、もしあなたがミセス・アージルを殺したんだとしたら、あなたがほんとに殺したかったのは昔のお母様なのよ」

「ティナ！　なんてことを言うんだ！」

「それで、今では」と、ティナはしずかな声でつづけた。「もう憎む相手がいなくなったのね。だから、急に淋しくなったんでしょう？　でも、あなたは憎しみなしで生活することを学ばなきゃいけないわ、ミッキー。むずかしいかもしれないけど、ぜひそうしなきゃいけないわ」

「きみは何をほのめかしてるんだ。もしぼくがあいつを殺したとしたらとは、どういう意味だ。あの日ぼくがこの辺にいなかったことは、よく知ってるだろ。ぼくは客の車をテストしていた。ムーア・ロードや、ミンチン・ヒルでね」

「そうお」と、ティナは言った。

そして立ちあがり、眼下の川を見おろす見晴らし台まで歩いて行った。

「ティナ、きみは何を考えてるんだ」と、その背後に寄って来て、ミッキーが言った。

ティナは川岸をゆびさした。

「あそこにいる二人は、誰かしら」

ミッキーは面倒くさそうに、ちらと目を走らせた。

「ヘスターと、恋人のお医者さんらしい」とミッキーは言った。「そんなことより、ティナ、きみは何を考えてるんだ。あぶないよ、そんな端っこに行っちゃあ」

「なぜ――あなた、わたしを突き落としたいんじゃない？　いま突き落とせばよかったのに。わたしは軽いのよ」

ミッキーが嗄れた声で言った。

「なぜ、ぼくがあの日この辺に来たようなことを言うんだ」

ティナは返事をしなかった。くるりとふりむき、家の方へすたすた歩き出した。

「ティナ！」

ティナがしずかなやさしい声で言った。

「わたし心配なのよ、ミッキー。ヘスターとドナルド・クレイグのことが心配なの」

「ヘスターとボーイ・フレンドのことなんかどうでもいい」

「どうでもよくはないわ。ヘスターがとても不幸になりそうな気がする」

「あの二人の話なんかよしてくれ」

「わたしは話したいわ。あの二人には大問題なのよ」

「ティナ、きみは、おふくろが殺された晩にぼくがここへ来たと、ずっと前から思ってたのかい」

ティナは返事をしなかった。

「二年前には、そんなことを言わなかったな」

「いけなかった？　その必要がなかったわ。ジャッコが殺したことになってたんですもの」

「今はジャッコは殺さなかったことになってる」

またティナはうなずいた。

「だから?」と、ミッキーが訊ねた。「だから?」

ティナはそれに答えず、家に向かって小道を上って行った。

3

川中に突出した小さな砂浜。ヘスターは靴の先でしきりに砂を蹴とばした。

「何をお話ししたらいいの。分からないわ」と、ヘスターは言った。

「ぜひとも話してほしい」と、ドン・クレイグが言った。

「ですから、なぜ……ひとつのことばかり話しても、なんにもならないわ——なんの役にも立たないわ」

「せめて今朝のことを話してください」

「べつに変わったことはないわ」と、ヘスターが言った。

「それはどういうことです——べつに変わったことがないとは。警官が来たのでしょう?」

「ええ、来ました」

「で、あなたたちは訊問されたでしょう？」

「ええ」と、ヘスター。「訊問されたわ」

「どんなことを訊かれました」

「型にはまったことよ」とヘスターは言った。「前に訊かれたことの繰り返し。どこにいたかとか、何をしたとか、母が生きている姿を最後に見たのは何時だったとか。そんなこと、お話ししたくもないわ、ドン。もうすんだことですもの」

「しかしまだ終わっていないんだ。それが肝心なところです」

「なぜあなたがやいのやいの言わなきゃならないのかしら」と、ヘスターが言った。「あなたは関係ないのに」

「ヘスター、ぼくはあなたの力になりたいんです。それが分からないのですか」

「でも、お話ししたって、どうにもならないことですもの。わたしは忘れたいだけなのよ。忘れることに力を貸してくださるのだったら、またべつのことですけど」

「ヘスター、現実逃避はよくないことですよ。現実に直面しなければ」

「直面していたわ、今日の午前中は」

「ヘスター、ぼくはきみを愛しているんだ、それは分かるでしょう？」

「そうかしら」と、ヘスターが言った。

「それはどういうことです、そうかしらとは？」

「だって、あんまりしつこく訊きたがるんですもの」

「訊かずにはいられない」

「それが分からないのよ。あなたは警官じゃないんでしょ」

「お母様が生きている姿を最後に見たのは、誰です」

「わたし」と、ヘスター。

「そう。それは七時すこし前でしたね。あなたが出て来て、ぼくと落ち合う直前だった」

「ドライマスへ――お芝居を見に行く直前」と、ヘスター。

「そして、ぼくは劇場であなたと落ち合いましたね」

「ええ、そう」

「そのときは、ヘスター、ぼくがあなたを愛していることに気がついていましたか」

「さあ、どうかしら」と、ヘスター。「いつからあなたを愛し始めたかなんてこと、分からないわ」

「あなたにはお母様を亡きものにしようという動機などありませんでしたね？」

「そうでもないわ」と、ヘスターは言った。

「そうでもないとは、どういうことです」

「お母様を殺そうと思ったことが何度もあったの」と、ヘスターは平気な声で言った。

「〝あいつ死ねばいい、あいつ死ねばいい〟って何度も思ったわ。ときどき」と、ヘスターは付け足した。「お母様を殺す夢を見たわ」

「夢のなかでは、どんなふうに殺しました？」

この瞬間、ドン・クレイグはもはや恋人ではなく、熱心な若い医者に変貌していた。

「ときどきはピストルで射ったわ」と、ヘスターは面白そうに言った。「それから、あたまをなぐったこともあったわ」

医師クレイグは呻き声をあげた。

「でも、これは夢よ」と、ヘスターは言った。「夢のなかだと、わたしってとても乱暴なの」

「ねえ、ヘスター」青年はヘスターの手を取った。「ほんとうのことを話してください。ぼくを信じて」

「それは一体なんのこと」と、ヘスターは言った。

「真相です、ヘスター。ぼくは真相を知りたい。ぼくはあなたを愛しています――だから、あくまでもきみの味方です。もし――もしきみがお母さんを殺したのだとしても、ぼくは——ぼくはその動機を理解できると思う。それは必ずしもきみの罪だとは思わない。分かりますか？　もちろん警察に密告したりはしない。きみとぼくだけの秘密にします。ほかに苦しむひとは誰もいない。証拠不充分ということで、事件は自然消滅するでしょう。そのためには、ぼくがまず真相を知らなくては」青年は真相ということばに力を入れた。

ヘスターは青年の顔をまじまじと見つめた。その目は焦点が定まらぬように、大きく見ひらかれていた。

「わたしに何を言えとおっしゃるの」とヘスターは言った。

「真相を話してほしいんです」

「もう真相を掴んだつもりなのでしょう？　あなたは——わたしが殺したと思ってらっしゃる」

「ヘスター、頼むからそんな顔をしないでください」青年はヘスターの肩に手をかけ、軽くゆすぶるようにした。「ぼくは医者です。事件の裏の意味が分かるつもりです。人間は必ずしも意識的にばかり行動できるものじゃない。ぼくはあなたのありのままを見ています——あなたはやさしくて、愛らしくて、本質的にはいいひとなんだ。ぼくはあくまでもあなたの味方です。あなたを見まもっていたい。ぼくらは結婚して、幸福になりましょう。あなたはもう二度と、見棄てられたり、ないがしろにされたり、踏みつけられたりしちゃいけないんだ。ぼくらの行為というものは、しばしば世間には理解できない理由に支えられているんです」

「それは、わたしたちがジャッコについて言ったことと、そっくりおなじだわ」と、ヘスターが言った。

「ジャッコのことなんかどうでもいい。ぼくが考えているのは、あなたのことです。ぼくはあなたをこんなにも愛しているが、しかし、ヘスター、真相はぜひとも話してもらわなきゃならない」

「真相？」と、ヘスターは言った。

あざけるような微笑が浮かび、ヘスターのくちびるの隅がひきつった。

「頼むから、ヘスター」

娘はそっぽを向いて、崖の上を眺めた。

「グェンダが呼んでいます。もう、おひるかしら」

「ヘスター！」

「わたしが殺さなかったと言ったら、信じてくださる？」

「もちろん、ぼくは――ぼくは信じます」

「信じてくださらないと思うわ」と、ヘスターは言った。

そして突然むこうを向き、小道を駆け上って行った。青年はそのあとを追おうとして、あきらめた。

「ああ、ちきしょう」と、ドナルド・クレイグは言った。「勝手に、しろ！」

第十五章

「しかし、まだ帰りたくないよ」と、フィリップ・デュラントが言った。そのじれったそうな口調はすこし哀れっぽくきこえた。

「でも、フィリップ、これ以上ここにいる必要は全然ないのよ。マーシャルさんとの相談がすんだあと、警察の訊問があるといわれて、わざわざ残っていたわけでしょう。もう、うちに帰る権利があるはずだわ」

「ぼくらがもうすこし、ここにいてあげたほうが、お父さんもよろこぶんじゃないかい」と、フィリップは言った。「夕食のあと、チェスの相手をほしがってるじゃないか。いや、お父さんがチェスがうまいのには、あきれたね。ぼくもまんざら下手じゃないと思ってたが、お父さんには到底かなわない」

「チェスの相手なら、誰かほかのひとが見つかるわよ」と、メアリはそっけなく言った。

「冗談じゃない――婦人会館にでも招集をかけるか」

「とにかく、わたしたちは帰らなきゃ」とメアリは言った。「あしたはミセス・カーデンが食器を磨きに来てくれる日だから」

「ポリー、主婦の鑑《かがみ》だな!」と、フィリップは笑い出した。「そのミセスなんとかは、きみがいなくったって食器を磨けるさ。それがいやなら、電報を打って、来週まで延期と言ってやればいい」

「フィリップ、あなたには家庭の雑用というものが分からないのよ。とても面倒なことがたくさんあるんですから」

「きみが面倒にするから面倒になるんだ。とにかく、ぼくはもうすこし居残りたい」

「フィリップ」とメアリは大げさな声を出した。「わたし、この家がきらいなの」

「なぜ」

「陰気だし、見すぼらしいし——あんなことがあった家ですもの。殺人なんて」

「何を言うんだ、ポリー。あんたがそういうことをこわがるなんて、笑わせるなよ。殺人と聞いたって、髪の毛一本動かすひとじゃないんだ、きみは。要するに、なぜ家へ帰りたいかというと食器を磨くとか、掃除をするとか、きみの毛皮のコートが虫にくわれないように——」

「今は冬よ。毛皮のコートに虫がつきますか」と、メアリ。

「とにかくそういうことさ。一般論だよ、これは。しかし、ぼくに言わせると、この家に残るほうがずっと面白い」

「うちに帰るよりも面白いの？」と、メアリは気にさわったような声を出した。

フィリップはちらとメアリの顔色をうかがった。

「ごめん、ごめん、そういうつもりじゃない。まじめな話、うちよりいい所はどこにもないよ。きみのおかげでね。楽しいし、清潔だし、居心地がいい。だから、もしぼくが――今のような体でなかったら、こんな気は起こさないと思う。つまり、前は仕事に忙しかったからね。仕事、仕事で、毎日キリキリ舞いをしていた。だから、一日の予定を終えて、わが家へ帰って来て、その日一日の話をしたりするのは、実に楽しいことだった。しかし、今は事情がちがう」

「ああ、そういうことは分かるわ」と、メアリは言った。「わたしだって、そのことは忘れちゃいないのよ、フィル。気にしているのよ。すごく気にしているのよ」

「そう」と、フィリップは、妙に声をひそめて言った。「そう、きみは気にしすぎるほど気にしているね、メアリ。きみがあまり気にするから、ぼくはときどき、それ以上気をつかわなくちゃならない。ぼくがほしいのはただ気晴らしと――いや」と、フィリップは片手を上げた。「嵌絵《はめえ》パズルや、職業補導の道具や、友だちのお見舞いや、きりがないほど長い小説や、そんなものがぼくの気晴らしになるとは言わないでくれよな。ぼくはただ、ときどき、たまらなく何かに首を突っこみたくなるんだ！　この家には、首を突っこむ対象があるという、それだけの話さ」

「フィリップ」と、メアリは息を呑んだ。「あなたまだ考えてるの——あなたのアイデアを？」

「ぼくの推理ゲームのことか」とフィリップは言った。「殺人。殺人。いったい犯人は誰なんだ。そう、ポリー、きみだって無関係じゃいられないはずだぞ。ぼくは猛烈に犯人を知りたいね」

「でも、どうして？　それに、どうやって突きとめるの。もし誰かが外から押し入って来て、お母様の部屋のドアがあいていたとすれば——」

「きみはまだ考えてるのか、外部犯人説を？」と、フィリップ。「そんな考えはなんの役にも立ちやしない。マーシャルさんは外部犯人説を支持するような口ぶりだったが、あれはぼくらの気休めにそう言っただけさ。あんな結構な推理は、誰も信じてやしないんだ。あれはでたらめさ、それだけのことだ」

「でたらめなら」とメアリが口をはさんだ。「——わたしたちのなかの一人が犯人なら——わたしは知りたくもないわ。知って、どうするの。知らないほうが——百倍も幸せじゃないかしら」

フィリップ・デュラントは、探るように妻を見つめた。

「臭いものには蓋か、ポリー？　好奇心という自然な感情のもちあわせが、きみにはないのか」

「とにかく、知りたくないのよ！　何もかも恐ろしいことですもの。あんなことは忘れたいのよ、考えたくないのよ」

「犯人を知りたいと思うほどお母さんを愛しちゃいなかったのか」

「ですから、知ってどうするの？　ジャッコが犯人だということで、二年間わたしたちの気持ちは落ち着いていたじゃありませんか」

「そうだ」と、フィリップ。「落ち着いていた。実にみごとにね」

妻はフィリップの顔をまじまじと見た。

「それは――どういうこと。分からないわ、フィリップ」

「いいかい、ポリー、これはある意味では、ぼくへの挑戦といえないだろうか。ぼくの知性にたいする挑戦だよ。きみのお母さんの死が、誰よりもぼくの心に強くひびいたとか、あるいはぼくがお母さんをとくに好きだったとか、そういうことじゃないんだ。実際そうじゃなかったからね。きみのお母さんはぼくらの結婚に極力反対したひとだ。しかし、ぼくにはなんの恨みもない。結局ぼくらの勝ちだったんだから。ね、そうだろう？　そう、現在のぼくの気持ちは、復讐でもなければ、正義でもない。ただ――そう、主として好奇心だ。これは決してわるい意味の好奇心じゃない」

「あなたがくちばしを入れることはないのよ」と、メアリは言った。「くちばしを入れると、ロクなことにならないと思うわ。ね、フィリップ、お願い、お願いですからやめて。うちに帰りましょう。こんなことはすっかり忘れてしまいましょう」

「そりゃあ」とフィリップ。「きみはぼくを好きな所へ連れて行けるさ。しかし、ぼくはここに居残りたいんだ。たまには、ぼくがしたいことをさせてくれても、いいじゃないか」

「もちろん、あなたがしたいことは、なんだって、させてあげるわ」とメアリ。

「どうかね。ぼくを赤んぼみたいに腕に抱いて、今日は何をたべさせよう、今日は何をして遊ばせよう、なんて、そんなことばかり考えてるんじゃないかい」

メアリは妙な表情でフィリップを見た。

「それ、冗談なの、まじめなの」

「好奇心はべつとしても」と、フィリップ・デュラントは言った。「いずれは誰かが真相を知らなきゃならないことだろう」

「そこなのよ。真相が分かって、どうなるの。誰かが刑務所へ行くだけのことでしょう。恐ろしいことだわ」

「そうじゃないんだ」とフィリップ。「もし犯人が分かったとして、それが誰であるにせよ、ぼくが警察にそのことを知らせると思っているのかい。たぶん、ぼくは知らせないね。もちろん、情況によりけりだが。きっと知らせても、どうにもならないと思う。だって、具体的な証拠を摑むことは、やはり不可能だろうからな」

「証拠を摑めないのなら」と、メアリ。「どうやって真相を知るつもり？」

「その方法は」とフィリップ。「いろいろある。確実に真相を知る方法がね。真相を知ることは、好奇心ばかりでなく、だんだん必要になってくるにちがいないんだ。この家のなかは、あまりうまくいっていない。今にもうすこし悪い事態がきっと発生する」

「それはどういうこと？」

「きみは気がつかないかい、ポリー。たとえば、お父さんとグェンダ・ヴォーンのことさ」

「お父様とグェンダがどうしたの。あの年でお父様が再婚することは――」

「それは理解できる」と、フィリップは言った。「お父さんは、つまるところ幸せな結婚生活を知らなかった。それが今ほんとうの幸せのチャンスを摑んだだけのことだ。老いらくの恋と言わば言え。お父さんはチャンスを摑んだのさ。あるいは、摑んでいた。現在あの二人はうまくいっていない」

「きっと、今度のことで——」と、メアリは漫然と口をはさんだ。

「そのとおり」とフィリップ。「今度のことだ。それが原因で、二人の心はどんどん離れて行く。その真の理由としては、二つ考えられる。疑いと、罪の意識」

「疑いって、誰を疑ってるの」

「まあ、お互いに相手を疑ってるんだろうね。あるいは、片方が疑い、もう一方には罪の意識がある。その逆もまた真なりというところだ」

「何がなんだか分からないわ」突然メアリの物腰にわずかながら活気が加わった。「じゃあ、グェンダだと思うの？」と、メアリは言った。「そうかもしれないわね。ああ、グェンダだったら、どんなにせいせいするかしら」

「きのどくなグェンダ。グェンダが家族外の人間だからだろう、きみがそう言うのは」

「そうよ」と、メアリ。「それだったら、わたしたちのなかの一人とは言えないわ」

「きみの関心はそれだけなのか」と、フィリップ。「わが家の名誉だけなのか」

「もちろんよ」と、メアリ。

「もちろんよ、か」とフィリップはじれったそうに言った。「きみの困ったところはね、ポリー、想像力というものがまったく欠けていることだ。きみは他人の立場に立っても のを考えるということが全然できない」

「どうして他人の立場に立たなきゃいけないの」と、メアリが訊ねた。

「そう、なぜ他人の立場に立たなきゃならんのか」とフィリップは言った。「正直に言えば、ひまつぶしだ。それは確かさ。しかしだね、お父さんの、あるいはグェンダの立場に立ってみてごらん。二人とも犯人でないとしたら、なんというみじめなことだろう。まずグェンダ。突然つれなくされたときの気持ち。じぶんが愛する男と永久に結婚できないかもしれないという気持ち。それがどんなにみじめなことか、きみには分からないか。それから、お父さんの立場に立ってごらん。自分が愛している女に、殺人のチャンスと動機があったということを、お父さんはいやでも考えざるを得ない。そうではないことを希望し、そうではないと考えるが、確信はもてない。将来も確信できる見込みはない」

「あの年で結婚——」と、メアリが喋りかけた。

「ああ、その〝あの年で〟という決まり文句はやめなさい」とフィリップは腹立たしげに言った。「あの年だからこそ、事態がますますわるくなるってことが、きみには分からないのかい。おそらくもう二度と恋愛はできないんだぜ。その気ももちろんあるまい。

だからこそ事は深刻になる。また見方を変えれば」と、フィリップは話をつづけた。「お父さんは、永年の自己抑制の世界、あのもやもやした世界から、一挙に出て来たのだと解釈することもできる。つまり、アージル夫人をなぐり殺したのは、お父さんの仕業だったとも考えられる。その場合、むしろ気の毒なのはお父さんの方じゃないだろうか。もちろん」と、フィリップは慎重な口調になった。「お父さんがそんなことをしたとは、現在のぼくは思っていないよ。しかし警察がそれくらいの想像をすることは、ほとんど確実だね。さあ、そこでだ、ポリー、きみの意見を聞かせてくれ。きみは誰が犯人だと思う？」

「わたしに分かるわけがないわ」と、メアリは言った。

「そりゃそうだろうけどもさ」と、フィリップ。「何か名推理が出てくるかもしれないよ――考えてさえくれれば」

「ですから、わたしは考えたくないんですってば」

「どうして……それは、ただの嫌悪感だろうか。それとも――ひょっとして――きみが真相を知ってるからじゃないのかい。その冷静な心のなかで、きみはすでに確信をもって……その確信があまりはっきりしているものだから、考えたくないんじゃないか？　ぼくには言いたくないのじゃないか？　きみが目星をつけてるのは、ヘスターかい？」

「どうしてまたヘスターがお母様を殺さなきゃならないの」

「はっきりした理由はひとつもない。そこだ」とフィリップは考えこんだ。「よく、こんな話があるじゃないか。いい家庭で、甘やかされて育った息子あるいは娘がいる。そして、ある日、ちょっとしたばかげた事件が起こる。親が映画代をくれないとか、新しい靴を買ってくれないとか、でなきゃ、ボーイ・フレンドと出かけるときに、十時までに帰れと言われたとか、そんなことだ。実に下らない事件だ。ところが、これが発端になる。娘あるいは息子は出しぬけにカーッとなる。そしてハンマー、または斧、またはおそらく火掻き棒などをひっつかむ、というわけだ。なんの理由もない。説明しにくい。しかし実際にあることなんだ。いうなれば長期間にわたって抑圧された反抗心が、とつぜん爆発を起こす。こういう例がヘスターにあてはまらないだろうか。つまり、ヘスターの困ったところは、あの可愛らしいあたまで何を考えているのか、さっぱり分からんということだ。あの子は性格的に弱い人間で、その性格の弱さを自分で気にしている。そして、きみのお母さんは、このさらにヘスターの弱さを突つきたがるようなひとだった。そう」と、フィリップは活気づいて、体を乗り出した。「犯人がヘスターだとすれば、説明がつかないことはないな」

「ああ、そんな話もうやめて」と、メアリが叫んだ。

「やめるよ」とフィリップ。「きみに話したって、なんの結論も出てこない。しかし、殺人事件の型《タイプ》を考えてみて、その型《タイプ》を関係者の一人ひとりにあてはめてみるのは、ちょっと面白いよ。そして、おおよその真相を摑んだところで、小さな罠を仕掛ける。そして犯人が罠に落ちるのを待つわけだ」

「あの晩ここにいたのは四人だけよ」と、メアリは言った。「あなたの話を聞いてると、七、八人もいたみたい。お父様があんなことをしたはずがないという点では、わたし、あなたに賛成だわ。それから、ヘスターにあんなことをする動機があるというのも、ばかげてるでしょう。そうすると、残るのはカースティとグェンダ」

「きみはどっちをえらぶ？」と、かすかに嘲りをこめて、フィリップが訊ねた。

「カースティがあんなことをしたとは、とても想像できないわ」と、メアリは言った。「あんなに辛抱づよくて、気性のいいひとはいないでしょう。それにお母様にたいしては、すごく献身的だったわ。そりゃ、あのひとだって、急に変になることはあり得るわよ。そういうことはよくあることでしょうけど、あのひとにかぎって、変になったところを見たことがない」

「そうだね」と、フィリップは慎重に言った。「ぼくもカースティは非常にノーマルな女だと思う。女らしい平凡な生活が好きな女だ。だから、ある意味では、グェンダとおなじタイプなんだね。ただグェンダは美人で魅力的だけれども、カースティはきのどくに、まるで葡萄パンみたいに味もそっけもない。だからどんな男にも相手にされない。しかし、カースティとしては、大いに相手にされたいのじゃなかろうか。やっぱり人並に恋愛をして、結婚したいのじゃなかろうか。いやしくも女と生まれて、魅力的でないということは重大事だ。そういう女性は、何かの特殊技能で埋め合わせをしようとする。はっきり言って、カースティはこの家に永く居すぎたね。戦争が終わったとき、さっさとここを出て、マッサージの技術を大いに生かすべきだったんだ。うまくいけば、金持ちのじいさんの患者でも、口説き落とせたかもしれないしさ」

「あなたもやっぱり男ね」と、メアリが言った。「女は結婚のことしか考えないと思ってらっしゃるのね」

フィリップはにやりとした。

「なんと言おうと、女はそれを第一に考えるさ」と、フィリップは言った。「それはそうと、ティナには男友だちはいないの」

「いないみたいよ」と、メアリ。「でも、あの子は自分のことをろくろく喋らないから」

「そう、あの子はネズミみたいにおとなしい子だねえ。美人とはいえないが、なかなか優美だ。あの子はどう思ってるんだろ、この事件について?」

「なんにも知らないでしょ」と、メアリ。

「そう思う?」と、フィリップ。「ぼくはそうは思わない」

「またあなたの空想が始まった」と、メアリ。

「空想じゃないよ。あの子が言ったことを思い出してごらん。なんにも知らなければいいと思う、って言っただろう。変なことばじゃないか。賭けてもいいが、あの子はきっと何か知っている」

「どんなことを?」

「どこかで事件とつながりそうな、何かの事実を知ってるんだ。しかし、それがどこで事件とつながるかは、自分でもよく分からないんじゃないかな。なんとかして、あの子から聞き出したい」

「フィリップ!」

「とめないでくれよ、ポリー。ぼくは、いわば生きがいのある仕事を摑んだんだ。この事件にくちばしを入れることが、大局的にも意義のあることだという信念を得たんだ。ただ問題は、どこから始めるかだね。さしあたり、カースティから始めようと思う。あの女は比較的単純な性格だし」

「わたしは――ああ、ほんとにお願い」と、メアリは言った。「そんなばかみたいなことはよしにして、うちへ帰りましょう。わたしたち、前はあんなに幸せだったのに。何もかもうまくいっていたのに――」メアリは顔をそむけ、その声が途切れた。

「ポリー！」フィリップは心配そうな声を出した。「そんなに気になるのかい。きみがそんなに神経質だとは知らなかった」

メアリはくるりとふりむいた。その目に明るい希望があふれていた。

「じゃあ、いっしょにうちへ帰って、こんな事件のことを忘れてくださる？」

「忘れろと言われても無理だろうな」と、フィリップは言った。「うちへ帰っても、そのことばかり考えつめるんじゃないかと思うんだ。とにかく今週の終わりまでここにいようよ、メアリ。それから先のことは、そのとき決めよう」

第十六章

「すこしお邪魔してもかまいませんか、お父さん」と、ミッキーが訊ねた。

「むろん、かまわないとも。さあ、お入り。会社の方は、休んでいても大丈夫なのかね」

「ええ」と、ミッキーは言った。「電話しておきました。来週から出ればいいそうです。向こうはとても気を使っているような口ぶりでした。ティナも来週まで帰らないそうです」

ミッキーは窓に寄って、外を眺め、手をポケットにつっこんだまま、部屋を横切って、本棚を見上げた。それから、間のわるそうな声で喋り出した。

「実は、お父さん、ぼくは、お父さんが今までぼくのためにしてくださったことについて、あらためて感謝したいんです。ごく最近になって分かったんですが——なんといったらいいか、ぼくが今までどんなに恩知らずだったかということが、ごく最近分かったんです」

「あらためて感謝されることはないと思うが」と、リオ・アージルは言った。「おまえはわたしの息子なのだ、ミッキー。いつでも、息子だと思っていただけだ」

「息子の扱い方としては、妙な扱い方ですね」とミッキーが言った。「お父さんは一度も威張ったことがない」

リオ・アージルは微笑した。独特の、無関心な微笑である。

「それが父親の唯一の機能だと思ってるのかね」と、リオは言った。「子供に威張りちらすことが」

「いいえ」と、ミッキーは言った。「いいえ。そんなことはないと思います」それからにわかに早口でミッキーは喋り出した。「ぼくは実にばかでした。そうです。実にばかでした。こっけいなくらいです。ぼくが今やりたいこと、しようと思っていることをご存じですか。ペルシャ湾の石油会社に就職するつもりなんです。これは——この石油会社は、初めからお母さんにすすめられていたことでした。ところが、あの頃のぼくには全然そんな気はなかった！　だから自分勝手に家をとび出したんです」

「あの頃のおまえは」と、リオが言った。「何事でも自分で選択したがる年頃だった。だから、人に選択してもらうのはいやだったのだ。おまえには昔からそういうところがあったね、ミッキー。赤いセーターを買ってやると言うと、青いセーターがいいと言い張る。ところが、ほんとうにほしいのは、たぶん赤いセーターだったのだろう」

「そのとおりです」と、ミッキーは答えた。「ぼくは昔からいつも不満分子でした」

「いや、ただ若かったというだけだ」とリオが言った。「若い馬のように跳ねまわっただけだ。クツワや、鞍や、そういう束縛がいやだったのだ。わたしらは誰でも生涯に一度はそういう感じ方をするものだが、しまいにはそれに馴れてしまうのさ」

「ええ、そう思います」と、ミッキーは言った。

「自分の将来のことを考えてくれるようになったことは」と、リオが言った。「わたしとしても非常に嬉しい。車のセールスマンという仕事で、おまえが満足するはずはないと思っていた。もちろん、わるい仕事ではないが、将来性がないからね」

「車そのものは好きです」と、ミッキーは言った。「車をベスト・コンディションに整備することは好きです。必要に応じて、お喋りもします。べらべら性能をまくしたてりゃいいんですが、こういう売りこみの仕事はきらいでした。今度の仕事は自動車輸送です。やはり車の整備やなにかも含まれます。きっと、やりがいのある仕事だと思うんですが」

「ところで」と、リオ。「おまえも知っているとおり、金が必要な場合、つまり、そういうやりがいのある仕事の資金が必要な場合、その金はいつでもおまえに渡される。うちの財産管理方式のことは知っているね。仕事の詳細を知らせてくれれば、必要なだけの金額はおまえに渡るように、わたしたちはただちに手配しよう。むろん、仕事の詳細について、専門家の意見を訊くという手続きはある。しかし金は現にそこにあるのだから、いつでもおまえの役に立てるわけだ」

「ありがとうございます。しかし、お父さんにたかるのはいやです」

「いや、たかるのなんのということではない、ミッキー、これはおまえの金なのだ。ほかの子供たちとおなじく、おまえにもこの金を取る権利がある。わたしには、いつ、いくら渡すかということに同意する権限しかないのだ。それにしても、わたしの金じゃない。だから、わたしが渡すのじゃない。おまえの金なのだ」

「しかし、もともとお母さんの金なのでしょう」と、ミッキーが言った。

「財産管理方式が成立したのは、もう何年も前のことだ」とリオは言った。

「いいえ、一文もいりません！」とミッキーは言った。「その金に触れたくありません！　その気になれないのです！　時が時だけに、到底その気になれないのです」父親と視線があい、ミッキーは顔を赤らめた。そして小さな声で付け足した。「いや――そんなことを言うつもりじゃなかったんですが」

「なぜうちの金に触れたくない」と、リオは言った。「おまえはうちの養子だ。ということはつまり、経済その他の点で、わたしたちがおまえについての責任を負ったということだ。おまえがうちの息子として育てられ、正当な財産の配当をうけることは、いわば一種の契約なのだよ」

「ぼくは自分の力でやってみたいのです」と、ミッキーは言った。

「そうか。そうだろうね……それでは、ミッキー、もし気が変わったら、おまえの金がいつでも使える状態にあることを思い出しなさい」

「ありがとうございます。ぼくの気持ちを分かってくださって嬉しいです。分かってくださらないとしても、わがままを許してくださって、申しわけないと思います。もうすこし上手に気持ちを言いあらわせるといいんですが。つまり、ぼくはその金でひと儲け――いや、ぼくにはひと儲けなんかできやしないんですが――ああ、ちきしょう、どうもうまく言えないんです」

ドアを叩く音がした。ほとんどぶつかるような、大きな音である。

「きっとフィリップだ」と、リオ・アージルが言った。「ドアをあけてやってくれないか、ミッキー」

ミッキーがドアをあけると、車椅子をあやつりながらフィリップが入ってきた。そして愛想よく二人に笑顔を見せた。

「今お忙しいですか」と、フィリップはリオに訊ねた。「忙しかったら、忙しいとおっしゃってください。お邪魔しないように、おとなしく本棚をのぞいていますから」

「いや」と、リオは言った。「今朝は仕事がありません」

「グェンダはいないんですか」とフィリップは訊ねた。

「電話をかけてきました。頭痛がするので、今日は休むそうです」と、リオは言った。その声にはなんの抑揚もなかった。

「ほほう」と、フィリップ。

ミッキーが言った。

「さて、ぼくは失礼して、ティナを探しに行きます。散歩をさせてやらなきゃなりません。あの子は新鮮な空気がきらいでしてね」

かろやかな足どりで、ミッキーは部屋から出て行った。

「ぼくの目が狂ったかな」と、フィリップが言った。「それとも、ミッキーはどうかしたんですか。いつもの世をすねた感じとは全然ちがいますね」

「成長したのですよ」と、リオが言った。「だいぶ遅まきでしたが」

「それにしても、妙なときに一躍元気になったもんだ」と、フィリップが言った。「きのうの警察の訊問は、どう考えても気分のいいもんじゃなかったですからね」

リオがしずかに言った。

「あの事件をほじくり返されるのは、まったく辛いことでした」

「ミッキーのような青年が――」と、本棚に沿って車椅子を動かし、何気なく一、二冊引き出しながら、フィリップが言った。「――ミッキーには良心があるとお思いですか」

「それはまた妙な質問ですね、フィリップ」

「いや、まじめな話です。ちょうどミッキーのことを考えていたのですよ。いわば音痴のようなものだな。ある種の人間には、罪の意識や後悔というものがまったくないし、自分の行動を悔むということすらない。たとえばジャッコです」

「そう」と、リオ。「たしかにジャッコには罪の意識はありませんでした」

「で、ミッキーはどうなのかなと思っていたところでした」とフィリップは言った。「それから間を置いて、悟りすましたような声でことばをつづけた。「一つうかがいたいことがあるんです。お父さんは、それぞれの子供たちの元の家庭について、どの程度ご存じなのでしょう」

「どうしてそれを知りたいのですか、フィリップ」

「いや、ただの好奇心です。それに、遺伝というものが実際にあるのかどうか、やっぱり知りたいですからね」

リオは返事をしなかった。フィリップは面白そうに目を光らせて、リオを観察した。

「こんな質問はご迷惑だったでしょうか」

「そう」と、リオは言った。「つまりなぜあなたがそんな質問をしなければならんのかということです。あなたはこの家族の一員ではありませんか。なるほど、それは現在のわが家の情勢にふさわしい質問です。そのことは否定できない。しかし、うちの子供たちは、普通の意味の養子ではないのです。あなたと結婚したメアリは、法律的にも正式の養女ですが、ほかの子供たちはもっと非公式の事情でこの家へ引き取られたのです。ジャッコはみなしごで、年取った祖母にこの家へ連れられて来ました。そのおばあさんはドイツ軍の空襲で亡くなり、ジャッコはそのままこの家に残ったのです。それだけのことで、なんらの法律的な手続きもない。ミッキーは私生児でした。母親は男たちにしか興味のない女でした。ミッキーと引きかえに、百ポンド取って行ったきりです。ティナの母親は消息不明です。手紙を一度もくれないし、戦後になっても子供を引き取りにも来ない。消息を求めて調査もしましたが、まったく不明です」

「ヘスターは？」

「ヘスターも私生児でした。母親は若いアイルランド人の看護婦でした。そのひとは、ヘスターがここへ来た直後、アメリカの兵隊《ジー・アイ》と結婚しました。そして、夫には子供のことを秘密にしておきたいから、ぜひ子供をひき取ってくれと言うのです。戦争が終わると、夫といっしょにアメリカへ行きました。それ以来、音信不通です」

「みんな悲劇的な話ですね」と、フィリップが言った。「どの子もみんな、大人に邪魔にされて」

「そうです」と、リオ。「だからこそ、レイチェルはあれほど子供らのためにつくしたのです。かれらに幸せを、ほんとうの家庭を与え、自分はほんとうの母親になろうと、あれは心に決めていたのです」

「立派なことだ」と、フィリップ。

「ただ——ただ、結果がレイチェルの予想とはくいちがったのです」と、リオは言った。「血のつながりなど問題にならないというのが、レイチェルの信念でした。しかし、もちろん血のつながりを無視するわけにはいきません。実の子ですと、気性というか、感じ方というか、親として一目で分かるそういうものがあって、それはとりたてて口に出さなくとも理解できるわけです。養子には、それがない。かれらが何を考えているのか、こちらは親として本能的に知ることができない。やむなくこちらの考え方、こちらの感じ方で、勝手にかれらの心を判断しますが、しかしその考え方なり感じ方なりが、子供たちのそれとはまったく異なるのだということは、いやでも悟らされます」

「そのことは昔から感じていらっしゃったのですね」と、フィリップが言った。

「レイチェルに警告したことはしたのです」と、リオは言った。「しかし、もちろん、あれは気にもとめなかった。そんなことは問題とも思っていなかったのです。かれらを自分の子供にすることだけで、あたまがいっぱいだった」

「ティナは、ぼくの考えでは、ちょっとしたダーク・ホースです」と、フィリップが言った。「あの子の血の半分は白人の血じゃないのでしょう。父親はどんな男だったのですか、ご存じですか」

「たぶん船員です。インド人だったらしい。母親に訊きましたが」と、リオはあっさり言い添えた。「母親自身もよく分からないらしいのです」

「あの子の物事にたいする反応や、考え方はさっぱり分からない、口数がすくないですしね」フィリップはちょっと間をおいてから、質問を放った。「この事件について、ティナは何を知っているのでしょう。口に出しては言わなかったようですが」

書類をめくっていたリオ・アージルの手が、はたととまった。一瞬、沈黙が流れ、それからリオが言った。

「あの子が知っていることを言わなかったとおっしゃるのは、どういうわけです」

「知らっぱくれないでください。誰の目にも明らかでしたよ、それは」

「わたしの目には明らかじゃなかった」とリオ。

「あの子は何か知っています」とフィリップは言った。「それは、特定の人物について致命的な証拠となることじゃないでしょうか」

「こういう言い方をしてよいかどうかは分かりませんが、フィリップ、この種の事件に空想は禁物です。空想ならば、誰にでもできることです」

「それは、手を引けという意味ですか」

「いや、そんなことがあなたにふさわしい仕事でしょうか、フィリップ」

「ぼくが警官じゃないということですか」

「そうです、そういうことです。警察はその義務を遂行します。われわれのいやなことまで、ほじくり出します」

「じゃあ、ほじくり出されるのは、おいやなのですね」

「いや」と、リオ。「ほじくり出して、見つかるものが、おそろしいのです」

フィリップの手が思わず車椅子の肘を握りしめた。へんにやさしい声で、フィリップは言った。

「ひょっとして、犯人をご存じなんじゃありませんか。ご存じなんですか」

「知りません」

その返答のあわただしさと激しさに、フィリップはびっくりした。

「知りません」と、リオは卓を叩いて言った。影のうすい、引っ込み思案のリオが、とつぜん別人のように見えた。「犯人は知りません！　よろしいですか。わたしは知りません。ぜんぜん知りません。わたしは――わたしは知りたいとも思いません」

第十七章

「おや、何をしているの、ヘスター」と、フィリップが訊ねた。

車椅子をあやつって廊下を移動してゆくところだった。窓から上半身を乗り出していたヘスターは、ぎくりとして、首をひっこめた。

「ああ、あなただったの」と、ヘスターは言った。

「天体観測、それとも自殺の場所えらび？」と、フィリップが訊ねた。

ヘスターはきつい目でフィリップを見つめた。

「どうしてそんなことおっしゃるの」

「というと、まんざら的はずれでもなかったんだな」と、フィリップは言った。「でもね、ヘスター、自殺なら窓から飛び下りるのはおやめなさい。高度が足りない。あなたが渇望している大忘却の代わりに、手か足を一本折ったくらいですんだら、どんなに不愉快だか分かるでしょう」

「ミッキーが昔よく、この窓から泰山木《タイサンボク》をつたって外へ出たのよ。ここはミッキーの秘密の出入口だったんです。お母様はちっとも知らなかったけど」

「親が知らないことか！　それをいちいち書きとめておいたら、本が出来るだろうな。それはそうと、自殺するつもりなら、ヘスター、あの四阿《あずまや》のところから飛びこむのが一番だ」

「川に突き出ているところ？　そうね、下の岩にぶつかって粉みじんね！」

「ヘスター、あんたの困ったところは、メロドラマチックな想像力が豊かすぎるということだ。世間のひとはたいてい、ガスの元栓をひらくとか、睡眠薬を多量に飲むとか、そんな程度のことで満足するんですよ」

「あなたがこの家にいてくださるのは嬉しいわ」と、ヘスターは出しぬけに言った。

「いろいろお話ししたいことがあるんですけど」

「そう、この頃はぼくも閑でね」と、フィリップが言った。「ぼくの部屋へいらっしゃい。お喋りしましょう」ヘスターがためらったので、フィリップはつづけて言った。

「メアリは階下《した》です。ぼくのために、そのたおやかな手で、すばらしい朝食を作っている」

「メアリは、きっと、わたしの話なんか分かってくれないわね」と、ヘスターが言った。

「そう」と、フィリップはうなずいた。「おそらく全然分からんだろうね」

フィリップは車椅子をあやつり、ヘスターはその脇に並んで歩いて行った。娘が居間のドアをあけると、フィリップは椅子もろとも、がらごろと中へ入った。ヘスターはあとにつづいた。

「でも、あなたは分かってくださるのね」と、ヘスターが言った。「なぜ」

「そりゃあ、誰にでも、もっぱらそういうことを考える時があるものだよ……早い話が、ぼくがこの病気になって、もう一生涯歩けないかもしれないと分かったときは……」

「そうね」と、ヘスター。「そのときは恐ろしかったでしょうね。それに、あなたはパイロットだったのでしょう？　飛行機に乗ってらしたのね」

「アンナニ高ク、オ盆ノヨウニ（童謡《キラキラ星》の歌詞をもじって）さ」と、フィリップはうなずいた。

「ほんとにお気の毒」と、ヘスターは言った。「ほんとに、もっとあなたのことを思って、いたわってあげなければいけなかったのね！」

「いや、いたわられなくって幸いだ」と、フィリップは言った。「しかし、とにかく、そういう悩みの時期はすぎ去ったのさ。ひとは何事にでも馴れるからね。こういう考え方は、ヘスター、今のあんたには、もってのほかだろうが、そのうちきっと同意するときが来る。せっかちにばかなことをしない限りね。さあ、話してごらん。どんな悩みごとなんだい。ボーイ・フレンドと喧嘩でもしたのかい。あのまじめくさったドクターと？　そうだろ？」

「喧嘩じゃないわ」と、ヘスターは言った。「喧嘩よりわるいこと」

「なに、またヨリを戻すさ」と、フィリップが言った。

「いいえ、戻らないわ」と、ヘスター。「もう永久に――だめよ」

「大げさなことばを使うひとだな。きみには世の中のすべてが黒と白じゃないのか、ヘスター？　ハーフ・トーンは一切存在しないんだろう」

「そうなるのも仕方がないわ」と、ヘスターが言った。「わたしは前からそうだったんですもの。わたしが自分にできると思ったことや、したいと思ったことは、何から何まで失敗してしまうの。わたしは自分の生活がほしかったわ。何者かになって、何事かをしたかったわ。それがぜんぶ失敗なの。何をやっても失敗なの。自殺のことは、昔から考えていました。十四のときから」

フィリップは面白そうにヘスターを見た。そしてしずかな、事務的な口調で喋り出した。

「もちろん十四歳から十九歳までのあいだに自殺する人間は大勢いる。ちょうど、いろんな物事がゆがんで見える時期なんだ。中学生は、試験に落第しそうだと思って自殺するし、女学生は、ボーイ・フレンドと映画に行くことを禁じられたと言って自殺する。この年頃では、何もかもが輝かしいテクニカラーで見えるんだね。歓喜、さもなくば絶望。暗黒、さもなくば比類なき幸福。そのどちらかというわけだ。しかし人間はこういう状態から、やがては脱け出す。あんたの欠点はね、ヘスター、そこから脱け出すのに他人よりも永くかかったということなんだ」

「お母様はいつも正しかったのよ」と、ヘスターは言った。「お母様がわたしにさせたくないことと、わたしのしたいこととが、しょっちゅうぶつかるの。そうして、正しいのはいつもお母様で、まちがっているのはわたし。それがたまらなかったわ。ほんとにたまらなかった！ ですから、勇気を出そうと決心したの。自分の力を試そうと思ったの。それがぜんぶ失敗。わたしは俳優としてもだめだったの」

「そんなことはない」と、フィリップは言った。「あんたは規律に従わなかっただけだ。芝居のことばで言うと、演出家のダメ押しがあんたには我慢できなかったんだ。どうしてかというと、自分そのものが芝居だから。今のあんたもまさにそれだよ」

「そのあと、まじめな恋愛をしようと思ったの」と、ヘスターは言った。「子供っぽい、ばかみたいな恋愛じゃなくて。そのひとはずっと年上だったんです。奥さんがいるひとだったけど、とても不幸な生活をしていたの」

「よくある手だ」と、フィリップは言った。「その不幸な生活とやらを、さんざ売り物にしたんだろう」

「わたしはこの恋愛こそ――そう、大恋愛だと思ったの。笑わないでね」ヘスターはことばを切って、情なさそうにフィリップを見つめた。

「もちろん笑っちゃいないよ、ヘスター」と、フィリップはやさしく言った。「きみがどんなに辛かったろうと思うだけだ」

「大恋愛じゃなかったわ」と、ヘスターははげしく言った。「ばかげた、安っぽい恋愛事件だったのよ。あのひとが言った不幸な生活とか、奥さんのこととかは、みんなウソだったの。わたしは――わたしはただオモチャになっただけだったの。結局わたしがばかだったのよ。わたしが安っぽいばかな娘だったのよ」

「何事も経験ということがある」と、フィリップは言った。「どんな経験だって損にはならないんだよ、ヘスター。その事件だっておそらくは、あんたの成長を助けたはずだ。あんたがそれを意識すればね」

「お母様は、とても――しっかりしてたわ、この事件のときも」と、恨みがましくヘスターは言った。「すぐやって来て、すっかり事件の片を付けて、ほんとに俳優をやる気なのなら演劇学校へ入りなさいと言うの。でも、わたしはほんとうは俳優になんかなりたくなかったわ。才能がないことは、もう分かっていたんですもの。ですから、ここに帰って来たのよ。ほかにどうすることもできなかったわ」

「ほかに無数の道があっただろうが」と、フィリップ。「まあ、それが一番手っとり早かったろうね」

「そうなのよ」と、熱をこめてヘスターは言った。「あなたはやっぱりよく分かってくださるわ。わたしって、とても弱い性格なの。いつでも一番手っとり早いことをするの。そういう自分の性格に反抗したところで、いつだってばかみたいな結果になって、みごと失敗するのがオチなのよ」

「要するにまったく自信がないわけだね」と、フィリップがやさしく言った。

「それはきっと、わたしが養女だからなのよ」と、ヘスターが言った。「自分が貰われて来た子だってことは、十六の年まで知らなかったわ。ほかの子がみんな貰い子だってことは知ってたの。ある日、訊いてみたら——わたしも貰われて来たんだってことが分かったでしょう。びっくり仰天してしまったわ。自分がどこにもいなくなったような気持ちだったわ」

「なんという恐ろしい女の子だろう、あんたは。自分そのものを芝居にしないと気がすまない」と、フィリップ。

「お母様はお母様じゃなかったのよ」とヘスターが言った。「わたしの気持ちを理解してくれたことは一ぺんだってなかった。ただ、やたら甘やかして、あれこれ指図するだけ。ああ！　わたしお母様を憎んだわ。そう、わたしって恐ろしい女の子ね。恐ろしいことは分かってるけれども、お母様を憎んだわ！」

「たぶん知ってることだろうけれども」とフィリップ。「たいていの女の子は、みじかい期間、母親を憎むものだ。だから、それは決して異常なこととはいえない」

「わたしが憎んだのは、お母様がいつも正しいことばかりしていたからよ」と、ヘスターは言った。「いつも正しい人間なんて、こわくない？　見ていると、こっちが無能力者みたいな気持ちになってくるわ。ああ、フィリップ、何もかも恐ろしいのよ。わたし、これからどうするのかしら。わたしに何ができるのかしら」

「あの好青年と結婚しなさい」とフィリップは言った。「身を固めなさい。模範的な医者の奥さんになりなさい。それだけじゃ不満なの？」

「彼はもうわたしと結婚したくないのよ」と、ヘスターが暗い声で言った。

「ほんとう？　彼がそう言ったの？　あんたの単なる想像じゃないの？」

「わたしがお母様を殺したと思ってるのよ」

「なるほど」と、フィリップは言い、しばし口をつぐんだ。「殺したの？」と、フィリップは訊ねた。

　ヘスターはくるりとふりむいて、まともにフィリップの顔を見た。

「どうしてそんなことをおっしゃるの。なぜ」

「いや、ただの好奇心さ」と、フィリップ。「言うなれば、ぼくらは身内だからね。なにも警察に密告しようと思ってるわけじゃない」

「わたしが殺したんだとしたら、それをわたしが言うと思う?」と、ヘスター。

「まあ言わないほうが利口だろうね」と、フィリップ。

「きっときみが殺したんだって彼は言うの」と、ヘスター。「わたしがそれを認めれば、それを彼に白状すれば、万事解決なんですって。結婚してくれるんですって。そうして――もう二度とそのことを問題にしないんですって」

　フィリップはひゅうと口笛を吹いた。

「なるほど、なるほど、なるほど」とフィリップは言った。

「だとすれば、なんになるの」と、ヘスター。「殺さなかったと彼に言って、なんになるの。彼は信じてくれやしないわ」

「信じなきゃいけない」と、フィリップ。「あんたに言われたことなら」

「わたしは殺さなかったわ」とヘスターは言った。「分かる?　殺さなかったわ。殺さなかった、殺さなかった、殺さなかった」ヘスターの声が途切れた。「言えば言うほどウソみたいね」

「真理というものはしばしばウソみたいにきこえるものさ」と、フィリップはなぐさめた。

「わたしたちには分からないのね」とヘスター。「誰にも分からない。わたしたちはお互いに顔を見つめ合うのよ。メアリがわたしを見る。カーステンもわたしを見る。あのひとはわたしに親切で、とても気を使ってくれるけど、それでも犯人はわたしだと思っているみたい。わたし、どうしたらいいの。ね、そうでしょ？　わたし、どうしたらいいの。あの四阿《あずまや》のところから、いっそひと思いに飛びこんだら、どんなにせいせいするかしら……」

「お願いだから、ばかなことを言うのはやめなさい、ヘスター。ほかにすることはいくらでもある」

「どんなことがあるの。あるはずがないわ。わたしはすべてを失ったのよ。毎日生きているのが不思議なくらい」ヘスターはフィリップを見つめた。「わたしって陰気で、変な女の子でしょう。だから、ほんとうはわたしが犯人かもしれないのよ。今のわたしの悩みは、きっと良心の呵責なのよ。いつまでも忘れられないのよ――ここ、ここが」ヘスターは芝居がかった身ぶりで、片手を胸にあてて見せた。

「つまらんことを言うんじゃない」とフィリップは言った。そして腕をのばし、ヘスターを引き寄せた。

ヘスターは車椅子の上に倒れかかった。フィリップは娘に接吻した。

「あんたに必要なのは、ちゃんとした夫だ」と、フィリップは言った。「あたまに心理学用語がいっぱいつまった、ドナルド・クレイグみたいな青二才じゃなくてね。あんたは実におろかで、ばかで——実に可愛らしいよ、ヘスター」

ドアがあいた。メアリ・デュラントが戸口で急に立ちどまった。ヘスターはあわてて上体を起こした。フィリップは妻に気の弱そうな笑顔を見せた。

「ポリー、今ヘスターをはげましていたとこだよ」と、フィリップが言った。

「そう」と、メアリ。

小さなテーブルにお盆をそっと置いてから、メアリはテーブルを車椅子のそばへ引っぱって来た。ヘスターには目もくれない。ヘスターは間がわるそうに、夫から妻へと視線を移した。

「わたし、もう」と、ヘスターは言った。「そろそろ——失礼しなきゃ——」

語尾が尻切れとんぼのまま、後ろ手にドアをしめて、出て行った。

「ヘスターは最悪の精神状態だ」と、フィリップは言った。「自殺すると口走ったりしてね。いま一所懸命ひきとめていたところさ」

メアリは返事をしない。

フィリップは片手をのばした。メアリはその手を避けた。

「ポリー、怒ったのかい。え？」

メアリは返事をしない。

「ぼくがヘスターにキスしたからか？　ポリー、あんなキスの一つや二つで腹を立てないでくれよ。あの子は、実にばかで、実に可愛らしくて――ぼくは急に――いたずらっ気を起こして、ちょいとした色男の役を演じてみただけのことだ。さあ、ポリー、キスしてくれ。キスして仲直りしよう」

メアリ・デュラントが言った。

「早く召しあがらないと、スープがさめるわ」

そしてさっさと寝室に入り、ドアを閉めた。

第十八章

「若いご婦人がお見えになりました」

「若いご婦人？」キャルガリはびっくりした。訪ねて来たのが一体誰なのか、見当もつかない。デスクの上に散らかった仕事の跡を眺めて、キャルガリは顔をしかめた。ポーターの声が、妙に低くなった。

「とても若いご婦人です。とてもおきれいな」

「そうか。とにかく、お通ししてください」

秘密めかしたポーターの低い声に、キャルガリは思わず微笑した。それにしても誰が訪ねてきたのだろう。ドア・ベルが鳴り、ドアをあけたとき、ヘスター・アージルが目の前に立っているのを見て、キャルガリは仰天した。

「あなたですか！」心底から驚いた声だった。それからあわてて、「どうぞ、どうぞ」と、ヘスターを部屋に入れ、ドアをしめた。

ふしぎなことに、その瞬間の印象は、初めて逢ったときの印象とそっくりおなじだった。相変わらずロンドンの流行を無視した服装である。帽子をかぶっていない。黒髪が顔のまわりに垂れ下がり、だらしがない妖精といった感じ。重たそうなツイードのコートの下から、ダーク・グリーンのスカートとセーターがのぞいている。野原へでも散歩に出かけて、息を切らして帰って来たような様子である。

「お願い」と、ヘスターは言った。「お願い、わたしを助けて」

「助ける？」キャルガリは呆気にとられた。「どうしたのです。もちろん、お助けできることなら、なんでもしますが」

「どうしたらいいか分からなかったの」とヘスターが言った。「誰のところへ行ったらいいか分からなかったの。でも誰かに助けてもらわなきゃならないんです。もうだめ。あなたに助けていただきたいの。もともとあなたが口火を切ったことですもの」

「何かあったのですか。困ってらっしゃるのですか」

「わたしたちはみんな困ってるわ」と、ヘスターが言った。「でも人間ってエゴイストね。わたしもわたしのことしか考えない」

「まあ、お掛けなさい」と、キャルガリはやさしく言った。

肘掛椅子の上の書類を片付け、ヘスターをそこにすわらせた。それから部屋の隅の戸棚をあけた。

「ワインをお飲みなさい。ドライ・シェリーです。好きですか」

「いただくわ。なんでもいいの」

「今日はじめじめして、とても寒い。とにかくお飲みなさい」

キャルガリはワインの壜とグラスを持って来た。ヘスターは妙にぎくしゃくした動作で椅子に腰掛けた。その完全な自暴自棄の様子に、キャルガリは心が痛んだ。

「くよくよするのは、およしなさい」とヘスターの前にグラスを置き、ワインを注ぎながら、キャルガリは言った。「世の中のことというものは、見かけほどわるいことはめったにないんです」

「よくそう言うけど、そんなことはないわ」と、ヘスターは言った。「たいていは、見かけよりずっとわるいのよ」ワインをひと口飲んでから、ヘスターは責めるように言った。「あなたがいらっしゃるまで、うちは平和だったわ。ほんとうに平和だったわ。それから――今度のことが始まったのよ」

「それはどういう意味ですか、などとは申しますまい」と、アーサー・キャルガリは言った。「あなたに初めてそう言われたとき、わたしは非常に面くらいましたが、今ではよく分かります。わたしの――知らせが、あなた方に何をもたらしたか、よく分かっているつもりです」

「ジャッコだと思っていたあいだは——」と、ヘスターは言い、ことばにつまった。「分かります、ヘスター、分かります。しかしその裏の意味を考えてください。あなた方の今までの生活は、偽の平和だったのです。それは本物ではなくて、見せかけだけの、厚紙の——そう、一種の舞台装置のようなものです。平和のように見えるけれども、本物の平和ではない、本物の平和には決してなり得ない生活だったのです」

「あなたがおっしゃることは」と、ヘスターが言った。「勇気を持ちなさい、ニセモノの安易な道を選んではいけません——そうおっしゃるんでしょ？」やや間を置いてから、ヘスターはつづけた。「あなたには勇気がおありになったわ！　それはよく分かります。ご自分で話しにいらしたんですもの。わたしたちの気持ちも反応も知らずに。あなたは立派よ。わたしって立派な行為にはすぐ感心してしまうの。自分が立派じゃないから」

「そんなことより」と、キャルガリはしずかに言った。「一体なにがあったのか話してください。何か特別なことなのですね？」

「夢を見たの」と、ヘスターが言った。「あるひとが——若い男のひと——医者なんですけど——」

「ええ、ええ」と、キャルガリ。「あなたとそのひとはお友だちなのですね。あるいは、お友だち以上の間柄なのですね」

「お友だち以上だと、わたしは思っていたのよ」と、ヘスター。「……そのひとも思っていたわ。でも、今こんな事件のせいで――」

「どうしました」と、キャルガリ。

「そのひとはわたしがやったと思ってるの」と、ヘスターが言った。すると、どっとことばが流れ出て来た。「そう思ってはいないのかもしれないけど、要するに確信はないのよ。そのひとは確信がもてないのね。そのひとの考えでは――手に取るようによく分かるわ――わたしが最大の容疑者なの。そうかもしれない。もしかしたら、わたしたちは一人残らず、お互いにそう思っているのかもしれない。ですから、この恐ろしい地獄の状態から、誰かに救い出してもらいたいの。ちょうど夢を見たので、あなたのことを思い出したんです。夢のなかで、わたしは道に迷って、ドナルドもどこかへ行ってしまったのよ。そうすると、大きな谷が――深淵がぽっかり口をあいているの。そう、深淵。とても深い感じがすることばね。とても深くてとても――渡れないの。そうすると、あなたが深淵の向こう側に立っていて、両手をのばして、『わたしはあなたを助けたい』とおっしゃったの」ヘスターは、深く息を吸いこんだ。「ですから、わたし来ました。助けていただこうと思って、逃げ出して来ました。あなたに助けていただかないと、何が起こるか分からないの。どうしても助けていただきたいの。事の始まりは、あなたですもの。関係ないとおっしゃるかもしれないわね。わたしたちに話してしまったのだから——ほんとのことを話してしまったのだから——あとは勝手にしろっておっしゃるかもしれないわね。あなたは——」

「待ってください」と、キャルガリは相手のことばをさえぎった。「わたしはそんなことは言いません。これはわたしにも関係のあることです、ヘスター。あなたの考えには賛成です。いったん始めたことは、とことんまでやり抜かなくてはいけない。今度の事件のことは、わたしもあなた方とおなじくらい切実に考えています」

「まあ！」ヘスターの顔に赤味がさした。そして突然、この娘はひどく美しく見えた。「じゃあ、わたしは一人じゃないのね！」と、ヘスターは言った。「味方がいるのね」

「そうですとも、味方がいます——頼りない味方ですが。今までのところ、わたしはなんの役にも立てませんでした。しかし、今でも努力はしていますし、努力を放棄しようと思ったことは一度もない」キャルガリは腰をおろし、自分の椅子をヘスターの方に引き寄せた。「さあ、話してください。そんなに辛かったのですか」

「つまり、わたしたちのなかの誰かがやったことなのね」とヘスターが言った。「そのことは、みんな知っているわ。マーシャルさんは、外部犯人説をとなえたけれども、自分でもそれはまちがいだと分かっているらしいの。わたしたちのなかの誰かなのよ」

「あなたのお友だちは――お名前はなんというのですか」

「ドン。ドナルド・クレイグです。医者なんです」

「ドンは、あなたが犯人だと思っているのですね」

「わたしじゃないかと思ってるわ」と、ヘスターは芝居がかりに両手を握りしめ、キャルガリを見つめた。「あなたも、わたしだと思ってらっしゃる？」

「とんでもない」とキャルガリは言った。「とんでもない。あなたが潔白なことは、よく分かっています」

「ほんとにそう思ってらっしゃるような言い方ね」

「ほんとにそう思っています」と、キャルガリは言った。

「どうして？　どうしてそう思ってらっしゃるの」

「わたしが初めてお宅へ伺って、すべてをお話しして、帰りかけたとき、あなたがおっしゃったことばのためです。おぼえていますか。無罪のことをおっしゃったでしょう。あなた自身が潔白でない限り――あんなことを言える――ああいう考え方ができるはずはない」

「ああ」と、ヘスターは叫んだ。「ああ――安心したわ！　ほんとにそう思ってくださるひとがいるなんて！」

「ですから」と、キャルガリ。「さあ、もうすこし冷静に問題を考えてみましょう」

「ええ」と、ヘスター。「なんだか——なんだか気分ががらっと変わったみたい」

「しかし考えてみると」と、キャルガリは言った。「妙ですね。わたしが味方であることは忘れないでくださいよ。しかし、あなたが義理のお母さんを殺したかもしれないなどという考えが、どうして何人ものひとの心に浮かんだのでしょう」

「可能性はあるのよ」と、ヘスターが言った。「わたし、ときどき殺したくなったのは事実ですもの。人間って、かっとすると、気がちがったみたいになることがあるでしょ。とても空しく、とても——頼りなくなることが、お母様はいつでも冷静で、とりすましていて、なんでも知っていて、何事についても正しい判断を下したわ。だから、わたしはときどき思ったの、〝ああ、殺してやりたい！〟って」ヘスターはキャルガリの顔を見た。「分かっていただけるかしら。あなたも若い頃そんなふうにお思いになったこと、なかった？」

最後のことばは、キャルガリに思いがけないショックを与えた。ミッキーに、『老《ふ》けて見えますね！』と言われたときと、おなじショックである。若い頃だって？　おれはヘスターの目にはそれほど老人に見えるのか。キャルガリははるか昔の事件を思い出した。学級主任のウォーバラ先生をどうやって殺してやろうかと、予備校の校庭でもう一人の少年と相談している、九つのときの自分自身の姿を見た。ウォーバラ先生にきつい叱言《こごと》を言われたとき、自分の内部にこみあげてきたやり場のない怒りを、まざまざと思い出した。ヘスターの怒りも、おそらくはあんなものだったのだろう、とキャルガリは思った。しかし、もう一人の少年――名前はなんといったっけ――ポーチだ、そう、ポーチという子だった――ポーチとキャルガリがどんな殺人計画を立てたかは忘れたが、二人の少年はウォーバラ先生にたいする復讐を、それ以上具体的には一歩も押し進めなかったのである。

「しかし」と、キャルガリはヘスターに言った。「そういう感情はとうの昔に卒業しているはずでしょう。むろん、わたしだって理解はできますが」

「いえ、ただお母様がそれだけの威力をもっていたということよ」とヘスターは言った。「今では、そんな気持ちはわたし自身のせいだって分かってきました。お母様がもうすこし生きていてくれたら、もうすこしわたしが年を取って気持ちが落ち着くまで生きていてくれたら――わたしたちは不思議な友だちになったと思うわ。わたしもお母様の意見をよろこんで受け入れるようになったと思うわ。でも――あの頃は我慢ができなかった。どうしてかというと、自分が無能力者みたいな、ばかみたいな気持ちになりたくなかったからよ。わたしがすることは何もかもうまくゆかなかったし、自分で自分のばかさ加減がよく分かるだけに、なおさら。わたしはただただ反逆したかったし、自分というものを証明したかったの。でも、わたしは何者でもなかったわ。液体だった。そう、そのことばがぴったりする」と、ヘスターは言った。「まさにそれよ。液体。かたちを成さないの。だから一所懸命になって──尊敬する人に似たかたちを──かたち、もっぱらかたちを──作ろうとする。家出をして、舞台に立って、誰かと恋愛をすれば、それだけで、もう──」

「自分を証明できるし、何者かになれると思ったのですね？」

「ええ」と、ヘスター。「ええ、そのとおりよ。今になってみれば、ばかな子供じみた振舞いだったことはよく分かります。でも、キャルガリさん、分かっていただけるかしら。今のわたしは、お母様が生きていたらどんなにいいかと思うの。だって不公平よ──お母様のために不公平よ。わたしたちに、あんなにつくして、あんなにたくさんのものを与えてくださったんですもの。わたしたちは何ひとつお返しをしなかった。もう取り返しがつかないけど」ヘスターは黙った。そして力をこめて言い添えた。「だからこそ、子供じみたばかな真似はやめようと決心したの。あなたは力を貸してくださるわね？」

「さっき言ったとおり、どんなことでもするつもりです」

ヘスターはちらと愛らしい微笑を見せた。

「話してください」と、キャルガリは言った。「一体どんなことが起こりかけているのです」

「思ったとおりのことが起こってるわ」と、ヘスターが言った。「わたしたちはみんなお互いの顔を見つめて、疑心暗鬼なの。お父様はグェンダの顔を見て、この女が犯人じゃないかと思ってるわ。グェンダはお父様を見て、やっぱり疑ってるの。もう結婚するかどうかも分からない。何もかもだめになったみたい。それからティナは、ミッキーが何か関係あると思ってるわ。なぜかしら。ミッキーはあの晩来なかったのに。それからカーステンは、わたしが犯人だと思って、一所懸命かばってくれるわ。それからメアリは――あなたはお逢いにならなかったのね。わたしの姉よ――メアリは、カーステンが犯人だと思ってるの」

「ヘスター、あなたは誰だと思います?」

「わたし?」ヘスターはびっくりしたような声を出した。

「そうです、あなたの考えです」と、キャルガリは言った。「それが非常に大切なことだと思いますよ」

ヘスターは両手をひらいてみせた。「分からないわ」と、情なさそうな声で言った。「ほんとに分からないわ。わたしは——こんなことを言うのも恐ろしいけど——みんながこわいの。誰も彼もが、顔の後ろにもう一つ顔を持っているようなの。まるで——わたしにはよく分からないけど、なんだか不吉な感じの顔。もう、お父様もお父様ではないみたい。カーステンは、誰も信用しちゃいけない——カーステン自身も信用しちゃいけないって言うの。それから、メアリを見ていると、このひとのことは何ひとつ知らなかったといまさらのように思うわ。それからグェンダは——グェンダは昔から好きだった。お父様がグェンダと結婚するって分かったときは、嬉しかったわ。でも今は、グェンダももう信用できない。なんだかちがうひとみたい。残酷で——執念ぶかいように見えるの。もう誰だか分からなくなったわ。ただ家中が不幸なの、それだけは分かる」

「そう」と、キャルガリ。「ありありと見えるようです」

「家中に不幸が多すぎるから」と、ヘスターが言った。「そのなかには人殺しの犯人の不幸もあるような気がしてしようがないの。それが一番こわい……そうお思いにならない？」

「かもしれませんね」と、キャルガリは言った。「しかし、わたしの考えでは——もちろん、わたしは専門家じゃないけれども——人殺しが不幸になることなんて、あるとは思えない」

「どうして？　自分が誰かを殺したと意識することぐらい恐ろしいことって、ほかにあるかしら」

「そうです」と、キャルガリ。「それはたしかに恐ろしいことです。だからこそ、殺人者というものには二種類あると考えられます。一つは、ひとを殺すことが恐ろしくない人間。〝もちろん、こんなことはしたくないが、わたしの安全のためには必要なことなのだ。結局わるいのは、わたしじゃない。これは――やむを得ぬことなのだ〟と考えるような人間です。もう一つは――」

「ええ」と、ヘスター。「もう一つは、どんな人殺し？」

「これは単なる空想ですよ。気にしないでくださいね。あなたが万一この種類の人殺しだとしたら、殺人という不幸を背負いつづけて生きてゆくことは、到底できないのです。自白するか、ひそかに自己弁護をするか、そのどちらかです。〝わたしは決してあんなことをしなかっただろう。それというのも――〟云々《うんぬん》というわけで、罪を他人にかぶせようとする。〝ほんとに殺す気はなかったのだから、わたしは殺人者ではないのだ。つい手が動いてしまったのだから、あれは運命だ。わたしに責任はない〟とね。分かりますか、わたしの言わんとするところが？」

「ええ」と、ヘスター。「とても面白いわ」ヘスターはなかば目をとじた。「わたし、いま考えていたのですけど――」

「そう、ヘスター」と、キャルガリ。「お考えなさい。懸命になってお考えなさい。だって、あなたを助けて差し上げるためには、わたしはあなたの目でこの事件を眺めなきゃならないのですからね」

「ミッキーはお母様を憎んでいたわ」と、ヘスターはゆっくり言った。「ずっと前から憎んでいたわ……なぜかしら。ティナはお母様が好きだったと思うわ。グェンダはきらいだった。カーステンはいつもお母様に忠実に仕えていたわ。お母様のすることが一から十まで正しいとは思っていなかったようですけど。お父様は――」ヘスターはふと黙った。

「どうなんです」と、キャルガリがうながした。

「お父様はまた遠くへ行ってしまったの」とヘスターは言った。「お母様が亡くなったあとは、そうじゃなかったのよ。昔ほど――なんて言ったらいいかしら――昔ほど引っ込み思案じゃなくなったんです。もっと人間らしくなって、もっと生き生きとしてきたの。ところが、この頃はまた――手のとどかない暗い所へ引きこもってしまったわ。お母様のことをどう思っていたかは分かりません。結婚した当時は、もちろん愛してたのでしょうね。喧嘩するのは一度も見たことがないけど、お母様のことをどう思っていたかは分からない。ああ」――ヘスターの手がまたせわしく動き始めた――「ほんとに、ひとの気持ちって他人には分からないものなのね。顔の後ろに隠れた気持ち、毎日のありきたりのことばの裏の気持ちって、絶対に分からないのね。憎しみや、愛や、絶望に煮えたぎっているかもしれないのに、それが分からないなんて！　こわいわ……ね、キャルガリさん、こわいわ！」

キャルガリはヘスターの両手を握りしめた。

「あなたはもう子供じゃない」とキャルガリは言った。「こわがるのは子供だけです。あなたは大人なのですよ、ヘスター。あなたは一人前の女なのだ」キャルガリはヘスターの手を放し、事務的な口調で訊ねた。「ロンドンに泊まれる所はありますか」

ヘスターはすこし面くらったような顔をした。

「ええ。でも、どうかしら。お母様はいつもカーチスに泊まっていたわ」

「ああ、あそこならしずかでいいホテルです。もしわたしがあなただったら、早速カーチスに行って部屋を予約しますね」

「あなたのおっしゃるとおりにするわ」とヘスターは言った。

「そう、そう」と、キャルガリ。「いま何時だろう」キャルガリは時計を見た。「おやおや、もう七時だ。じゃあご自分で部屋を予約しに行ってください。八時十五分前に迎えに行きます。一緒に食事しましょう。それでいいですね？」

「すばらしいわ」と、ヘスターは言った。「ほんとに一緒にお食事できるの？」

「もちろん」と、キャルガリ。「ほんとですとも」

「でも、そのあとは？　そのあとはどうなるのかしら。カーチス・ホテルに永遠に滞在するわけにもいかないでしょ？」

「あなたの視野には、いつも永遠が見えているんだなあ」とキャルガリ。

「わたしのことを笑ってらっしゃるの」と、変な顔をしてヘスターが訊ねた。

「ちょっぴりね」と、キャルガリは微笑した。

ヘスターの表情がとまどうように揺れ動き、それからはっきりと微笑が浮かんだ。

「わたしって、ほんとに、すぐ自分をお芝居にしたがる癖があるのね」

「ただの癖ですよ」と、キャルガリ。

「だから舞台に立ちたいと思ったのね」と、ヘスターは言った。「でもだめだったわ。わたしは下手くそなの。大根役者なの」

「日常生活から好きなだけドラマを引き出すことです」とキャルガリは言った。「さ、タクシーに乗せてあげましょう。カーチス・ホテルへお行きなさい。顔を洗ったり、髪をとかしたりして、待っていてください」キャルガリはふと気がついた。「あなたの荷物は？」

「ええ。外出用のバッグを持って来ただけなの」

「結構」キャルガリは微笑した。「大丈夫ですよ、ヘスター」と、キャルガリはまた言った。

「二人でなんとか考えましょう」

第十九章

1

「話があるんだ、カースティ」と、フィリップは言った。

「なんでしょう、フィリップ」

カーステン・リンツトロムは仕事の手を休めた。抽出しに洗濯物を片付けている最中だった。

「今度の事件のことを話したいんだ」と、フィリップは言った。「いやかい？」

「もう申し上げるだけのことは申し上げました」と、カーステンは言った。「それがわたしのお答えです」

「しかし、ぼくらのあいだで」とフィリップは言った。「なんらかの結論を出してみるのも、また面白いじゃないか。あんただって知ってるだろう、この家の現在の雰囲気を」

「なにやら、よくない雰囲気ですね」と、カーステンは言った。

「リオとグェンダは結婚すると思う？」

「しない理由がありますか」

「いくつか、ある」とフィリップは言った。「まず第一に、リオ・アージルは利口なひとだから、グェンダと結婚すれば警察に目をつけられることくらい分かってるはずだ。奥さん殺しには恰好の動機だからね。あるいはまた、リオがグェンダを犯人ではないかと疑っていることも考えられる。彼は神経質なひとだから、自分の妻を殺した女を、後妻に迎えるようなことはしないだろう。あんたはどう思う？」と、フィリップは言い足した。

「べつに、なんとも思いません」と、カーステンは言った。「なんとお答えすればよいのですか」

「そんなに白っぱくれるもんじゃないよ、カースティ」

「なんのことですか」

「カーステン、あんたは誰をかばってるんだい」

「わたしは誰もかばってはおりません。わたしはただ、みなさんがもうそんな話はおやめになって、それぞれのお宅へお帰りになればいいと思うだけです。よくないことです、こんな雰囲気は。フィリップ、あなたも奥さんとご一緒にお宅へお帰りになるほうがいいのです」

「ほう、そうかね。どうして?」

「みんなにかまをかけて」と、カーステン。「真相を知ろうとしていらっしゃるのでしょう。あなたがそんなことをなさるのを、奥さんはいやがっていますね。いやがるのが当り前です。真相が知れたとして、それがあなたには不愉快なことだったり、それでなければ奥さんにとって不愉快なことだったりしたら、一体どうなさるつもりです。お宅へお帰りになるのがいいのです、フィリップ。今すぐお帰りになるのがいいのです」

「ぼくは帰りたくないんだ」と、フィリップは言った。まるで、すねた少年のような口調である。

「それは子供が言うことです」と、カーステン。「子供は、これをしたくないとか、あれをしたくないとか言いますが、人生の経験をつんだ、目のよく見える大人は、そういうとき、子供のしたくないことを、無理にでもさせるのです」

「じゃあ、今のあんたが大人なのか」と、フィリップが言った。「ぼくに命令するわけか」

「いいえ、命令はしません。ご忠告するだけです」カーステンは溜め息をついた。「あなただけではなく、みなさんにそう申し上げます。ティナは図書館のお勤めに戻ったらしいですが、ミッキーも早く会社に出なければいけません。ヘスターがいなくなったのでわたしはほっとしました。あのひとは、こんな事件を思い出すような所にいないほうがいいのです」

「そう」と、フィリップ。「その点では意見一致だ。ヘスターのことは、あんたの言うとおりだよ。しかし、あんた自身はどうなんだ、カーステン。あんたも、どこかへ行ったほうがいいんじゃないのかい」

「ええ」とカーステンは溜め息をついた。「それはそうです」

「じゃ、なぜ行かない？」

「あなたにはお分かりにならないのです。どこかへ行くには、わたしはもう年取りすぎていますもの」

フィリップはじっと女を見つめた。それから言った。

「変奏曲が多すぎると思わないかい——主題は一つなのにさ。リオはグェンダが犯人だと思っているし、グェンダはリオが犯人だと思っている。ティナは何かを知っていて、そのこととつながる人物を疑っている。ミッキーは犯人を知っているくせに、知らんふりをしている。メアリはヘスターだと思っている」フィリップは口を休めてから、ことばをつづけた。「しかし、実を言えば、カースティ、こういうことは、今言ったように、一つの主題による変奏曲にすぎないんだ。ぼくらは犯人をよく知っているね、カースティ？　ぼくとあんたは」

カーステンは恐ろしそうなまなざしで、フィリップの顔をちらと見た。

「やっぱり思ったとおりだ」と、フィリップは勝ち誇ったように言った。

「それはなんのことです」と、カーステンは言った。「なんのおつもりです」

「実はぼくは犯人を知らないんだ」と、フィリップ。「しかしあんたは知っている。知っていると思ってるのじゃない、実際に知っているんだ。ぼくの言うことにまちがいはないだろう？」

カーステンはつかつかとドアに寄った。ドアをあけ、ふりむいて、喋り出した。

「礼儀にかなっていないことですが、申し上げます。あなたはばかです、フィリップ。あなたがなさっていることは危険です。危険ということを、あなたはご存じのはずなのに。あなたは飛行機に乗っておられたのでしょう。空の上で、死ぬほど危険な目にもおあいになったのでしょう。真相に近づけば近づくほど、戦争とおなじぐらい危険だということが、お分かりにならないのですか」

「あんたはどうなんだ、カースティ。あんたも真相を知っているとすれば、おなじ程度に危険じゃないか」

「わたしのことは自分で心配いたします」と、カーステンはこわい声で言った。「自分で用心します。でも、あなたは、フィリップ、車椅子に坐ったきりで、無抵抗です。それがお分かりにならないのですか！　それに」と、カーステンは付け足した。「わたしは自分の考えを喋って歩きはしません。物事はなるがままに任せて、それで満足していますーーそうするのが誰にとっても一番だと思うからです。みなさんがお宅に帰って、仕事に精出してくだされば、もういやな事件は起こらないのです。ひとに訊かれれば、わたしは表むきの返事をします。犯人はやはりジャッコだったと申します」

「ジャッコ？」フィリップは目を見張った。

「そうですとも。ジャッコは利口でした。ジャッコは物事を上手に工夫して、罰を逃れてばかりいました。子供の頃からそうだったのです。考えてみれば、にせのアリバイをこしらえることぐらい、簡単にできます」

「このアリバイばかりは、にせじゃないんだ。キャルガリさんがーー」

「キャルガリさんーーふた言めにはキャルガリさんですね」とカーステンはじれったそうに言った。「あの方が、有名な文化人だというだけで、まるで神様扱いして、〝キャルガリさん、キャルガリさん〟と言うのですね！　でも、わたしの考えはこうです。あの方があったような交通事故の場合、そのあとの物おぼえはあまりあてになりません。日も――時間も――場所も、ちがっていたかもしれないのです！」

フィリップはあたまをかしげて、カーステンを眺めた。

「なるほど、それがあなたの推理か」と、フィリップは言った。「あくまでもその線を主張する気だね。立派な心がけだ。しかし、ほんとうはそんな話を本気で信じてやしないんだろ、カースティ？」

「さっき申し上げたとおり」と、カーステンは言った。「それ以上のことは知りません」

出て行きかけて、カーステンはまたふり返り、いつもの無愛想な声で言った。

「洗濯物をそこの二番目の抽出しに入れておきましたと、メアリにおっしゃってください」

このあっけない結末に、フィリップは思わず微笑した。微笑はすぐ消えた……異常な興奮を感じたのである。真相がもうすぐそこだという感じ。カーステンにたいする実験は、大いに満足すべき結果をおさめた。しかし、カーステンからこれ以上のことは引き出せないだろう。早く家に帰れという忠告には腹が立った。いくら足が不自由だといっても、無能力者扱いされてたまるものか。おれだって自分を守ることくらいできる——しかも、ああ、現に四六時中監視されているじゃないか。メアリがほとんど付きっきりなのだ。

フィリップは一枚の紙片を引き寄せて、書き始めた。みじかい書きこみ、人名、疑問符……たしかめる必要のあるウィーク・ポイント……

突然フィリップはうなずいて、ティナと書いた……

考えこんだ……

それから、もう一枚の紙を引き寄せた。

メアリが入って来たが、顔を上げもしなかった。

「何をしてるの、フィリップ」

「手紙を書いている」

「ヘスターに？」

「ヘスター？　いいや。あの子の住所も知らない。カースティに葉書が来たが、ロンドンとしか書いてなかったそうだ」

フィリップはにやりとした。

「嫉《や》いてるんだな、ポリー。そうだろ？」

青い冷たいメアリの目が、フィリップの目を窺きこんだ。

「かもしれないわ」

フィリップはかすかな不安を感じた。

「じゃ、誰に出す手紙？」メアリは寄って来た。

「公訴局長さ」と、フィリップは陽気に言ったが、心のなかに冷たい怒りがこみあげて来た。大の男が、手紙一本書くにも、いちいち許可を得なきゃならないのか。

しかしメアリの顔を見ると、いくらか気が鎮まった。

「冗談だよ、ポリー。ティナに手紙を書いてたんだ」

「ティナに？ どうして？」

「ティナが次の攻撃目標なんだ。どこへ行くんだい、ポリー」

「トイレよ」と、メアリは言い、部屋を出て行った。

フィリップは笑った。トイレか。あの事件があった晩も……そのことで二人が言い争ったのを思い出して、フィリップはまた笑った。

2

「さあ、坊や」と、ヒュイッシ警視はうながした。「そのお話を聞かせておくれ」

シリル・グリーン坊やは、深く息を吸いこんだ。少年より早く、その母親が喋り出した。

「あの頃は大して気にもとめなかったんですよ、ヒュイッシさん。子供の言うことですものねえ。年中、宇宙船がどうしたの、こうしたのって、うるさいったらありゃしない。そのときも、家に帰ってくるなり、『ママ、スプートニクを見たよ。降りて来たんだ』って言いますでしょう。その前は、空飛ぶ円盤でひとしきり悩まされたんですの。ほんとに親はたまりませんわ。ロシア人のおかげで、子供たちがいろんなものをおぼえこんで」

ヒュイッシ警視は溜め息をついた。子供に母親がいちいち付き添ってこないようになったら、どんなに仕事がやりよいだろう。

「さあ、話しておくれ、シリル」と、ヒュイッシは言った。「うちに帰って、お母さんに——ロシアのスプートニク——だかなんだか知らないが——それを見たと言ったんだね？」

「そのときは分からなかったんです」と、シリルは言った。「二年も昔で、ぼく、まだちっちゃかったんです。今は分かっていますけど」

「あの型の車は」と、母親が口をはさんだ。「あの頃は新車でしたわ。この辺では珍しい車でしたし——それに真っ赤だったから——この子がふつうの車だと思わなかったのも無理ありません。次の日の朝、アージルさんの奥様が殺されたってことを聞きますと、シリルがこう申します。『ママ、ロシア人の仕業だよ。あのスプートニクで降りて来て、アージルさんの奥さんを殺したんだよ』『そんなばかなことを言うもんじゃありません』と、わたしは申しました。それから、その日の夕方になって、息子さんが逮捕されたってことを聞きましたでしょう」

ヒュイッシ警視は辛抱づよく、もう一度シリルに訊ねた。

「その晩のことだったんだね？　何時頃だったか、おぼえている？」

「お茶を飲んでから」と、息を弾ませて記憶をふりしぼりながらシリルが言った。「ママが婦人会館に行ったので、ぼくはまたちょっと遊びに行って、友だちと、新しい道路のへんで、遊んでたんです」

「何をして遊んでたの、それをお話ししなさい」と、母親が口を出した。

この有力な手がかりを持って来たグッド巡査が、母親のことばをさえぎった。シリルとその友だちが、新しい道路のあたりでしていたことを、グッド巡査はよく知っていたのである。その付近の数軒の家から、菊の花が盗まれて困るという届け出が頻々としてあったのだ。村の環境のせいなのか、少年たちは平気で花を盗んでは、市場へ持って行って売るのである。しかし今は少年の不良化問題をとりあげるべきときではない。グッド巡査は重々しい声で言った。

「子供の遊びです、ミセス・グリーン、どうせ大したことではないでしょう」

「そうなんです」とシリルが言った。「ゲームをやってたんです。そしたら、それが来たんです。『あれ、なんだろう』って、ぼくは言いました。もちろん今は知っています。新車だったんです。真っ赤に塗った車です」

「その時刻は？」とヒュイッシ警視は辛抱づよく繰り返した。

「だから、お茶を飲んで、それから遊びに行って、それから——きっと七時だったと思います。どうしてかというと、どっかで時計の打つ音がきこえたんです。『あ、もうママが帰ってくる。はやく帰らないと大変だ』って、ぼくは思いました。それで、うちに帰りました。それから、ロシアのスプートニクの話をしたら、ママはウソだって言うんです。でも、ほんとだったんです。まだ、ちっちゃかったから分からなかったけど」

ヒュイッシ警視はうなずいた。さらに二、三の質問をしてから、グリーン夫人とその息子は帰された。グッド巡査は、手柄を立てた下級官吏に特有の表情で、上司のおほめのことばを待っている。

「何かのハズミで思い出したのです」と、グッド巡査は言った。「あの当時、ロシア人がアージル夫人を殺したのだと、子供たちがさかんに言っておりました。〝これはひょっとしたら何かの手がかりになるぞ〟と思いました」

「たしかに手がかりになった」と、警視は言った。「ミス・ティナ・アージルは赤い車を持っている。もう一度訊問してみなければならん」

3

「あの晩、サニー・ポイントへ来たのですね、ミス・アージル」

ティナは警視を見つめた。だらりと膝の上に手を投げ出し、その黒い目はまばたきもせず、無表情である。

「ずいぶん前のことですから」と、ティナは言った。「おぼえていません」

「あなたの車を見たひとがいるのですよ」と、ヒュイッシは言った。

「そうですか」

「いい加減にしてください、ミス・アージル。あの晩の行動をお訊ねしたとき、あなたは自宅へ帰って以後、一度も外出しなかったと言いましたね。ご自分で夕食をつくって、そのあとはレコードを聴いていたと。それはウソなのです。午後七時直前に、サニー・ポイント付近の道路で、あなたの車を見かけたひとがいる。何をしに来たのですか」

ティナは答えなかった。ヒュイッシはしばらく返事を待ってから、ふたたび口をひらいた。

「家のなかに入りましたか、ミス・アージル？」

「いいえ」と、ティナは言った。

「しかし、来たことは来たのですね」

「警視さんがそうおっしゃるから」

「いや、わたしが言う言わないの問題じゃない。あなたが来たという証拠があるだけのことです」

ティナは溜め息をついた。

「ええ」と、ティナは言った。「あの晩、車でサニー・ポイントへ来ました」

「しかし家のなかへは入らなかった、とおっしゃるのですね」

「ええ、家のなかへは入りませんでした」

「では、何をしたのです」

「またレッドミンまで帰りました。それから、先日お話ししたとおり、夕食をつくって、レコードを聴きました」

「家のなかへ入らなかったとすれば、なぜわざわざ来たのですか」

「気が変わったんです」と、ティナは言った。

「どうして気が変わったのですか、ミス・アージル」

「着いたとき、入りたくなかったのです」

「何かを見たか、あるいは何かの音がきこえたからですか？」

ティナは返事をしなかった。

「よろしいですか、ミス・アージル。その晩はお母様が殺された晩です。七時から七時半までのあいだに。あなたは七時すこし前にサニー・ポイントへ来ました。それから何時頃までそこにいたかは分からない。しばらくのあいだ、そこにいたということも考えられます。そして、あなたは家に入って——鍵をお持ちでしょう——」

「ええ」と、ティナは言った。「鍵は持っています」

「たぶん、あなたは家のなかへ入った。そしてお母様の居間に入って、お母様の死体を発見した。あるいは——」

ティナはあたまを上げた。

「あるいは、お母様を殺した。そうおっしゃりたいのですか、ヒュイッシ警視さん？」

「それも一つの可能性です」と、ヒュイッシは言った。「しかし、ミス・アージル、誰かほかのひとが殺したと考えるほうが、ほんとうらしく思われます。そうだとすれば——あなたは犯人を——あるいは有力な容疑者をご存じだと考えられます」

「家のなかには入りませんでした」と、ティナが言った。

「では、何かを見たか、何かの音を聞いたのでしょう。誰かが家のなかへ入って行くところ、または家から出て行くところを見たのですね。そこにいるはずのなかった誰か。それはマイケル君でしたか、ミス・アージル？」

ティナが言った。

「誰の姿も見えませんでした」

「しかし音はきこえたのでしょう」と、ヒュイッシはするどく追及した。「どんな音がきこえましたか、ミス・アージル？」

「さっき申し上げたとおり」とティナは言った。「ただ気が変わっただけなのです」

「失礼だけれども、ミス・アージル、それは信じられません。レッドミンから、わざわざ車でいらして、なぜご家族の顔も見ずに引き返したのです。何かの事情で、あなたの気が変わった。あなたが見たか聞いたかした何かのためです」ヒュイッシは体を乗り出した。「ミス・アージル、あなたはお母様を殺した人物をご存じなのでしょう」

ゆっくりと、ティナは首を左右にふった。

「とにかく、あなたは何かを知っている」とヒュイッシは言った。「それを言うまいと決心しているのですね。しかし、ミス・アージル、よくお考えになってください。あなたのご家族ぜんたいが、いつまでも苦しむことなのですよ。誰もが容疑者として見られ――そう、真相が摑めぬ限り、そうなるのです。それほどまでにして、お母様を殺した人物をかばわなければならないのですか。そうですとも、あなたは誰かをかばっておられる」

ふたたび黒い無表情な目が、ヒュイッシを見つめた。

「わたしは何も知りません」と、ティナは言った。「何もきこえなかったし、何も見えなかったのです。ただ――なんとなく気が変わっただけです」

第二十章

1

キャルガリとヒュイッシは顔を見合わせた。これほど抑圧された陰気な男は見たことがない、とキャルガリは思った。その幻滅感があまりにもすさまじいので、ひょっとしたらヒュイッシ警視の過去は失敗の連続だったのではあるまいか、とキャルガリは思ったほどである。その後、ヒュイッシ警視が職業的にはひどく恵まれた経歴のもちぬしであると聞いて、二度びっくりしたのだった。ヒュイッシの方が見たのは、こころもち前かがみの肩と、神経質そうな顔、そして年のわりには白髪が多く、妙に魅力的な微笑をたたえている、やせた男だった。

「わたしをご存じないと思いますが」と、キャルガリが口をひらいた。

「いや、あなたのことはよく存じ上げています、キャルガリさん」と、ヒュイッシは言った。「あなたはアージル事件を台なしにしてくださった、いわばトランプのジョーカーですからね」思いがけない微笑に、陰気な口もとがひきつった。

「では、わたしのことはよく思ってはおられないのでしょうね」と、キャルガリが言った。

「何もかも仕事の内です」とヒュイッシ警視は言った。「あれは明々白々と見えた事件でした。誰しもそう考えるのが当然でした。しかし、こういうことは、ままあります」と、ヒュイッシはことばをつづけた。「おふくろがよく言っていたことですが、これはいわば神の試練です。ですから、われわれにはなんの悪意もありませんよ、キャルガリさん。なんといっても、われわれは正義の代弁者ですからね」

「わたしもそう思っていました。今後もそう思うことにします」と、キャルガリは言った。「われらはいかなる人間にも正義の裁きをこばまない」と、キャルガリは小声でつぶやいた。

「大憲章《マグナ・カルタ》」と、ヒュイッシ警視は言った。

「そうです」と、キャルガリ。「ミス・ティナ・アージルがわたしに引用してきかせたのです」

ヒュイッシ警視の眉が上った。

「ほう。それはおどろいた。あの娘さんは、正義の裁きに必ずしも協力的ではありませんでしたのでね」

「それはどういうことでしょう」と、キャルガリは訊ねた。

「具体的に申しますと」と、ヒュイッシ。「有力な手がかりになることを喋ってくれないのです。それはもうはっきりしています」

「なぜでしょう」と、キャルガリ。

「まあ、一家の団結といったようなことでしょうね」とヒュイッシは言った。「誰かをかばっているのです。ところで、ご用というのは、どんなことでしょう」

「手がかりがほしいのです」と、キャルガリは言った。

「アージル事件のですか」

「そうです。余計なくちばしを入れる奴だとお思いかもしれませんが――」

「いや、あなたにとっては余計なことでもありません」

「ああ、分かってくださるのですね。そうです。わたしは責任を感じています。今度のことの口火を切った責任です」

「卵を割らなきゃオムレツはできません。これはフランスの諺ですが」と、ヒュイッシ。

「教えていただきたいことが、いくつかあります」と、キャルガリは言った。

「おっしゃってください」

「ジャッコ・アージルについて、もっと詳しく知りたいのです」

「ジャッコ・アージルについてですか。ほう、そんなことをおっしゃるとは思わなかった」

「昔から品行がよくなかったそうですね」と、キャルガリは言った。「その点を詳しく知りたいのです」

「なに、簡単にお話しできることですよ」と、ヒュイッシは言った。「執行猶予が二度です。二度目のときは公金横領でしたが、一定期間内に金を返すことで、どうやらケリがつきました」

「とすると、昔から犯罪者の素質は充分にあったわけですね」と、キャルガリが訊ねた。

「そのとおりです」とヒュイッシ。「あなたが明らかにしてくださったように、殺しまではいかなかったのですが、ほかの素質は充分にありました。もちろん、どれも大したことじゃなかったのです。大犯罪をやるだけのあたまも度胸もなかった。ただの小悪党ですね。レジスターから金をかっぱらうとか、女をだまして金を巻きあげるとか」

「それは上手だったのですね」とキャルガリが言った。「女をだまして金を巻きあげるのが」

「また危険率もすくないですしね」と、ヒュイッシ警視は言った。「ジャッコにひっかかる女は非常に多かったのです。中年の女や、年上の女が、彼のカモでしてね。そういう女性がだまされやすいことは、まったくおどろくべきですよ。ジャッコのやり方は実に巧妙でした。そういう女に、心底から惚れたふりをする。いったん信じ切ってしまうと、女というのはこわいものです」

「結局はどうなるのです」と、キャルガリは訊ねた。

ヒュイッシは肩をすくめた。

「まあ、遅かれ早かれ、だまされたことに気がつきますね。しかし、そういう女たちは訴え出ない。自分がばかだったことを世間に公表するようなものですからね。実に危険率のすくない犯罪です」

「脅迫のような事実はなかったのですか」と、キャルガリが訊ねた。

「われわれが知っている限りでは、ありません」と、ヒュイッシ。「しかし、ジャッコが絶対に脅迫しなかったとは言えません。つまり、脅迫のかたちをとらない脅迫というものがあります。ほんの一つか二つのほのめかしでいいのです。通常、手紙ですね。つまらん手紙です。女たちが夫に知られたくないようなことを、書いてやればいい。この手で、ジャッコは女の口を封じておいたのです」

「なるほど」と、キャルガリ。

「これだけですか、お知りになりたかったことは？」と、ヒュイッシが訊ねた。

「アージル家の人物で、わたしがまだ逢っていないひとが一人います」と、キャルガリは言った。「一番上の娘さんです」

「ああ。ミセス・デュラント」

「そのひとの自宅へ行ったのですが、閉まっていました。ご主人といっしょに旅行中だという話でしたが」

「夫婦でサニー・ポイントにいますよ」

「まだ、いますか」

「います。ご主人の方が残りたがっているのです」と、ヒュイッシは言い足した。「デュラント氏は何か探偵のようなことを始めたらしいのです」

「足のわるい人でしたね」

「そう、脊椎カリエスです。気の毒に、何もできないものだから、時間をもてあましているのです。だから、この殺人事件に熱心なのでしょう。何かの手がかりを摑んだつもりらしいが」

「ほんとに摑んだのですか」と、キャルガリが訊いた。

すから」

　ヒュイッシはまた肩をすくめた。

「かもしれませんね。あのひとは、われわれよりもチャンスに恵まれているわけです。家族一人ひとりの人柄を知っているでしょうし、何よりも知性と直観を重んじるひとですから」

「デュラント氏は真相を摑むでしょうか」

「かもしれません」と、ヒュイッシは言った。「しかしわれわれには話してくれないでしょう。あの一家だけの秘密になるでしょう」

「警視さんは真犯人をご存じなのですか」

「そんなことをお訊きになっちゃいけません、キャルガリさん」

「というと、ご存じなのですね？」

「人間には確信というものがあります」と、ヒュイッシはゆっくり言った。「しかし具体的な証拠を摑めぬ限り、どうしようもありません」

「では、お望みの証拠を摑めそうもないのですか」

「いやいや！　われわれは辛抱づよい性質《たち》でしてね」と、ヒュイッシは言った。「努力はつづけます」

「あなた方の努力が結局不成功に終わった場合、アージル家のひとたちはどうなるでしょう」と、キャルガリが体を乗り出して言った。「それをお考えになったことがありますか」

ヒュイッシは、キャルガリの顔を見た。

「それを心配なさっておられるのですね」

「あの一家は真相を知らなければいけないのです」とキャルガリは言った。「どんなことになろうとも、知るべきです」

「あの連中がすでに知っているのだとはお思いになりませんか」

キャルガリはあたまをふった。

「いや」と、キャルガリはゆっくり言った。「そこが悲劇なのです」

2

「あら」と、モーリン・クレッグが言った。「まあ、あなたでしたのね！」

「何度もお邪魔して申しわけありません」と、キャルガリが言った。

「いいえ、ちっとも邪魔なんかじゃないわ。どうぞ。今日はお休みなんです」

それを知っていたからこそ、キャルガリは訪ねて来たのである。

「もうじきジョーが帰って来るはずなんです」と、モーリンは言った。「ジャッコのことは、もう新聞に出なくなりましたね。特赦の発表があって、議会でちょっと質疑応答があって、ジャッコが犯人じゃなかったことが決まってから、ちっとも出なくなったわ。でも警察は真犯人を探さないのかしら。探しても、見つからないんでしょうか」

「あなたはお心当りがありませんか」

「さあ、どうかしら」とモーリンは言った。「でも、ジャッコのお兄さんが犯人だったとしても、わたしはびっくりしないと思うわ。とても変わり者でしょう、あのひと。車を運転してるとこを、ジョーが見たって言ってたわ。ベンス・グループに勤めてるんでしょう。ちょっと美男子だけど、やっぱり変わり者ね。ジョーが言ってましたけど、あのひと、ペルシャかどこかへ行くんですって？　困ったことになりましたね」

「どうして困ったことなんですか、ミセス・クレッグ」

「だって、そんな所じゃ警察の手がとどかないでしょう」

「じゃあ、逃げるのだとお思いなんですね」

「それでなきゃ、そんな遠いとこへ行くはずがないわ」

「わたしの考えでは、それは単なる噂にすぎませんね」と、アーサー・キャルガリは言った。

「ずいぶんいろんな噂が流れていますよ」とモーリンが言った。「アージルさんのご主人と秘書の女のひとが結婚するんですって。でも真犯人がご主人なら、きっと毒殺かなんかだったと思うわ。学者はよくそういうことをするでしょう？」

「そう、あなたはわたしよりも映画をたくさんごらんになっているから」

「あら、ほんとはあまり見ないのよ」とモーリンは言った。「映画館に勤めてると、映画はかえって嫌いになるみたい。あ、お帰りなさい、ジョーです」

ジョー・クレッグも、キャルガリの姿を見ておどろいたらしい。そして、あまり機嫌のよくなさそうな表情である。しばらく世間話をしてから、キャルガリは、訪問の目的を語った。

「差し支えなければ」と、キャルガリは言った。「そのひとの名前と住所を教えてくださいませんか」

そして手帳に書きこんだ。

3

年は五十前後だろうか。どうみても美人とはいえない、けだるそうな婦人である。しかし褐色の目だけは、やさしかった。

「さあ、それは、キャルガリさん――」すっかりおどおどしている。「さあ、わたしはそういうことは――」

キャルガリは体を乗り出し、手を替え品を替えて、この女の気持ちを鎮め、自分の同情を披瀝するのだった。

「ずいぶん前のことですもの」と女は言った。「あれは――わたし、ほんとに思い出せませんわ――いろいろなことが」

「ええ、ええ、そうでしょうとも」とキャルガリは言った。「とにかく、あなたのお名前は絶対に出しません。それはお約束できます」

「でも、あのことをご本にお書きになるとおっしゃいましたね」

「ええ、ある種の性格の研究書です」と、キャルガリは言った。「つまり、医学的あるいは心理学的観点から興味のある問題なのです。名前は絶対に出しません。ただA氏とか、B夫人とか書くだけです。ご存じでしょう、そういう本のことは」

「あなたは南極に行ってらしたのね」と、とつぜん女が言った。

その話題転換のあわただしさにびっくりしながら、キャルガリは答えた。

「そうです。ヘイズ・ベントリ探険隊に参加しておりました」

女の頬がぱっと紅潮した。その瞬間、娘時代に返ったように、女はひどく若く見えた。

「前によく本で読みましたわ……わたし北極や南極のことが大好きだったのです。ノルウェーのアムンゼンでしたね、最初に行ったひとは？　エヴェレストとか、人工衛星とか、月世界征服とか、そんなことより、南極のほうがよっぽど面白いわ」

キャルガリはこのきっかけを捉えて、探険の話を始めた。極地探険に興味があるとは、ふしぎな女である。やがて女は溜め息をついて言った。

「ほんとうに行ってらした方のお話をうかがうなんて、すてきですわ」女はつづけて言った。

「お聞きになりたいのは――ジャッキーのことですね？」

「そうです」

「わたしの名前を出したりなさらないのでしょうね」

「もちろん出しません。さっき申し上げたとおりです。こういう種類の学術書はご存じでしょう。M氏とか、Y嬢とか書くだけです」

「ええ。そういう本は見たことがあります――ほんとうに、おっしゃるとおり、ジャッキーというひとの性格には病——病理——」

「病理学的ですか」と、キャルガリが言った。

「ええ、ジャッキーというひとの性格には、だんぜん病理学的なところがありましたわ。ふだんはとてもおとなしいのですよ。すばらしい子だったわ。何を言っても、思わず本気にしたくなるくらい」

「たぶん彼は本気だったのでしょう」と、キャルガリは言った。

「〝わたしはあんたのお母さんになれる年齢《とし》なのに〟と言うと、若い女の子にはなんの関心もない、なんて言ってましたわ。若い女は小便くさくていやだ、ですって。人生経験が豊富で、成熟した女にしか引きつけられないんだ、なんてよく言っていました」

「ジャック君は、あなたを愛していたのですね」と、キャルガリは言った。

「口先だけはね。うわべは、そう見えたのですけど……」女のくちびるがふるえた。

「でも、やはりお金が目当てだったのでしょうよ」

「そうとは限りません」と、キャルガリはこれほどまでに明白な事実をねじまげた。「やはり、ほんとうにあなたを愛していたのではないでしょうか。ただ——わるいのは彼の素質というか、性格だったのです」

哀れな女の表情がすこし明るくなった。

「そうですね」と、女は言った。「そう考えれば、すこし気が休まりますわ。わたしたちはよく計画を立てましてね。ジャッキーの事業が成功したら、フランスやイタリアへ行く計画でしたのよ。だから、その事業のために資本が必要なんだと言いましてね」

ありふれた手だ、とキャルガリは思った。今までに何人の女がこの手にひっかかったのだろう。

「わたしもどうかしていましたわ」と、女は言った。「あのひとのためなら、どんなことでも——どんなことでもする気でした」

「お気持ちは分かります」と、キャルガリは言った。

「でも」と、女は暗い声で言った。「だまされたのは、わたし一人じゃなかったらしい」

キャルガリは立ちあがった。

「いろいろお話ししていただいて、どうもありがとうございました」と、キャルガリは言った。

「あのひともも死にました……でも、あのひとのことは忘れられませんわ。あのモンキー・フェイス！　とても悲しそうな顔をしたかと思うと、急に笑い出したりしましてね。そして、口のうまいことといったら。あのひとは悪人じゃなかったと思います。しんかいら、の悪人じゃなかったのです」

女は悩ましげにキャルガリを見上げた。

だがキャルガリはもう相槌を打たなかった。

第二十一章

フィリップ・デュラントにとってなんの変哲もない一日が始まった。

この日、自分の運命が永久に決定されてしまおうなどとは、フィリップは夢にも思わなかったのである。

朝、目がさめたときは、ひどく気分がよかった。蒼白い秋の日の光が窓からさしこんでいた。カーステンが持って来た電話のメモを読んで、気分はさらによくなった。

「お茶の時間にティナが来るよ」と、朝食を運んで来たメアリに、フィリップは言った。

「そうお？　あ、そうね、今日はあの子は半ドンね」

メアリは何やら放心した様子だった。

「どうしたんだい、ポリー」

「なんでもないわ」

メアリはゆで卵の皮をむいて、フィリップに渡した。途端にむらむらと怒りがこみあげた。

「ぼくはまだ手ぐらい使えるんだぜ、ポリー」

「でも、たべやすいだろうと思って」

「一体ぼくをいくつだと思ってるんだ。六歳か？」

メアリはすこし驚いた顔になった。それから突然言った。

「ヘスターが今日帰って来るんですって」

「そうか」ティナのことであたまがいっぱいなフィリップは、ぼんやりと相槌を打った。

それからふと妻の表情に気がついた。

「なんだい、ポリー、ぼくがヘスターに惚れたとでも思ってるのか」

メアリは顔をそむけた。

「あの子は可愛いって前から言ってらしたわ」

「可愛いとも。頬骨の張った顔と、超自然的な性格が好きな男にはね」フィリップは、露骨に言い足した。「いずれにしろ、ぼくには女たらしの素質がないさ」

「じゃ、女たらしになりたいのね」

「ばかなことを言うなよ、ポリー。きみがそんなにやきもち焼きだとは、ちっとも知らなかった」

「あなたは、わたしのことなんか何ひとつご存じないわ」

そんなことはないと言いかけて、フィリップは口をつぐんだ。おれは、実はメアリのことを何ひとつ知らないのではないか。その考えはショックだった。

メアリはことばをつづけた。

「わたしはあなたを自分のものにしておきたいのよ——わたしだけのものに。世界中に、あなたとわたしだけいれば、あとは誰もいなくたっていいの」

「その話は聞き飽きました、ポリー」

軽い調子で言ったが、フィリップはしっくりしない気持ちだった。朝の明るい光が、とつぜん暗くなったように思われた。

メアリが言った。「うちに帰りましょう、フィリップ、お願いよ」

「じき帰る。いまはだめだ。これから面白くなるところだもの。ティナが今日の午後来るしね」メアリの心を別のチャンネルに切り換えようと、フィリップは喋りつづけた。

「ぼくはティナに多大の期待をかけてるんだ」

「どんな期待？」

「ティナは何かを知っている」

「何かって——殺人のこと？」

「そうさ」

「どうして？　あの晩ティナはここにいなかったのに」

「それが怪しいと思うんだ。ティナはここに来たと思うね。これは愉快な話なんだが、下らないことが案外な手がかりになるものさ。あのお手伝いさん――ミセス・ナラコット――あの背の高いひとさ、あのひとがぼくに話してくれた」

「何を話してくれたの」

「村の噂さ。なんとか夫人の息子のアーニー――いや、ちがう――シリルだ。その子がお母さんに連れられて、警察へ届け出たんだとさ。ミセス・アージルが殺された晩に、その子が見たんだそうだ」

「何を？」

「何をと訊くと、ミセス・ナラコットは曖昧なことしか言わなかった。そのなんとか夫人から、まだよく聞いていないんだと。でも、それだけで充分に推理はできるだろう、ポリー。シリルという子は、そのとき戸外にいたんだ。してみれば、その子が見たのは、外部の何かさ。結論は二つ。ミッキーを見たか、あるいはティナを見たかだ。ぼくの推測では、ティナがあの晩ここへ来たんだ」

「来たのなら、来たと言ったはずよ」

「そりゃ分からないよ。とにかく、ティナが何かを隠していることは一目瞭然だ。今かりに、ティナがあの晩、車でここへ来たと仮定してみよう。ティナはたぶん家のなかへ入った。そしてお母さんの死体を発見した」

「それなのに、何も言わずに帰ってしまったの？　そんなばかなことってないわ」

「いやあ、帰るには帰るだけの理由がいくらでもあるさ……何かを見たか聞いたかして、そのとき犯人が分かったんだ」

「あの子はジャッコをそれほど好いてはいなかったわ。それほどまでにして、ジャッコをかばうとは思えない」

「じゃあ、ティナが犯人だと思ったのは、ジャッコじゃなかったんだ……それで、ジャッコが逮捕されると、ティナは自分がまちがっていたと思った。そして、いったんここに来なかったと言った以上、陳述を変えるわけにはいかなかった。しかし今は、もちろん事情が変わっている」

メアリがいらだたしそうに言った。

「みんなあなたの空想よ、フィリップ。あなたが考え出すことは、ほんとらしくないことばかりだわ」

「いや、ほんとらしいことだ。なんとかしてティナに知っていることを吐き出させてみせる」

「おそらくあの子は何も知らないんだと思うわ。ティナが犯人を知ってるなんてこと、本気で考えてらっしゃるの」

「いや、犯人を知ってるまではいかないだろう。きっと何かを——見たか——聞いたかしたんだ。その何かがなんだったのか知りたい」

「ティナは言わないとなったら絶対に言わない子よ」

「そう、それはぼくも認める。しかもティナは知らんぷりの名人だ。ちょっとしたポーカー・フェイスでね。感情を表に出さない。しかしウソつきとしては年季が入っていない——たとえば、きみほどの優秀なウソつきじゃない……ぼくの武器は推理さ。推理をそのまま質問として彼女に突きつける。イエスかノーかで答えられるような質問をね。あんたはそのとき何が起こるか知っていたのか。ティナの反応は三つ考えられる。知っていたと言えば——それでよし。知らなかったと答えれば——彼女は大したウソつきじゃないから、そのノーが本物かどうかはすぐ見破れる。返答を拒んで、ポーカー・フェイスになれば——それはもう、ポリー、イエスと答えたも同然さ。どうだい、ぼくのこのテクニックをもってすれば、相当の可能性がひらけてくることは否定できないだろう」

「ああ、やめて、フィル！　そんなこと放ったらかしておいて！　今に自然に解決するにきまってるわ」

「ちがう。この事件はぜひとも積極的に解決しなければいけない。さもないと、ヘスターは窓から身を投げるだろうし、カースティは神経衰弱になるだろう。リオはすでに鍾乳石みたいに凍りついてる。気の毒なグェンダはといえば、ローデシアで就職しようかと迷ってる有様だ」

「だから、なんなの？」

「わたしたちさえよければ――そう言いたいんだろう」

フィリップの顔は怒りにこわばっていた。メアリはそれに気がついた。夫がこんな顔をしているのは、今まで見たこともない。

メアリは挑むようにフィリップを見すえた。

「どうしてほかのひとの心配までしなくちゃいけないの」

「きみはほかのひとの心配をしたことがあるのか」

「それはどういうこと」

フィリップはふうっと大げさな溜め息をついた。そして朝食の盆を押しやった。

「これを持ってってくれ。もういらない」

「でも、フィリップ――」

フィリップはじれったそうな身ぶりをした。メアリは盆を持って、部屋から出て行った。フィリップは車椅子を動かして、書物机に寄り、ペンを握ったまま、窓の外を見つめた。妙に心が締めつけられるようである。つい今しがたまで、あれほど精神が高揚していたのに。今は不安で、落ち着けない。

しかし、まもなく気が鎮まった。さらさらと、二枚の紙に何やら書いた。それから背をのばして、考えこんだ。

もっともらしい。あり得ないことではない。しかし何かしら不満だ。おれの方針ははたしてまちがっていないのか。どうも不安だ。動機。動機だ、決定的に不足しているのは。おれの知らない、なんらかのファクターが、どこかにあるのだ。

フィリップは腹立たしげに溜め息をついた。ティナが来るのが待ち遠しい。この事件さえ解決できれば。一家のなかで。それでいいのだ。分かりさえすれば――みんなが自由になれる。この息づまるような疑惑と絶望の雰囲気から解放される。一人をのぞいて、アージル家の全員は日常生活に戻る。フィリップとメアリは家に帰って――

そこで考えが断ち切れた。またもや心が沈んでゆく。フィリップは自分自身の問題にぶつかったのである。おれは家に帰りたくない……きちんと整頓された部屋、きらきら光る更紗、つやの出た食器。清潔で明るい檻！　その檻のなかで、車椅子に縛りつけられ、妻にかしずかれたフィリップ。

妻……妻のことを考えると、二人の人間が見えてくるようだ。一人は、フィリップと結婚した少女。髪のきれいな、目の青い、やさしい、控え目な少女。それは、フィリップが愛した娘であり、フィリップがからかった娘である。からかわれるたびに、娘はふしぎそうに眉を寄せた。それはポリーだ。しかし、もう一人のメアリがいる。鋼鉄のように硬いメアリ。情熱的だが、まことの愛を知らぬ女。自分のことしか考えないメアリ。フィリップさえ、自分の所有物としてしか考えぬメアリ。

フランスの詩の一節が、フィリップの心をよぎった。そう、こんな詩だった。

いい、いいい、いいい、

つながれし餌食に体もてのしかかり……

そういうメアリを、フィリップは愛していない。そういうメアリの冷たい青い目の後ろには、他人がいる――見も知らぬ他人が……

突然フィリップは声を立てて笑った。みんなの影響を受けて、おれまで神経過敏になったようだ。フィリップはふと、義母が語ったメアリの話を思い出した。ニューヨークで拾った髪の美しい少女。その少女がアージル夫人に抱きついて、「ここにいたいわ。いつまでも、いつまでも離れたくないの！」と叫んだときのこと。

それは、まことの愛ではなかったのか。それにしても——なんとメアリらしくない話だろう。少女から女に成長しただけで、人間はそれほど変わるものだろうか。愛情の表現は、今のメアリにはひどく難しい、いや、ほとんど不可能なことなのに。

しかし、そのニューヨークでの話は——フィリップは、はっとした。その話は、そう難しく考えなくてもいいのか。愛情ではなくて——単なる演技。ある目的のための手段。計算された愛情の表現。ほしいものを手に入れるためには、メアリはどんなことでもやりかねない。

どんなことでも、と考えて——フィリップは自分の考えにショックを受けた。かっとしてペンを叩きつけ、車椅子を動かして、隣りの寝室へ行った。そして鏡の前に椅子をとめた。ブラシをとりあげ、額に落ちかかる髪をとかした。まるで他人のように見える自分自身の顔。

おれは何者だ。おれはどうなるのだ、とフィリップは思った。今までにこんなことは考えたためしがない……車椅子を窓に近づけ、外をのぞいた。窓の下では、通いのお手伝いの一人が台所の窓の前に立ち、なかの誰かと話している。訛りのあるお手伝いたちの声が、フィリップの窓まで立ちのぼってくる……

フィリップは目を見ひらき、そのまま魅せられたように姿勢を崩さない。

隣りの部屋の物音で、ふと我にかえった。車椅子を動かして、ドアからのぞいてみた。グェンダ・ヴォーンが書物机の前に立っていた。ふりむいたその顔が、朝の光にひどくやつれて見えるので、フィリップはぎょっとした。

「おはよう、グェンダ」

「おはようございます、フィリップ。リオに頼まれて、《イラストレーテッド・ロンドン・ニュース》を持って来ました」

「ああ、どうも」

「ここはいいお部屋ね」と、あたりを見まわしながら、グェンダは言った。「このお部屋に来たのははじめてだったかしら」

「豪勢なもんでしょう」と、フィリップは言った。「ほかの部屋からは隔離されていてね。障害者や新婚夫婦にはもってこいだ」

新婚夫婦ということばはまずいと気がついたときは、もうおそかった。グェンダの表情がちらと崩れた。

「さ、お仕事を始めなきゃ」と、グェンダはぼんやりと言った。

「模範的な秘書だな」

「この頃はそうでもないのよ。ミスばかりして」

「誰だってそうさ」フィリップはわざと質問した。「あんたとリオの結婚は、いつ？」

「たぶん結婚しないでしょう」

「それはまた、ミスどころじゃない」と、フィリップが言った。

「リオは、結婚すれば疑われるというのよ——警察にね！」

吐きすてるような口調だった。

「下らん、そんなこと。グェンダ、一生に一度の冒険をしたらどうなんです」

「わたしは冒険をしたいのよ」と、グェンダは言った。「疑われたって、わたしは平気。よろこんで幸福に賭けるわ。でも、リオは——」

「うん、リオは？」

「リオは」と、グェンダは言った。「たぶん今までどおりの生活で一生を終わるでしょう、レイチェル・アージルの夫としてね」

烈しい怒りと自嘲が、グェンダの目に光っていた。

「あのひとはまだ生きているのよ。ここにいるわ——この家に——いつまでも……」

第二十二章

墓地の塀のそばの草原に、ティナは車をとめた。そして花束を覆っていた紙をそっと取りのけ、正面の門を入り、まんなかの広い通路を歩いて行った。ティナは新しい墓地がきらいだった。アージル夫人も、教会のまわりの古い墓地に埋葬されればいいと思った。古い墓地には、古い世界のしずけさのようなものがある。水松《いちい》の木や、苔むした墓石。ここの墓地は何もかも新しくて、手入れがゆきとどきすぎている。まんなかの通路から、放射状にのびる小道。何もかもが、まるでスーパー・マーケットの商品みたいに、小ぎれいで、大量生産された感じだ。

アージル夫人の墓も、手入れがゆきとどいていた。四角な御影石の囲いのなかに、御影石の十字架がある。

カーネーションの花束をかかえたティナは、かがみこんで墓碑銘を読んだ。〝レイチェル・ルイーズ・アージルの慕わしき追憶のために〟その下には、次のようなことばが彫りこんであった。

〈その子らは起ちあがりて、亡き人を祝福せん〉

背後に足音がきこえたので、ティナはおどろいてふりむいた。

「ミッキー！」

「車が見えたんで、あとをついてきた。どっちみち――ぼくもお墓参りをしようと思ってたんだ」

「あなたもお墓参り？　どうして？」

「なんとなくね。さようならを言いに来たんだ」

「さようならを――お母様に？」

ミッキーはうなずいた。

「そう。こないだ話した石油会社に、やっぱり就職することにした。三週間以内に出発だ」

「それで、まっさきにお母様にさよならを言いに来たの？」

「そう。お礼を言って――それから、あやまらなくちゃいけない」

「何をあやまるの、ミッキー」

「殺したことをあやまるのか、って訊きたいんだろう。ぼくが殺したと思ってたのかい、ティナ？」

「分からなかったわ」

「今だって分からないはずだよ。いや、つまり、ぼくがいくら殺さなかったと言っても、無駄だということだ」

「で、何をあやまるの」

「ぼくには義理がある」とミッキーがゆっくり言った。「ぼくはひどい恩知らずだった。お母さんのすることを、一から十まで恨んでいた。やさしいことばひとつかけたわけでなし、やさしい目で見てあげることもしなかった。それを残念に思うだけのことさ」

「いつからお母様を憎まなくなったの？　お母様が死んだあと？」

「そうだ。そうだと思う」

「あなたが憎んでいた相手は、やっぱりお母様じゃなかったのね」

「そう――そうだ。きみの言ったとおりだ。ぼくは昔のおふくろを憎んでいたんだ。なぜかというと、愛していたからだ。ぼくが愛していたのに、ちっともかまってくれなかったからだ」

「今は、そのことはもう忘れたの？」

「いいや。仕方がないと思っている。人間の持って生れた性質というのは、どうにもならないものだからな。おふくろは生れつき派手好きで、陽気だったんだ。男と酒が好きでしょうがない女だった。自分の機嫌がいいときは、子供にもやさしくした。他人がかまうと、ひどく怒った。だから、ぼくを捨てたって、そりゃ仕方がないことなんだよ！つい最近まで、ぼくはそう思うまいとして生きてきた。しかし今は、そう思うことにしたんだ」ミッキーは手を出した。「ティナ、そのカーネーションを一本くれないか」花を受け取ると、ミッキーはかがみこんで、墓碑銘の下にその花を置いた。「これを捧げます、お母さん。ぼくはわるい息子でしたが、あなたも賢い母親じゃなかった。しかし、あなたの善意はよく分かっています」ミッキーはティナの顔を見た。「これでお詫びのことばになるかな？」

「なると思うわ」と、ティナは言った。

そして自分の花束を墓に捧げた。

「お花をあげに、よく来るのかい？」

「一年に一ぺんだけ」と、ティナが言った。

「かわいいティナ」と、ミッキーが言った。

二人はいっしょに墓地の出口にむかって歩き始めた。

「ぼくは殺さなかったんだよ、ティナ」と、ミッキーは言った。「それは誓う。きみには信じてもらいたい」

「あの晩、わたし来たのよ」と、ティナが言った。

ミッキーはくるりとふり返った。

「来た？　サニー・ポイントに？」

「ええ。勤め先を変えようかと思ったの。そのことをお父様とお母様に相談しに来たの」

「そうだったのか」と、ミッキーが言った。「それで？」

ティナが返事をしないので、ミッキーは娘の腕をつかみ、ゆすぶった。「それから、どうしたんだ、ティナ。話してくれ」

「まだ誰にも話さなかったのよ」と、ティナ。

「話してくれ」と、ミッキーは繰り返した。

「車で来たの。車は門の前にはつけなかったわ。すこし手前に、ターンしやすい所があるでしょう？」

ミッキーはうなずいた。

「そこで車を下りて、家の方へ歩いて行ったの。そのときのわたしは、自信がなかったわ。お母様と話すのは、むずかしいでしょう。いったんこうと決めたことを、お母様はなかなか変えなかったわ。わたしは、だから、できるだけ手っとり早く用件を話さなきゃと思って、話の切り出し方をいろいろ考えながら、車と門のあいだを行ったり来たりしていたの」

「それは何時頃だった?」と、ミッキーが訊ねた。

「分からないわ」と、ティナが言った。「おぼえていない。わたし——時間のことはあまり考えないから」

「それはそうだ」と、ミッキーは言った。「きみはいつでも閑でしようがないような顔をしてる」

「木の下を歩いていたの」と、ティナは言った。「足音が立たないくらい、しずかに」

「猫みたいにね」と、ミッキーはいとしそうに言った。

「——そのとき、きこえたわ」

「何がきこえた?」

「二人のひとが小声で話してる声」

「うん」ミッキーは体を緊張させた。「何を話していた?」

「その二人が——いえ、そのどっちかのひとが言ったの。『七時と七時半のあいだ。それがチャンス。忘れないで。しくじらないように。七時から七時半まで』もう一人が、

『大丈夫』と言うと、最初の声が、『それさえすめば、これからは、万事うまくいく』と言ったの」

二人は黙った。やがてミッキーが言った。

「そうか——なぜ隠していたんだい？」

「だって」とティナ。「それが誰の声なのか分からないから」

「そんなことってあるもんか！　男か女かくらい分かるだろう」

「それが分からないのよ」と、ティナは言った。「二人のひとが囁き声で話しているときって、声がきこえるだけでしょ。それはただの——そう、ただの囁き声なのよ。もちろん、それは男と女の会話だったと思うわ。なぜかというと——」

「話の内容から考えてかい？」

「ええ。でも、誰の声なのかは分からなかった」

「きみはそのとき」と、ミッキー。「お父さんとグェンダだとは思わなかった？」

「かもしれないわね」と、ティナ。「グェンダがいったん家に帰って、その時刻にまた戻ってくるということだったかもしれないし、でなければ、七時から七時半までのあいだにお父様が二階から下りてくるように、グェンダが頼んでいたのかもしれない」

「お父さんとグェンダだとしたら、きみは警察に届けたりしないね。そうだろう？」

「ほんとにそうなら届けない」とティナは言った。「でも、たしかじゃないわ。ほかのひとだったかもしれない。ひょっとしたら——ヘスターと、もう一人誰かじゃなかったかしら。女のほうはメアリかもしれないけど、男はフィリップじゃないわ。そう、フィリップじゃないわね、もちろん」

「ヘスターと誰かだとすれば、その誰かというのは誰なんだ」

「分からない」

「姿は見えなかったんだね——その男の？」

「ええ」と、ティナ。「見えなかったの」

「ティナ、どうもおかしいな。男だってことは分かったんだろう？」

「わたし、すぐ回れ右をして」と、ティナ。「車のほうへ歩いて行くと、誰かが道の反対側を後ろからやって来て、早足でわたしを追い越したの。くらやみのなかで、影みたいにぼんやり輪郭が見えただけ。それから——道路のはずれのところで、車のエンジンのかかる音がきこえたような気がしたの」

「それをぼくだと思ったんだな……」とミッキーが言った。

「分からなかった」と、ティナ。「あなただったかもしれないわ。背恰好はそっくり」

二人は、ティナの小さな車がとまっている所まで来た。

「さあ、ティナ」と、ミッキーが言った。「乗りなさい。一緒に行こう。サニー・ポイントへ」

「でも、ミッキー――」

「ぼくじゃないと弁解しても始まらんよ。ぼくにはそれだけしか言えないがね。さあ、サニー・ポイントへ行こう」

「ミッキー、あなた、どうするの」

「ぼくが何をおっぱじめると思ってるんだい。どのみちサニー・ポイントへ行くつもりだったんだろう？」

「そうよ」と、ティナは言った。「そのつもりだったの。フィリップから手紙をもらったから」ティナは車をスタートさせた。ミッキーは娘のとなりに坐り、きちんとした姿勢である。

「ほう、フィリップから手紙か。なんと言ってきた？」

「来てくれって。逢いたいんですって。わたしの勤めが今日は半日だってこと、知ってるらしいわ」

「ほう。なんの用事で逢いたいのか、書いてなかった？」

「わたしにある質問をして、それに答えてもらいたいんですって。わたしは何も言う必要がない――イエスかノーかだけで答えられる質問なんですって。その内容はもちろん秘密にするって」

「じゃあ、何かをたくらんでるんだな」と、ミッキーは言った。「面白いね」

サニー・ポイントまでの道のりはみじかかった。車がとまると、ミッキーが言った。

「先に入ってくれ、ティナ。ぼくは庭を散歩して、すこし考えごとをする。さあ、行けよ。フィリップとのインタビューに」

ティナが言った。

「あなたは――まさか――」

ミッキーはちょっと笑った。

「あの四阿《あずまや》から身投げか？　よしてくれよ、ティナ、ぼくを見そこなうなよ」

「ときどき」と、ティナ。「誰の気持ちも分からないみたいになるの」

ティナはゆっくりと家のなかへ入って行った。ミッキーは、手をポケットにつっこみ、のぞきこむようにその後ろ姿を見送った。顔をしかめている。それから、じっと建物を見上げながら、家の角をまわった。少年時代の記憶が戻ってくる。古い泰山木がある。この木にのぼって、よく踊り場の窓から入ったものだった。ミッキーの庭と称して割あてられていた、小さな区画が残っている。その土地は、ほとんど放ったらかしにしておいた。自然に親しむよりは、機械のおもちゃを分解するほうが好きだった少年。〝破壊的な小悪魔か〟と、ミッキーは思った。いささかのなつかしさをこめて。

やれやれ、人間はそう変わらないものだな。

家のなかでは、ティナが玄関《ホール》でメアリに出っくわした。メアリはびっくりしたような顔をした。

「ティナ！　レッドミンから来たの？」

「そう」と、ティナは言った。「知らなかった、わたしが来ること？」

「忘れてたのよ」と、メアリは言った。「そう、フィリップが言ってたわ」

メアリはそっぽを向いた。

「台所に行って、オバルティン（カン入りの粉末チョコレート）を持って来てくれたかどうか見なくちゃ。フィリップがお夜食に飲みたがるのよ。カーステンが今コーヒーを持って行くところ。フィリップはね、お茶よりもコーヒーのほうが好きなの。お茶は消化にわるいなんて言ってるわ」

「なぜフィリップを無能力者扱いするの、メアリ」と、ティナが言った。「まるっきりの無能力者じゃないのに」

つめたい怒りの色がメアリの目にあらわれた。

「ティナ、あんたも自分の夫を持ったら」と、メアリは言った。「どんな扱い方がいいか分かるようになるでしょうよ」

ティナはおとなしく言った。

「ごめんなさい」

「わたしたち、この家から逃げ出したいのよ」と、メアリが言った。「フィリップがこの家にいるのは、ほんとによくないことなの。それはそうと、ヘスターが今日帰ってくるわ」と、メアリは付け足した。

「ヘスターが？」ティナはおどろいた声を出した。「ほんと？　なぜ？」

「分かりゃしないわよ。ゆうべ電話でそう言ってきたわ。何時の汽車で来るのかしら。きっと、いつものとおり急行でしょうね。誰かドライマスまで迎えに行かなきゃ」

メアリは廊下を通って、台所へ消えた。ティナはすこしためらってから、階段を上って行った。踊り場まで行ったとき、右手の一番手前のドアがあいて、ヘスターが出て来た。ティナの姿を見ると、ぎょっとしたような顔をした。

「ヘスター！　今あなたの話をしていたところ。もう帰って来てるなんて、ちっとも知らなかった」

「キャルガリさんに車で送ってもらったの」と、ヘスターは言った。「すぐ部屋へ上ってしまったから——わたしが来たことはまだ誰も知らないでしょ」

「キャルガリさんも、今いるの？」

「ううん。ここまで送って来てくださってから、すぐドライマスへ行ったわ。ドライマスで誰かと逢うとか言ってらした」

「あなたが着いたこと、メアリは知らなかったわ」

「メアリには分かるわけがないでしょ」とヘスターは言った。「あのひととフィリップは、この家の出来事には我関せずじゃないの。お父様とグェンダは書斎かしら。何もかも相変わらずなのね」

「相変わらずのほうがいいわ」

「なんとなく」と、ヘスターはぼんやりと言った。「がらっと一変するような気がしたのよ」

ヘスターは、ティナの脇をすりぬけるようにして、階下へ下りて行った。ティナは書斎の前を通りすぎ、その先の廊下をすすみ、突きあたりにあるデュラント夫妻の二間つづきの部屋まで来た。フィリップの部屋の前に、お盆を持って立っていたカーステン・リンツトロムが、くるりと振り返った。

「ああ、ティナ、びっくりしましたよ」と、カーステンは言った。「フィリップにコーヒーとビスケットを持って来たところです」カーステンは片手をあげて、ドアをノックした。ティナはその脇に並んだ。

ノックしてから、カーステンはドアをあけ、なかに入った。カーステンの頑丈な体格のせいで、ティナには部屋のなかが見えなかったが、カーステンが喘ぐような声を出したのは、はっきり聞きとれた。盆が音を立てて床に落ち、カップと皿がころがって、暖炉の格子にぶつかった。

「ああ、まさか」と、カーステンが叫んだ。「まさか、まさか！」

ティナが言った。

「フィリップが？」

そしてカーステンを押しのけて、デスクの前のフィリップ・デュラントの車椅子に近寄った。フィリップは書きものをしていたのだ、とティナは思った。右手の近くにボールペンが転がっている。妙にねじれた姿勢で、あたまは前に垂れていた。頭蓋骨の付根のあたりに、真っ赤な菱形模様が見え、そこから垂れた血が白いカラーを染めていた。

「殺されたのです」と、カーステンが言った。「殺された――刺されたのです。そこ、うなじのところ。ひと刺しです」

興奮した口調でカーステンは喋りつづけた。

「だからわたしが言ったのです。できるだけのことはしたのです。このひとは子供のように――あぶない道具をおもちゃにして――どんなことになるのかも考えないで――」

悪夢だわ、とティナは思った。フィリップのかたわらに立ったまま、ティナは茫然と死体を見おろしていた。カーステンが死人の手をとって、あるはずのない脈をさぐっている。このひとはわたしに何を質問したかったのだろう。もう永久に分からない。客観的に考える余裕のないまま、ティナの心は自動的にさまざまな細部《ディティル》を読みとっていた。書きものをしていたことはたしか。ペンがある。でも、紙がない。殺した人物が、書きかけの紙を奪ったのだ。しずかな声で、機械的にティナは言った。「みんなに知らせなきゃ」

「そう、そうです。階下《した》へ行きましょう。旦那様に知らせなければなりません」

カーステンに支えられながら、ティナはドアの方へ二、三歩あるいた。ティナの視線が、床にころがっている盆と、こわれた陶器にそそがれた。

「それはかまいません」と、カーステンが言った。「あとで片付けましょう」

ティナがよろめいた。カーステンの腕がティナを支えた。

「気をつけて。ころびますよ」

二人は廊下を歩いて行った。書斎のドアがあいた。リオとグェンダが出て来た。ティナが澄んだ低い声で言った。

「フィリップが殺されたの。刺されて」

悪夢だわ、とティナは思った。父親とグェンダの驚きの叫びが、ティナの脇を駆けぬけて、フィリップの部屋へ……フィリップはもう死んだのに。カーステンは、ティナから離れて、階下へ急いだ。

「メアリに知らせます。あのひとには気をつけて知らせないといけません。かわいそうなメアリ。きっと恐ろしいショックでしょう」

ティナはゆっくりと、そのあとから下りて行った。悪夢のような茫然自失の状態はさらに強まった。ふしぎな痛みが心臓を締めつける。わたしはどこへ行くの。分からない。何もかも夢。ティナは玄関のドアにたどりつき、ドアの外へ出た。家の角をまわって、ミッキーがこっちへ歩いてくる。まるでそこが初めからの目標だったように、ティナはミッキーにむかって、まっすぐ歩み寄った。

「ミッキー」と、ティナは言った。「ああ、ミッキー！」

ミッキーは腕をひろげた。ティナはそこへまっすぐにとびこんだ。

「よし、よし」と、ミッキーが言った。「つかまえたよ」

面にしゃがみこんだとき、ヘスターが家のなかから駆け出して来た。

「気絶したよ、この子は」とミッキーは哀れな声を出した。「ティナが気絶するなんて初めて見た」

「ショックよ」と、ヘスターが言った。

「なんのことだ——ショックとは？」

「フィリップが殺されたの」と、ヘスターは言った。「知らなかった？」

「知ってるはずがないじゃないか。いつ？　なんでやられた？」

「たった今」

ミッキーは目をまるくした。それからヘスターの手をかりてティナを抱きかかえ、アージル夫人の居間に運んで、ソファに寝かした。

「ドクター・クレイグに電話してくれ」と、ミッキーは言った。

「もう車が来たわ」と、窓から外を覗いて、ヘスターが言った。「お父様がドナルドに電話して、フィリップのことを話したのよ。わたし——」ヘスターはためらった。「わたし、あのひとの顔を見たくないの」

ヘスターは部屋から走り出て、階段を上って行った。

ドナルド・クレイグが車から下りて、あけっぱなしの玄関を入って来た。カーステンが台所から出て来て、医者を迎えた。

「こんにちは、ミス・リンツトロム。ぜんたい何事ですか。アージルさんは、フィリップ・デュラントが殺されたと言いました。殺されたのですか」

「そうなんです」と、カーステンが言った。

「アージルさんは警察に連絡しましたか」

「さあ、どうでしょうか」

「ただの怪我じゃないんですか」と、ドンは言った。そして鞄をとりに車の方へ戻りかけた。

「いいえ」と、カーステンが言った。抑揚のない疲れた声だった。「死にました。それはたしかです。刺されたのです——ここを」

カーステンは自分のうなじに手をあててみせた。

ミッキーが玄関に出て来た。

「こんにちは、ドン、ちょっとティナを見てやってください」と、ミッキーは言った。

「気絶したんです」

「ティナ？　ああ、あの——レッドミンにいる娘さんですね。どこです」

「そこの部屋に寝かせました」

「二階へ行く前に看てみましょう」部屋へ入りながら、ドナルドはカーステンに言った。「まず、あたたかくすること。意識が回復したら、熱いお茶かコーヒーをいれてください。あなたは看護婦だから、分かっていますね——」

カーステンはうなずいた。

「カースティ！」メアリ・デュラントがのろのろと台所から出て来た。カーステンが歩み寄った。ミッキーは気の毒そうにメアリを見つめた。

「ウソだわ」とメアリは甲高い声で言った。「ウソよ！ あなたたち、ウソをついてるんでしょ？ ついさっきは元気だったのよ。ぴんぴんしてたのよ。書きものなんかして。わたしは、よしてって言ったの。いい、ほんとによしてって言ったの。あのひと、なぜ書きものなんかしたのかしら。なぜあんなに強情だったの。わたしが頼んだときに、なぜ家へ帰らなかったの」

カーステンが、抱きかかえるようにして、メアリをなだめた。

ドナルド・クレイグがつかつかと居間から出て来た。

「誰です、気絶したなんて言ったのは」と、ドナルドは詰問した。

ミッキーがぽかんとしてドナルドの顔を見つめた。

「しかし、ほんとに気絶したんですよ」

「どこにいました、気絶したとき?」

「ぼくといっしょです……あの子は家から出て来て、ぼくの方へ歩いて来ました。それから——ふらっと倒れかかったんです」

「倒れかかった? そりゃ倒れかかる道理だ」と、ドナルド・クレイグはこわい声で言った。そして大股に電話の方へ行った。「救急車を呼ばなければ」と、医者は言った。

「今すぐ」

「救急車?」カーステンとミッキーが医師の顔を見つめた。メアリには医師のことばがきこえなかったらしい。

「そうです」ドナルドは怒ったようにダイヤルをまわした。「あの娘さんは気絶したのじゃない。刺されたのです。分かりますか? 背中を刺されたのです。すぐ病院へ運ばなければいけない」

第二十三章

1

ホテルの部屋で、アーサー・キャルガリは自分の作った覚え書きを、何度も読みかえしていた。

ときどき、ひとりでうなずいた。

そう……今こそ正しい道を歩み出したのだ。今まではアージル夫人に集中するというあやまちを犯していた。それも十のうち九つは正しい道だったのだろう。しかしこの事件はまさに最後の例外的な一つなのだ。

未知の要素があることは、初めから感じていた。その要素を分離し、確認することさえできれば、事件は解決なのである。その要素を探し求める過程で、キャルガリは死んだ夫人にとり憑かれていた。しかし今こそ分かったのだが、アージル夫人は実はそれほど肝心な要素ではなかった。ある意味ではほかの犠牲者でも、いっこうにかまわないのだ。

　そこでキャルガリは視点を移した——この事件のそもそもの始まりに視点を移した。すなわち、ジャッコに。

　無実の罪を着せられた青年としてのジャッコではなくて——ジャッコという人間それ自体。いったいジャッコは、古めかしいカルヴァン（十六世紀フランスの宗教改革家）派のことばを借りれば、〈破滅を運命づけられた器《うつわ》〉だったのか。この青年もまた人生のあらゆるチャンスを与えられていたのではなかったか。医師マクマスターの意見によれば、ジャッコはいずれにしろグレる天性のもちぬしだった。どんな環境を与えたところで、助けにも救いにもならない。それはほんとうだろうか。リオ・アージルは、ジャッコについては寛大な憐れみぶかい話しぶりだった。なんだった？　そうそう、〝できそこない〟だと言っていた。リオは近代心理学の考え方を受け入れている。犯罪者ではなく、障害者だというのだ。ヘスターはなんと言っていただろう。もっと率直だった。ジャッコは前からひどいひとだったと言ったのだ！

　単純な、子供っぽい陳述である。それなら、カーステン・リンツトロムはなんと言っていた？　ジャッコはよこしまな人間だと言った！　そう、それほど強い言い方をした。

よこしま！　ティナは、ジャッコを好きだったことも信用したこともないと言った。してみれば、一般的な点では、かれらは意見一致ではないか。ただジャッコの情婦のこととなると、かれらの意見がはじめて分かれるのである。ジャッコについてのモーリン・クレッグの考えは、まったく独特だった。あの女はジャッコに金を注ぎこんだ。そして今では、ジャッコの魅力にだまされたことを悔んでいる。安定した結婚生活に入った現在では、夫の意見をおうむ返しに繰り返しているのだろう。しかし、ジャッコのあやしげな取り引きや、金の引き出し方の巧みさについては、モーリンから大いに得るところがあった。金か……

そのことばが、アーサー・キャルガリの疲労したあたまのなかで、大文字になって踊り始めた。金！　金！　金！　歌劇《オペラ》の主導旋律《モチーフ》のようだ、とキャルガリは思った。アージル夫人の金！　管理された金！　分配される金！　夫に残された残余遺産！　銀行から引き出して来た金！　デスクの抽出しにあった金！　ヘスターは一文なしで外出しようとして、カーステン・リンツトロムから金を借りた。ジャッコが持っていた金。母親からもらったと称する金。

すべては織物の模様だ――金についてのちぐはぐな個々の事実で織られた織物。

そして、その模様のなかから、未知の要素が見えてくるに相違ないのだ。

キャルガリは時計を見た。ヘスターに電話をかける約束の時刻である。電話を引き寄せて、番号を申し込んだ。

まもなくヘスターの声がきこえた。はっきりした、すこし子供っぽい声。

「ヘスター。どうしました」

「ええ、わたしはどうもしないわ」

一瞬キャルガリは、その〝わたしは〟の意味を掴みそこねた。それから、あわてて言った。

「何かあったのですか」

「フィリップが殺されたの」

「フィリップ！　フィリップ・デュラントですか」

キャルガリはおのれの耳を疑った。

「ええ。それからティナも――まだ死んではいないけど。病院に運ばれました」

「詳しく話してください」と、キャルガリは、せきこんで言った。

ヘスターは話した。キャルガリは何度も訊き返し、ようやく事態を掴んだ。

それから、暗い声で言った。

「いいですか、ヘスター、これからすぐ行きます。これから」――キャルガリは時計を見た——「一時間以内にそっちへ行きます。途中、ヒュイッシ警視のところへ寄りますから」

2

「具体的には何をお訊きになりたいのです、キャルガリさん」と、ヒュイッシ警視が訊ねた。キャルガリが答えるよりも先に、電話が鳴り出し、警視が受話器を取った。「はい。はい、わたしだ。ちょっと待って」警視はメモ用紙を引き寄せ、ペンを握って、筆記の用意をした。「うん。それから？　うん」警視は書きとった。「え？　その最後のことばの綴りは？　ああ、そうか。そう、まだあまり意味はないな。そうだ。ほかにはないか？　よし。ありがとう」警視は受話器をかけた。警視はうなずいた。「病院からです」

「ティナですか？」と、キャルガリは訊ねた。

「数分間だけ意識をとり戻したそうです」

「何か喋りましたか」と、キャルガリは訊ねた。

「その内容をあなたにお話ししなければならん必要がありますか、キャルガリさん」

「話してくださいませんか、お願いします」と、キャルガリは言った。「この事件の捜査をお手伝いできると思うのです」

ヒュイッシはまじまじとキャルガリを見た。

「ずいぶん親身になっておられるのですね、キャルガリさん」と、警視は言った。

「そうです。つまり、事件の再燃について責任を感じているのです。今度の二つの悲劇についてさえ、責任を感じてしまいます。ティナは助かるでしょうか」

「病院ではそう言っています」とヒュイッシは言った。「間一髪というところで、ナイフの刃が心臓をはずれていたのです」警視はあたまをふって言った。「殺人犯人が何をやり出すかわからんということを、世間のひとは知らないのです。妙な言い方ですが、たしかにそうだ。アージル家のなかに殺人犯がいることを、あの家のひとはみんな知っていました。ところが、いっこうに情報を提供してくれなかった。殺人犯が身辺にうろついている場合、いちばん安全なやり方は、どんな情報でもただちに警察へ届けてくださることです。それを、あの家のひとたちはしなかった。わたしに何か隠していました。フィリップ・デュラントはいい人間だったのです――知的なひとでした。しかし、この事件を一種のゲームと心得ていた。そして、家族一同に罠を仕掛けたりして、事件をいじくりまわした。その結果、たしかに何かを摑んだのです。あるいは何かを摑んだと思った。そして、もう一人の人間が、フィリップが何かを摑んだことを知った。その結果、フィリップがうなじを刺されて死んだのです。殺人をいじくり回して、その危険を自覚しなかった結末が、このとおり」警視は口をつぐんで、咳ばらいした。

「ティナは？」と、キャルガリが訊いた。

「あの娘も、何かを知っていました」と、ヒュイッシは言った。「それをやはりわたしたちに話さなかった。わたしが見るところでは」と警視は言った。「あの娘は彼に惚れこんでいます」

「彼というのは――ミッキーですか」

ヒュイッシはうなずいた。「そうです。ミッキーもある意味ではあの娘を好いていたようです。しかし、恐怖に猛り狂った場合、好きだということは問題にならない。ティナが何を知っていたにしろ、それは本人が考えたよりもずっと致命的なことだったのでしょう。だからこそ、デュラントの死体を発見したティナが、家のなかから駆け出して来て、ミッキーの腕にとびこんだとき、ミッキーはそのチャンスを利用して、娘を刺したのです」

「それは単なる推測でしょう、ヒュイッシ警視さん」

「単なる推測ではないのです、キャルガリさん。彼のポケットにナイフが入っていました」

「ナイフが？」

「そうです。血のついたナイフです。今テストに出してありますが、あの娘の血にちがいないでしょう。ティナの血と、フィリップ・デュラントの血です！」

「しかし──そんなはずはない」

「どうして分かります、そんなはずはないと？」

「ヘスターに訊いたのです。電話でくわしく事情を聞きました」

「ほう、そうでしたか。事情はごく簡単です。四時十分前にメアリ・デュラントは夫を部屋に残して台所へ行きました──その時刻に家のなかにいたのは、書斎にリオ・アージルとグェンダ・ヴォーン、一階の寝室にヘスター・アージル、台所にカーステン・リンツトロムと、これだけです。四時すこしすぎに、ミッキーとティナが車で来ました。ミッキーは庭の方へ行き、ティナは二階へ上って行きました。その直前、フィリップのコーヒーとビスケットを持って、カーステンが台所から二階へ行きました。ティナは途中でヘスターとお喋りをしてから、ミス・リンツトロムに追いつき、二人がいっしょにフィリップの死体を発見したのです」

「その間、ミッキーは庭にいたのですね。それは完全なアリバイじゃありませんか」

「いや、キャルガリさん、あなたはご存じないのですが、あの家のすぐ脇に大きな泰山木があります。あの家の子供たちは、とくにミッキーはその木に登るのが好きだった。その木をつたって窓から出入りする癖があった。だから、その木を登り、デュラントの部屋にはいり、フィリップを刺し殺してから、またおなじ径路で庭に戻ることも可能だったわけです。そう、もちろん、そのためにはタイミングがうまく合いすぎていますが、絶望的になった人間というのは、ときたま恐ろしく巧妙なことをやってのけるものでしてね。ミッキーは絶望的になっていました。何がなんでも、ティナとフィリップとの会見を邪魔しなければならない。身の安全のためには、二人とも殺さねばならなかったのです」

キャルガリはしばらく考えこんだ。

「警視さん、ティナがすこしのあいだ意識を回復したとおっしゃいましたね。自分を刺した人物の名前を言わなかったのですか」

「まだあまり脈絡がありません」と、ヒュイッシは慎重に言った。「まだ正常の意識をとり戻してはいないようです」

それから警視は疲れた微笑をみせた。

「よろしいでしょう、キャルガリさん。ティナが言ったことを、すっかりお教えしましょう。ティナはまず名前を呼びました。ミッキーと……」

「とすると、ミッキーを犯人として名ざしたわけですか」とキャルガリは言った。

「のように見えますね」と、ヒュイッシはうなずいた。「あとは、てんでわけの分からないことばかりです。ちょっと空想的なうわごと」

「なんと言ったのです」

ヒュイッシはメモ用紙をのぞいた。

「〝ミッキー〟それから間《ま》です。それから〝カップがからっぽ……〟それからまた間です。それから〝帆柱の鳩〟」警視はキャルガリの顔を見た。「意味がお分かりですか」

「いや」と、キャルガリはかぶりをふり、ふしぎそうに言った。「帆柱の鳩か……実に妙なことを言ったものですね」

「われわれの知っている限りでは、この事件には帆柱も鳩も出て来ませんからね」と、ヒュイッシは言った。「しかしティナには何か意味のあることなのかもしれない。しかし、それが殺人と関係あるかどうかは分かりません。意識不明のときの人間は、どんな空想の領域へ飛んでいるか分かったものじゃない」

キャルガリは、何事か考えこむように、暫く黙っていた。それから言った。「ミッキーはもう逮捕されたのですか」

「拘留してあります。二十四時間以内に告発するでしょう」

ヒュイッシは面白そうにキャルガリの顔を見た。

「あなたの答えは、このミッキーじゃないのですね」

「そう」と、キャルガリは言った。「そうです、ミッキーはわたしの答えじゃありません。今でも――いや、よく分からない」キャルガリは立ちあがった。「今でもわたしの考えはまちがっていないと思います。しかし、あなたに信じていただけるほどの材料がないのです。またサニー・ポイントへ行ってみなければなりません。あの家のひとたちに逢わなければ」

「そうですか」と、ヒュイッシは言った。「お気をつけになってください、キャルガリさん。ところで、あなたのアイデアを教えてくださいませんか」

「ご参考になるかどうか」と、キャルガリは言った。「これは情痴事件であるというのがわたしの解釈です」

ヒュイッシの眉毛が上った。

「情痴といってもいろいろありますよ」と、ヒュイッシは言った。「憎しみ、強欲、貪《どん》婪《らん》、恐怖、これすべて情痴です」

「いや、わたしの言う情痴とは」とキャルガリ。「ふつう世間で言う意味そのままの情痴です」

「もしグェンダ・ヴォーンとリオ・アージルを目標にしておられるのなら」と、ヒュイッシが言った。「それはだめですよ。われわれもそれが第一目標だったんだが」

「いや、そんな単純なものじゃありません」と、アーサー・キャルガリは言った。

第二十四章

アーサー・キャルガリが、サニー・ポイントに着いたときは、日の暮れ方だった。初めてこの邸を訪れたときとそっくりのたそがれである。〈まむしの出鼻〉か、とベルを押しながらキャルガリは思った。

ひょっとすると、事件はふりだしへ戻ったのではあるまいか。出迎えたのは、ヘスターだった。その顔には、相変わらずの反抗的な気分と、すさまじい悲劇的感情とが漲《みなぎ》っていた。ヘスターの背後には、これまた初めてのときとそっくりおなじように、カーステン・リンツトロムの用心ぶかい、うさんくさそうな顔が見えた。まるっきり繰り返しだ。

だが、その瞬間、雰囲気が一変した。ヘスターの顔から疑いと絶望の色が消えた。そして愛らしい微笑があらわれた。

「あなただったの」と、ヘスターは言った。「よかったわ、いらしていただいて！」

キャルガリは娘の手を握りしめた。

「お父様にお目にかかりたいのです、ヘスター。二階の書斎ですか」

「ええ。グェンダと一緒よ」

カーステン・リンツトロムが二人に近づいた。

「なぜまたお見えになったのですか」とカーステンは責めるように言った。「あなたが一度いらしただけで、ひどい災難です！　わたしたちに起こったことを、よくごらんください。ヘスターの生活は台なしになり、旦那様の生活も台なしになり――ひとが二人も死にました！　二人も！　フィリップ・デュラントと、ティナです。それもこれも、あなたのせいです――あなたの！」

「ティナはまだ死んでいませんよ」とキャルガリは言った。「わたしは、ぜひともしなければならない用事があって、ここへ来たのです」

「どんな用事なのです」カーステンはまだキャルガリの行手をさえぎるように、階段の前に立ちふさがっていた。

「いったん始めたことは最後までやらなきゃね」と、キャルガリは言った。

そして、カーステンの肩に手をかけて、そっと脇へ押しやり、階段を上って行った。ヘスターがそのあとにつづいた。キャルガリはふり返って、肩ごしにカーステンに言った。「ミス・リンツトロム、あなたもいらしてください。みんなに集まってもらいたいのです」

書斎では、デスクの脇の椅子に、リオ・アージルが坐っていた。グェンダ・ヴォーンは暖炉の前に膝をつき、残り火を見つめていた。二人はいささか驚いたように顔をあげた。

「突然お邪魔して申しわけございません」と、キャルガリが言った。「ミス・リンツトロムとヘスターにも言ったのですが、わたしはいったん始めたことを最後までやりとおすために、おうかがいしたのです」キャルガリはあたりを見まわした。「ミセス・デュラントはまだこの家におられますか。あの方にも、ここに来ていただきたいのですが」

「メアリは寝《やす》んでいると思います」と、リオが言った。「なにしろ——ひどいショックだったものですから」

「しかし、やはりここに呼んでいただきたいのです」キャルガリはカーステンを見た。

「あなた、ちょっと呼んで来ていただけませんか」

「きっと来たがらないでしょうよ」と、カーステンが不機嫌な声で言った。

「ご主人の死について」と、キャルガリ。「きっとお聞きになりたいことがあると言ってください」

「さあ、行って来て、カースティ」と、ヘスターが言った。「そんなに気を使うことはないのよ。キャルガリさんが何をおっしゃるか知らないけど、とにかくみんな集まらなきゃ」

「それでしたら」と、カーステンが言った。

そして部屋から出て行った。

「おかけください」と、リオが言った。指された暖炉の端のところの椅子に、キャルガリは腰をおろした。

「失礼な言い方かもしれませんが」と、リオが言った。「キャルガリさん、まず申し上げたいのは、今日という日に、あなたに来ていただきたくなかったということです」

「それはひどいわ」と、ヘスターが烈しく言った。「そんなことをキャルガリさんに言うなんて、ほんとにひどいわ」

「お気持ちは分かります」と、キャルガリが言った。「あなた方の立場に立ったとすれば、わたしもおそらくおなじ気持ちになったでしょう。たぶん、しばらくのあいだは、わたしもあなた方とおなじ立場に立ったのですが、しかしよく考えてみますと、こうする以外に方法がありませんでした」

カーステンがまた部屋に入って来た。「メアリが来ます」と、カーステンは言った。

一同が無言で待っていると、まもなくメアリ・デュラントが部屋に入って来た。初対面のキャルガリは、興味ぶかそうにメアリを眺めた。メアリは冷静で、きちんと服装をととのえ、髪の乱れもなかった。しかしその顔は仮面のように表情に欠け、物腰にも夢遊病者のようなところがあった。

リオが紹介した。メアリはかすかにあたまを下げた。

「お呼び立てしてすみません、ミセス・デュラント」と、キャルガリが言った。「わたしがこれから申し上げることを、ぜひとも聞いていただきたかったものですから」

「どうぞなんでもおっしゃってください」と、メアリは言った。「でも、なにをおっしゃっても、フィリップは生き返りません」

メアリは一同からすこし離れて、窓ぎわの椅子に腰をおろした。キャルガリは一同を見渡した。

「順序立ててお話ししましょう。初めてここへ伺って、ジャッコさんの名誉回復の件についてお話し申し上げたとき、あなた方の態度にわたしは当惑しました。今ではそれも分かります。しかし、わたしがいちばん印象深かったのは、このひとが」――キャルガリはヘスターに顔を向けた――「別れぎわに言ったことばでした。問題は正義の裁きということではない、無実のひとたちがどうなるかだ、とヘスターさんは言ったのです。

ヨブ記の最近の翻訳に、潔白な者の不幸ということばがありました。わたしがお知らせしたことの結果として、みなさんが苦しんでおられたのは、まさにそれでした。しかし潔白なひとは不幸になるべきでもないし、苦しむべきでもない。その苦しみを終わらせるためにこそ、わたしは今日ここへ伺ったのです」

キャルガリはことばを切った。誰も喋らなかった。しずかな学者らしい声で、アーサー・キャルガリはつづけて言った。

「初めてここにお邪魔したとき、わたしがお伝えしたニュースは、けっして喜ばしい性質のものではありませんでした。あなた方はジャッコさんの有罪を受けいれておられた。いわば、どなたもそれに満足していおられたのです。アージル夫人殺害事件については、それがもっとも満足すべき回答だったわけです」

「それはすこし乱暴なおっしゃり方ではありませんか」と、リオが言った。

「いいえ」とキャルガリが言った。「それが真実です。外部犯人説が成り立たない以上、そしてジャッコについては大した言いわけをする必要がないから、ジャッコというひとはあなた方みんなにとって満足すべき犯罪者だったわけです。ジャッコさんは不幸な人間であり、おのれの行動に責任をもてない精神的障害者であり、問題児であり、不良少年であったのです！　わたしたちがこれほどやすやすと言える文句が、すべてジャッコさんの犯罪の言いわけに役立つのです。アージルさん、あなたはジャッコさんを責めないとおっしゃった。殺された夫人も、ジャッコさんを責めないだろうとおっしゃいました。ジャッコさんを責めたひとは、一人しかいません」キャルガリはカーステン・リンツトロムを見た。「あなたは彼を責めましたね。ジャッコはよこしまな人間であると、たいそう公平かつ正当なことをおっしゃった。そう、あなたが使ったことばはそれです。『ジャッコはよこしまなひとでした』と言ったのです」

「そうでしたかしら」と、カーステン・リンツトロムは言った。「そう――そう言ったかもしれませんね。そうです」

「そう言ったのです。実際、ジャッコさんはよこしまな人間でした。彼がわるい人間でなかったならば、この事件は初めから起こらなかったのです。しかし、ご存じのとおり」と、キャルガリは言った。「わたしの証言のために、ジャッコさんの嫌疑は晴れました」

カーステンが言った。

「証言は必ずしもあてになりません。あなたは交通事故にあったのでしょう。交通事故にあった人間というのは、物事をぼんやりとしかおぼえていないものです」

「それが、あなたの解決なのですね」と、キャルガリが言った。「やはりジャッコがあのですね。そうですね？」

「詳しいことは知りません。でも、そう、そんなところでしょうね。わたしはやはりジャッコの仕業だったと思います。わたしたちの苦しみも、死人が二人も出たことも――そう、恐ろしいことです――これはみんな、ジャッコのせいなのです。ぜんぶジャッコの仕業なのです！」

ヘスターが叫ぶように言った。

「でも、カーステン、あなたは前からジャッコを可愛がってたのに」

「そうかもしれません」と、カーステンは言った。「ええ、そうかもしれません。でも、わたしはやはり、あのひとがよこしまな人間だったと思います」

「その点では、あなたに賛成です」とキャルガリは言った。「しかし、ほかの点では、あなたのお考えはまちがっています。交通事故に遭おうと遭うまいと、わたしの記憶はまったく明瞭です。アージル夫人が亡くなられた夜、わたしはジャッコさんを車にお乗せしました。その晩ジャッコ・アージルが義理の母を殺したということは、可能性すら――このことばは何度でも申します――可能性すら考えられないことなのです。ジャッコさんのアリバイは完全に成立します」

リオが不安そうに体を動かした。キャルガリがつづけて言った。

「おなじことを繰り返しているとお思いですか。そうでもないのです。ほかに考慮すべき点もあります。その一つは、ヒュイッシ警視から聞いたことですが、ジャッコがアリバイを申し立てるとき非常に口達者で、しっかりしていたという事実です。まるであらかじめそれを予想していたかのように、時刻や場所をすらすら喋ったということ。これはドクター・マクマスターと話がつながります。マクマスター氏はかつて不良少年問題の権威者でした。このひとが言うには、ジャッコが殺人の意志を抱いたことは驚くにあたらない。しかし、それを実行に移したことは驚くべきだというのです。マクマスター氏の予想では、ジャッコがやりそうなのは、誰かほかの人間に殺人行為を代行させることだというのでした。ここで、わたしは考えました。はたしてジャッコはその晩の犯行を知っていたのか。アリバイが必要になることが分かっていて、わざとそれをこしらえようとしたのか。もしそうだとすれば、誰かほかの人間がアージル夫人を殺したのだ。しかしジャッコは、夫人が殺されることを知っていた。つまり、この犯罪をそそのかしたのは、ほかならぬジャッコであったわけです」

キャルガリは、カーステン・リンツトロムにむかって言った。

「あなたはそう思っていますね？　あなたはまだそう思っている、あるいは、そう思おうとしていますね？　夫人を殺したのはジャッコであって、あなたではないと思っていますね……ジャッコの命令で、ジャッコにそそのかされて、したことだと思っていますね。だから罪はすべてジャッコの罪なのですね！」

「わたしが？」とカーステン・リンツトロムは言った。「わたしが？　それはなんのことです？」

「つまり」と、キャルガリが言った。「この家のなかに、ジャッコ・アージルの共犯となり得る人間は一人しかいなかった、ということです。それはあなたです、ミス・リンツトロム。ジャッコには実績があった。年上の女性の情熱をかきたてる実績がね。ジャッコはその能力をフルに活用しました。彼にはひとに自分を信じさせるという才能があった」キャルガリは体を乗り出し、やさしい声で言った。「ジャッコはあなたに言い寄ったのでしょう？　あなたが好きだ、あなたと結婚したいと言い、このことさえやりとげれば、母親の金を思うままに使って、二人で好きな所へ行こうと言ったのでしょう？　そうですね？」

　カーステンは、キャルガリを見つめたまま、身動きもしなかった。まるで体がしびれたように。

「実は残酷で、計画的な犯罪でした」と、アーサー・キャルガリは言った。「ジャッコはあの晩、警察沙汰になるかもしれないという危険におびやかされて、この家へ金をもらいに来ました。アージル夫人は金を渡さなかった。ことわられると、ジャッコはあなたに頼みこんだ」

「わたしが」と、カーステン・リンツトロムが言った。「自分の金を渡さずに、ミセス・アージルの金を盗んだとおっしゃるのですか」

「いや」と、キャルガリが言った。「自分の金があれば、もちろんそれを渡したでしょう。しかし、あなたには金がなかった……アージル夫人から多額の年金をもらっていたあなたも、すでにジャッコにすっかりしぼり取られていた。そこでジャッコはもうやけになった。アージル夫人が書斎にいるご主人に相談しようと、二階へ上って行ったあいだに、あなたは家の外へ出て、待っていたジャッコと相談した。ジャッコはあなたに命令した。まず金を盗むこと、そして盗みが発覚しないうちに、アージル夫人を殺すこと。やさしいことだ、とジャッコは言ったのでしょう。あなたは抽出しを二つ三つ引き出しておいて、泥棒がやったように見せかけ、夫人の後頭部をなぐりつければいい。苦痛を感じない死に方なのだ、とジャッコは言ったのでしょう。夫人はちっとも苦しまずに死んでいく。ジャッコは適当にアリバイをこしらえるから、あなたは定めの時間内に、つまり七時から七時半までのあいだに、それを実行すればよかった」

「ウソです」と、カーステンが言った。その体はふるえていた。「そんなことをおっしゃるあなたは、狂ってるんです」

だが、その声には怒りの響きがなかった。ふしぎに機械的で、疲れた声である。

「それが本当だとしても」と、カーステンは言った。「ジャッコに殺人の嫌疑がかかるのを、わたしが放っておいたと思いますか」

「そう、そう」と、キャルガリは言った。「ジャッコは、アリバイは大丈夫だと言っていたのでしょう？　いったん捕まっても、しらを切り通せるつもりだったのですね？　それが計画の一部だったのでしょう」

「でも、しらを切り通せなかったら」と、カーステンが言った。「わたしは、ジャッコを救うのが当然じゃないでしょうか」

「そうです」と、キャルガリが言った。「そうでしょうね――ただ新しい事実があらわれた。殺人事件の翌日の朝、ジャッコの妻がここに訪ねて来たという事実です。ジャッコが結婚していたことを、あなたは知らなかった。その女性は二度も三度もおなじことばを繰り返して、やっとあなたに通じたといいます。その瞬間、あなたの世界が崩れたのだ。あなたはジャッコの正体を――冷酷無情で、あなたには一かけらの愛情もないジャッコというものを知った。そして、ジャッコの巧妙な犯罪の手口が、よく分かった」

突然カーステン・リンツトロムが喋り出した。ことばは脈絡もなく流れ出すようだった。

「わたしはあのひとを愛していました……心の底から愛していました。わたしはばかでした。だまされやすい、ばかな女でした。あのひとに──うまくだまされたのです。あのひとは、若い女はきらいだと言った。あのひとは──いろんなことを言いました。わたしは愛していました。ほんとうに愛していました。そのとき、あのばか娘が、ここに訪ねて来たのです。あのつまらないばか娘。わたしには、あのひとのウソが分かった。よこしまな、よこしまな人間。……よこしまなのはあのひとです。わたしじゃない」

「わたしがここに来た晩」と、キャルガリが言った。「あなたはこわかったのだね？何が始まるのかと思って、あなたは恐ろしかった。ほかのひとたちが恐ろしかった。あなたが好きなヘスターも。あなたが慕っていたリオも、恐怖の対象になった。もちろん、このひとたちがどうなるかと案じたこともあるだろう。しかし、あなたは主としてあなた自身がこわかったのだ。その恐怖の行き着く先も見えていた……今では、あなたはさらに二つの殺人をやってしまった」

「ティナとフィリップを、わたしが殺したというのですか」

「もちろん、あなたの仕業だ」とキャルガリは言った。「ティナが意識をとり戻したのですよ」

カーステンの肩が絶望にふるえた。

「じゃあ、わたしが刺したと言ったのね。気がつかれなかったと思っていた。わたしはこわかったのです。こわくて、気がくるいそうだった。ばれそうで――ばれそうで」

「ティナが意識をとり戻したときなんと言ったか、教えてあげよう」と、キャルガリが言った。「ティナは、〝カップがからっぽ〟と言ったのです。わたしにはその意味が分かった。あなたはフィリップ・デュラントにコーヒーを持って行くふりをしたが、実はすでにフィリップを刺し殺して、部屋から出て来たとき、ティナと出逢ったのだ。そこで、あなたは回れ右をして、お盆を持って入って行くふりをした。そして、フィリップの死体を見て、ティナは気を失わんばかりにショックを受けたけれども、床に落ちたカップがからっぽで、コーヒーの入っていた形跡もないことに、自動的に気がついたのだ」

ヘスターが叫んだ。

「でも、カーステンがティナを刺したはずがないわ！　ティナはそれから階下《した》におりて来て、ミッキーの所まで歩いたのよ。ぜんぜんなんともないように」

「ヘスターさん」と、キャルガリは言った。「刺されても気がつかずに、長い距離を歩いたひとはいくらでもいるのですよ！　ショックがあまりにも強烈だったから、ティナは何も感じなかった。おそらく針で刺されたくらいの軽い痛みだったのでしょう」キャルガリはまたカーステンに向かって言った。「それからあなたは、あのナイフをミッキーのポケットに入れておいた。それがいちばん卑怯なことだ」

カーステンが言いわけするように手を動かした。

「でも――そうせずにはいられなかった……恐ろしくて……みんなに分かりかけてきて……フィリップにも分かったし、ティナも――ティナはあの晩、台所の外で、ジャッコとわたしの話し声を聞いたに違いないのです。みんなに分かりかけてきて……わたしは身を守りたかった。わたしは――でも人間はどうなるか分からぬものです！」カーステンの手から力がぬけた。「ティナは殺すつもりじゃなかった。フィリップは――」

メアリ・デュラントが立ちあがった。ゆっくりと、恐ろしい足どりで、部屋を横切って来た。

「おまえがフィリップを殺した」と、メアリは言った。「おまえがフィリップを殺した」

とつぜん虎のようにメアリはカーステンに跳びかかった。いち早く立ちあがって、メアリをつかまえたのは、グェンダだった。キャルガリが手を貸し、二人の女は引き離された。

「おまえが——おまえが！」と、メアリ・デュラントが叫んだ。

カーステン・リンツトロムは、メアリの顔をじっと見つめた。

「あのひとには関係ないことだった」と、カーステンは言った。「なぜ、あのひとは歩きまわって、探偵みたいなことをしたのですか。あのひとの命にかかわることじゃなかったのに。あのひとは、まじめじゃなかった。ただの——遊びだった」カーステンは一同に背中を向け、ドアの方へ歩いた。そして、ふりむきもせずに、出て行った。

「とめて」と、ヘスターが叫んだ。「ああ、あのひとをとめて」

リオ・アージルが言った。

「放っておきなさい、ヘスター」

「でも——あのひと、自殺するわ」

「おそらく自殺はしないでしょう」と、キャルガリが言った。

「前から忠実な使用人でした」と、リオが言った。「実に献身的で——それが、こんなことになろうとは！」

「あのひと——自首するでしょうか」とグェンダが言った。

「いや、自首するよりは」と、キャルガリが言った。「一番近くの駅へ行って、ロンドン行きの汽車に乗るでしょう。しかし、むろん逃げられはしません。じきに、あとを追われて、発見されます」

「あのカーステンが」と、リオがまた言った。その声はふるえていた。「あれほど忠実で、あれほどひとのよかったカーステンが」

グェンダがリオの腕をつかんで、体をゆすぶった。

「リオ、そんなことおっしゃらないで。あのひとがわたしたちにしたことを考えてごらんなさい――わたしたちをどんなに苦しめたでしょう！」

「それは分かっている」と、リオは言った。「しかし、カーステンも苦しんだのだよ。わたしたちが、この家のなかで感じたのは、カーステンの苦しみだったのだ」

「わたしたちは永久に苦しんでいたかもしれないのよ」とグェンダが言った。「カーステンが白状しない限り！　ああ、もしキャルガリさんがいらっしゃらなかったら」グェンダは感謝のまなざしを投げた。

「わたしも、これでようやく」と、キャルガリが言った。「なんらかのお役に立てたわけです。おそまきながら」

「おそすぎたわ」と、メアリが沈痛な声で言った。「おそすぎたわ！　ああ、わたしたち、なぜ――なぜ推理できなかったの」メアリはヘスターにむかって言った。「あたしはあなただと思ってたの。初めからあなただと思っていた」

「このひとはそうは思わなかった」と、ヘスターが言った。そしてキャルガリの顔を見た。

　メアリ・デュラントが低い声で言った。

「わたし死にたい」

「メアリ」と、リオが言った。「どんなことでもして、おまえの力になろう」

「誰もわたしの力にはなれないわ」と、メアリは言った。「みんなフィリップがわるいのよ。ここに残って、探偵の真似をしたがったりして、あげくのはてに殺されて」メアリは一同の顔を見まわした。「あなた方には分からないわ」メアリは部屋から出て行った。

　キャルガリとヘスターが、そのあとを追った。部屋を出るとき、キャルガリがふり返って見ると、リオの腕がグェンダの肩にかかっていた。

「カーステンはわたしに警告したのよ」と、ヘスターが言った。その目はおびえたように見ひらかれていた。「ほかのひとも、カーステンも信用するなって……」

「忘れなさい」と、キャルガリは言った。「あなたが今しなければならないことは、それです。忘れること。あなた方はみんな自由になったのだ。潔白なひとたちはもう罪の影におびやかされていないのだ」

「でも、ティナは？　大丈夫かしら。死なないでしょうね？」

「大丈夫でしょう」と、キャルガリは言った。「あのひとはミッキーを愛しているのですか？」

「そうらしいのね」と、ヘスターは驚いた声で言った。「わたしはちっとも気がつかなかった。だって兄妹《きょうだい》でしょう。でも、ほんとうは、兄でも妹でもないんですけど」

「それはそうと、ヘスター、この意味が分かりますか。ティナは〝帆柱の鳩〟と言ったのです」

「帆柱の鳩？」ヘスターは眉を寄せた。「ちょっと待って。どこかで聞いたようなことばだわ。船が行くとき帆柱の鳩は、ひたすら嘆き悲しんで。これね？」

「それはなんですか？」と、キャルガリ。

「唄なの」とヘスターが言った。「子守唄みたいなもの。カーステンがよく歌ってくれた唄。よくおぼえていないけど、〝恋人はわたしの右手に立って〟どうとかいうのだったわ。そう、思い出した。〝おお乙女、いとしい乙女、わたしはここにおりませぬ。どこにもいない、海にも、岸にも。いとしいあなたの胸にいる〟」

「なるほど」と、キャルガリは言った。「なるほど、分かりました……」

「二人は結婚するでしょうね」とヘスターは言った。「ティナは退院すれば、ミッキーといっしょにクウェートに行くでしょう。ティナは前からあたたかい土地へ行きたがっていたのよ。ペルシャ湾って、とてもあたたかいんでしょ？」

「あたたかいどころじゃない」と、キャルガリは言った。

「どんなにあたたかくても、ティナは平気よ」と、ヘスターは言った。

「あなたも幸せになりますね」と、ヘスターの手を握り、むりに微笑をつくって、キャルガリは言った。「あの若いお医者さんと結婚して、家庭をつくれば、あなたの恐ろしい想像力や絶望感は、あとかたもなく消えるでしょう」

「ドナルドと結婚？」と、ヘスターはおどろいたように言った。「もちろん、ドンとは結婚しないわ」

「しかし、あなたは彼を愛している」

「いいえ、愛していないわ、ほんとに……愛していると思っただけ。あのひとはわたしを信じてくれなかったわ。わたしが犯人じゃないってことが、あのひとには分からなかったの。当然分かってくれてもいいはずのひとが」ヘスターはキャルガリの顔を見つめた。「あなたは分かってくださったのね！　あなたとなら結婚したい」

「でも、ヘスター、わたしはあなたよりずっと年上だ。まさか本気で――」

「もちろん――あなたが、おいやでなければの話ですけど」と、急に心配そうな声でヘスターが言った。

「ああ、いやなものですか！」と、アーサー・キャルガリが言った。

愛すべき失敗作

ミステリ書評家
濱中利信

（事件の真相に言及している個所がありますので、本篇を未読の方はご注意下さい）

さぁ、本書を読み終えた皆さんの感想はいかがなものでしょうか？　「自作のベストテン」の一作に入れているほどですから、クリスティーとしては自信作だったのでしょうが、私には、珍しく幾つものキズが目立つ失敗作のように思えてなりません。しかし、編集者からクリスティーの解説をと依頼を受けた際に、真っ先にこの作品を挙げたくらいですから、失敗作とは思いつつ、実は大のお気に入りでもあるという不思議な作品なのです。

本書の最大の難点は、事件に対する視点が一定していないことにあるのではないでしょうか。探偵役が不在なのです。一応、真相を解明してみせるのは、事件を再燃させた張本人であるキャルガリなのですが、彼が立ち会わない場面が多かったり、登場人物たちの心の動きを描くことに集中した章があったり、遂には別の人物が探偵役としてしゃしゃり出てきたりと、読者は物語を共に体感する対象をキャルガリに絞り込めません。それ故、最後に披露される彼の推理は、登場人物たちの発言の裏に隠された心情を解析し、判明した他の事実と結びつけていくという、非常に鮮やかなものであるにも関わらず、何か唐突な、言葉を変えれば〝思い付き〟に近いような印象を与える結果になってしまっています。

事件そのものにも疑問があります。これほど狡猾で邪悪な犯人が、自分のアリバイを証明してくれる証人が現れない状況下で、六カ月も待つものでしょうか？　真相を暴露して、自分の罪状を少しでも軽くするように動くのが、この犯人の性格からして妥当なのではないでしょうか？

また、終盤になって起こる殺人及び殺人未遂事件にしても、犯人を特定する手掛かりが、「茶腕がからっぽ」という被害者が残した言葉というのも、ミステリ・クイズ本にでも出てきそうな単純で工夫の無いもので、クリスティー作品にしてはお粗末と言えます。

そして極めつきは、最後の最後になって突然花開くキャルガリとヘスターとのロマンスでしょう。獄死した男が無実であったことを家族に伝える男、それによって忘れかけていた悲劇を再び正視しなければならなくなる家族、そしてなんとも陰湿な犯人の企み……そんな中にあって、このロマンスは全くの場違いで、〝取って付けたような〟ものという印象は拭えません。クリスティーとしては、読後感を和らげるために、せめてなにがしかの〝救い〟を置きたいという意図があったのかも知れませんが、かえって読者を困惑させる結果となっています。

さて、これだけの難点がありながら、それでもなぜ、私を含めた多くの読者がこの作品に魅かれるのでしょうか？　それは、この作品が、人間なら誰でもが持つ、不確かで邪悪で弱い、心の奥底にある隠れた部分を巧みに掘り返してみせているからではないでしょうか。それは、自らの手を汚さないジャッコの冷徹さであり、殺人の実行者であるカースティンの寂しさ、被害者であるレイチェルの独善性、その夫であるリオの弱さ、他の子供たちが幼児期に負ったトラウマ、そして登場人物全員に共通するエゴイズムという形をとっています。クリスティーは、その卓越した語り口によって、目をそむけたくなるほど露骨ではないものの、読者に対してその存在を確実に突きつけています。読者は、自分にもそういう部分があるかも知れないことを、物語を読み進めながら感じずにはおれません。そしてそれは、感じなくて済むならそれに越したことはないものの、一旦気付いてしまった以上、目を放せないもの、例えば、傷跡に出来たカサブタのように、いつまでも気にかかって頭から離れようとしません。逆説めいてしまいますが、これこそがこの作品の魅力であり、ストーリーの完成度よりも、そういった人間の弱さを上手く描くことが出来たという自負があったからこそ、クリスティーは自作のベストテンに選出したのでしょう。

本作は、一九八四年に映画化され、日本でも『ドーバー海峡殺人事件』のタイトルで公開されました。キャルガリをドナルド・サザーランド、レイチェルをフェイ・ダナウェイ、レオをクリストファー・プラマーが演じました。この映画も原作同様、多くの問題を抱えていました。メアリを演じたサラ・マイルズが、たとえ養女とはいえフェイ・ダナウェイの娘には見えないほど歳をとって（実際この二人は同じ歳）見えるのはご愛嬌としても、リオが強面の拳銃収集家に変更されていたり、キャルガリが命を狙われたり、ジャッコの妻だったモーリンからモーションをかけられるというシーンなど余計な脚色が多く、原作の、静かで知的な雰囲気を損ねてしまっています。『ナイル殺人事件（七八）』『クリスタル殺人事件（八〇）』『地中海殺人事件（八二）』『死海殺人事件（八八）』といった、この時期製作されたクリスティー映画の中にあって、最も話題に上らなかった作品でもあり、ミステリ映画ファンの間でも決して評価は高くないようです。

それでも、暗いトーンの映像はイングランドの田舎町の冬の厳しさを充分に映し出していて、原作の雰囲気にぴったりですし、一癖も二癖もある俳優陣も、登場人物たちの心の闇を窺わせる怪演ぶりで、個人的には『血に笑ふ男（三七）』ルネ・クレール版の『そして誰もいなくなった（四五）』と同様、お気に入りのクリスティー映画の一つです。こちらも原作同様、大いに愛すべき失敗作と言えるかも知れません。

訳者略歴　1932年生，詩人，ロシア文学研究家，英米文学翻訳家　訳書『さむけ』マクドナルド，『太陽の黄金の林檎〔新装版〕』ブラッドベリ（以上早川書房刊）他多数

無実《むじつ》はさいなむ

〈クリスティー文庫 92〉

二〇〇四年七月十五日　発行
二〇二一年六月十五日　五刷

（定価はカバーに表示してあります）

著者　アガサ・クリスティー
訳者　小《お》笠《がさ》原《わら》豊《とよ》樹《き》
発行者　早川　浩
発行所　株式会社　早川書房

郵便番号一〇一－〇〇四六
東京都千代田区神田多町二ノ二
電話　〇三－三二五二－三一一一
振替　〇〇一六〇－三－四七七九九
https://www.hayakawa-online.co.jp

印刷・株式会社精興社　製本・株式会社明光社
Printed and bound in Japan
ISBN978-4-15-130092-9 C0197

本書は活字が大きく読みやすい〈トールサイズ〉です。